高职高专市场营销专业
工学结合 规划教材

# 销售管理

李祖武　主　编

田玉来　副主编

清华大学出版社

北京

## 内容简介

本书以管理学、市场营销学理论为基础,从销售管理的角度,系统地介绍了企业销售管理所涉及的一系列理论与实务。全书分为 8 个项目,分别是销售管理角色认知,销售计划、销售定额与销售费用管理,销售人员培训、指导与评价,销售人员控制与激励,分销渠道设计、管理与维护,货品管理,回款管理,以及客户管理。

与国内已出版的《销售管理》教材相比,本书的特点有 3 个。①案例丰富。本书共 25 个学习任务,每个学习任务均安排有成果展示与分析,既为授课老师组织案例教学提供了案例素材,也提高了学生的阅读兴趣,增强了教材的可读性。②理论知识坚持够用为度。针对高职学生的实际情况,教材力求避免过多的理论阐述,注重引导学生自主学习。③强化实训。每个学习任务中均安排有任务演练,每个项目后都安排了综合实训,并设计了相应的评分表,为教师组织实训、评价实训提供了便利。

本书既适用于市场营销专业的教学,也是一本适合企业销售管理培训的教材,更是销售人员手头必备的参考用书。

**图书在版编目(CIP)数据**

销售管理/李祖武主编 . —北京:清华大学出版社,2011.2
(高职高专市场营销专业工学结合规划教材)
ISBN 978-7-302-24511-7

Ⅰ.①销… Ⅱ.①李… Ⅲ.①企业管理:销售管理-高等学校:技术学校-教材 Ⅳ.①F274

中国版本图书馆 CIP 数据核字(2011)第 002693 号

责任编辑:康 蓉
责任校对:李 梅
责任印制:李红英
出版发行:清华大学出版社　　　　　　　　地　　　址:北京清华大学学研大厦 A 座
　　　　　http://www.tup.com.cn　　　　邮　　编:100084
　　　　　社　总　机:010-62770175　　　邮　　购:010-62786544
　　　　　投稿与读者服务:010-62776969,c-service@tup.tsinghua.edu.cn
　　　　　质　量　反　馈:010-62772015,zhiliang@tup.tsinghua.edu.cn
印　装　者:北京鑫海金澳胶印有限公司
经　　销:全国新华书店
开　　本:185×260　印　张:11.5　字　数:273 千字
版　　次:2011 年 2 月第 1 版　　　印　　次:2011 年 2 月第 1 次印刷
印　　数:1~4000
定　　价:24.00 元

产品编号:032614-01

# 高职高专市场营销专业工学结合规划教材
## 编委会名单

主　　　任：胡德华（丽水职业技术学院）

编委会成员（按拼音顺序排列）：

李祖武（安徽工商职业学院）

庞岳红（湖州职业技术学院）

阮红伟（青岛大学高等职业技术学院）

徐汉文（无锡商业职业技术学院）

于翠华（齐齐哈尔大学应用技术学院）

赵　　轶（山西省财政税务专科学校）

钟立群（唐山职业技术学院）

秘　书　组：康　蓉（tsinghuakr@126.com）

**我**们正面临的是一个快速变化的新营销时代，今天的成功经验还没来得及总结，可能已成为明天进步的障碍。"微利时代"给企业营销提出了新的挑战。

几乎所有的营销者都希望能像阿里巴巴一样，站在一个宝藏库的门前，念一句"芝麻开门"，就能不费吹灰之力得到里面的"真金白银"。为此，他们也确实下了不少苦功去寻找和学习这种本领，然而，无论学习的是菲利普·科特勒和阿尔·里斯的"咒语"，还是大卫·艾克的"法术"，最后大多数人都以失望而告终。因为无论那些"咒语"和"法术"如何精妙灵验，如果没有与企业自身的营销实践相结合，没有运用科学的营销方法与策略，也就百无一用。

因此，所有的营销者都不应忘记，市场上的宝藏有很多，但是在使用那些灵验的"咒语"之前，先要找到适合自己和企业的营销理论、方法与策略。只有这样，才能确保行走在营销大道上的营销者，穿越无数可能使他们迷失方向的迷雾与陷阱，最终在市场营销的秘密处所，运用自己学到的"咒语"和"法术"，打开成功营销的大门。

随着我国社会经济又好又快地发展，社会对市场营销人才的需求日益扩大，与此同时，企业在市场上的营销竞争也愈加激烈。因此，能否培养出不仅数量足够，而且素质和技能较高的、能够充分适应和满足企业市场营销需要的营销专业人才，已成为当前我国高职高专院校和市场营销业界必须思考和解决的一个既重要又迫切的问题。

要培养出一支高素质、高技能的市场营销人才队伍，关键要编写出一套体系科学、内容新颖、切合实际、操作性极强的市场营销专业教材。正是基于这样的需要，我们在广泛征求全国高职高专院校市场营销专业的教授、专家、学者、学生，以及企业营销业界专业人士对市场营销专业教材建设的意见与建议的基础上，成立了高职高专市场营销专业工学结合规划教材编写委员会，采用课题研究方式，通过走访企业和多次召开教材编写研讨会，对教材的编写原则、体系架构、编写大纲和基本内容进行了充分的探讨和论证，最后确定了一支由直接从事市场营销专业一线教学和科研工作，既具有丰富的市场营销教学科研经验，又拥有丰富的企业营销实践技能的专家、教授、学者和"双师型"教师的编写队伍。

高职高专市场营销专业工学结合规划教材的编写原则与特色是：

**1. 与时俱进，工学结合**

本系列教材在充分贯彻和落实教育部教高[2006]16号文件精神的基础上，注重市场营销新理论、新方法和新技巧的运用，充分体现了前沿性、新颖性、丰富性等特点。同时又根据高职高专市场营销专业学生毕业后就业岗位群的实际需要来调整和安排教学内容，充分体现了"做中学、学中做"，方便"工学结合"，满足学生毕业与就业的"零过渡"。

**2. 注重技能，兼顾考证**

本系列教材根据营销职业岗位的知识、能力要求来确定教材内容，着重理论的应用，不强调理论的系统性和完整性。既细化关键营销职业能力和课程实训，又兼顾营销职业资格的考证，并通过大量案例体现书本知识与实际业务之间的"零距离"，实现高职高专以培养高技术应用型人才为根本任务和以就业为导向的办学宗旨。

**3. 风格清新，形式多样**

本系列教材在贯彻知识、能力、技术三位一体教育原则的基础上，力求在编写风格和表达形式方面有所突破，充分体现"项目导向、任务驱动"和"边做边学、先做后学"。在此基础上，运用图表、实例、实训等形式，降低学习难度，增加学习兴趣，强化学生的素质和技能，提高学生的实际操作能力。同时，力求改善教材的视觉效果，用新的体例形式衬托教材的创新，便于师生互动，从而达到优化学习效果的目的。

由于编者的经验有限，高职高专市场营销专业工学结合规划教材对我们来说还是首次探索，书中难免存在不妥、疏漏甚至错误之处，敬请营销业界的同行、专家、学者和广大读者批评与指正，以便我们能够紧跟时代步伐，及时修订和出版更新、更优的教材。

高职高专市场营销专业工学结合规划教材

编写委员会

销售管理是一门实践性很强的课程，是一门建立在市场营销学、行为科学、现代管理理论和技术基础上的应用科学，是市场营销学科中一个重要的组成部分，是企业营销实践的产物。

这门课程的教学不仅要求学生对销售管理的基础理论和专业知识有全面的了解和掌握，而且要求学生能联系企业销售尤其是销售管理的实践活动，从一个销售经理的视角出发去认识销售管理，理解销售经理职责，掌握销售经理的主要工作内容，以销售经理岗位为基本的职业目标，在心态、观念、知识和能力等方面做好准备。

为了更好地开展、组织销售管理课程教学，实现高职营销专业的培养目标，提高学生的职业能力，我们编写了此书。根据工学结合人才培养模式的要求，结合其他销售管理教材和企业销售管理发展现状，我们在以下几个方面有所探索：

（1）探索项目导向、任务驱动的教学模式。根据销售经理的主要工作内容将全书分为 8 个项目，25 个学习任务以及相应的实训要求，改变了传统的章节形式，既在教材的形式上有所创新，又有利于学生对本课程教学内容的掌握。

（2）力推案例教学法。为了便于教师教学和学生学习，在每个学习任务之前均安排了与内容联系密切的成果展示与分析，有意识地引导教师采用案例教学法。成果展示与分析的另一个重要作用就是提高了本书的可读性，有利于培养学生的自学和阅读兴趣。

（3）注重管理理论与销售管理实践的结合。通过综合实训布置实践任务，通过课后练习锻炼和检测管理能力，并且始终引导学生关注企业、关注销售经理的主要工作，经过资料收集和角色体验逐步认识管理理念，提高管理技能。

本书的编写分工是：齐齐哈尔大学应用经济学院田玉来编写项目二和项目四；安徽工商职业学院陶锐编写项目三和项目六；安徽工商职业学院汪飞燕编写项目七和项目八；安徽工商职业学院李祖武编写项目一和项目五，并负责本书的框架构建、统稿、定稿等事宜。

本书在编写与出版过程中，得到了安徽工商职业学院和清华大学出版社有关领导的支持与帮助，同时我们也参阅借鉴、引用了大量国内外有关销售管理方面的书刊资料和业界的成果，并得到浙江丽水职业技术学院胡德华教授的具体指导，在此一并表示衷心的谢意。

由于编者水平有限，书中难免存在疏漏，请各位专家和广大读者批评指正。

编　者

2010 年 10 月

**127 项目七 回款管理**

# 项目一
## Xiangmu yi
# 销售管理角色认知

### 知识目标

了解销售人员的成长轨迹;认识销售主管的职责;体验销售经理的角色;理解销售经理与普通销售人员在角色上的区别。

### 技能目标

能描述销售管理的主要职能;能客观评价销售管理工作;能撰写就职报告并进行就职演说。

### 训练路径

案例体验;调查;销售经理访谈;角色扮演;就职演说。

### 教学建议

帮助学生体验从普通销售业务员到销售管理者的角色转换是重点;简要回顾管理学知识;通过讲解如何成为一个优秀的销售主管帮助学生明确销售主管的职责和任务。

## 学习任务 1.1  认知销售管理岗位

### ◉ 成果展示与分析

#### 徐经理的烦恼

徐先生是某公司极具推销经验的推销员,因为业绩优异,很自然地被提升为公司天津市场部的销售经理。

上任伊始的他坐在宽敞的办公室里,体味着内心的喜悦。"手下的人都是自己的哥们儿,并且都经过专业技能培训,只要给他们一定的时间,天津市场部一定会在公司中一举成名,到那时,我……"徐先生畅游在遐想中。

半年以后,同样宽大的办公室中,身心疲惫的徐先生正在给公司总部写一份辞职报告。

尊敬的刘总:

我这里的工作已经开展近半年了,半年以来,从人员到业绩都非常糟糕,甚至让我寒心,我没想到的问题简直是太多太多了。

刚到任的时候，下面的销售人员表现得都还可以，精力旺盛、冲劲十足，我也在时间上尽可能地让他们自由支配。一个月下来，只是大家碰碰头，开一次例会。可是情况并未遂我所愿，一段时间过后，大家的兴奋和冲劲消失了，取而代之的是慵懒。并且我原来很要好的朋友竟然也跟我不齐心，甚至对我不服气，散布负面思想……

我开始下决心对队伍进行全面控制，可我自己最不爱管人，于是委派了两名主管分别掌控。可是针对我委派的人员又引发了异议和不满，不良的气氛一天天加剧，甚至出现了哄抢客户的事件……

一季度结束的时候，我去市场上看了看，结果令我出了一身冷汗：公司原有的市场份额正在流失。更糟糕的是，客户对公司的印象很差，怨声载道，甚至有的客户直接对我说："买了你们公司的东西，简直就是上了贼船……"

没有别的选择，我只有加强对队伍的控制力度。那时我几乎每天都要找人谈话，可是往往是压住葫芦起来瓢，我想在他们当中安插内线的想法最终也落空了，队伍的混乱状况已经达到了有很多人想离开的程度……

正在无奈当中，听朋友介绍对销售队伍的控制要靠管理表格。我就像在汪洋大海中找到了救命稻草一样，狂找资料、狂想点子。我终于设计出了一整套的表格，把我所能想到的条目都列了进去，并且强制推行，谁不认真填写，谁就拿不到基本工资。在我的强力控制下，大家还真填了，写的东西还挺多。

当时我真欣慰了几天，以为自己终于抓住了控制销售队伍的"命脉"。可是直到一个月前，我再去走访客户的时候，面临的现实彻底让我崩溃了：表格中记录的对我们公司产品钟爱有加的客户，其实根本就没有见过我的业务代表，更没有见过我们的产品……

对这种明目张胆的欺骗行为，我也愤怒过，直到我了解到"敷衍"其实是一种普遍现象，大家早就这么干了……

在公司中，我的话已经没有任何分量了，我甚至觉得自己是办公室里最尴尬的一个人，名义上是经理，可实际整个队伍已经完全失控，队伍中有混日子的、有自己干私活的，想挣钱发展的小黄已经给我打招呼下月要走了……

半年的奔忙中，我自己根本没时间和心情去处理更多事情，去设计未来的状况，自己离客户也越来越远了……

我彻底绝望了，最近我总怀念做业务的时候，只需去考虑自己的客户，那时候业绩好、收入好、大家关系也好……

资料来源：秦毅. 如何建设与管理销售队伍. http://www.eln.com.cn

徐先生的经历反映了所有销售人员在由普通的销售业务员到销售经理转换过程中所面临的问题，其核心问题集中体现在销售人员如何顺利实现从业务员到管理者的角色转换。一项调查表明，因不能认清自己的职位所引发的角色错位、角色缺位、角色模糊导致了80%的管理者超过50%的工作"毫无价值"或者"价值缩水"。因此，不论是已经走上管理岗位的管理者还是即将走上管理岗位的管理者，所面临的首要问题和要做好的第一件事就是正确认识和了解管理者的岗位职责与主要任务，顺利地完成角色转换。

## ● 知识储备

### 1.1.1 管理知识回顾

虽然管理作为一门科学并形成其相应的体系的时间并不长,但我们必须承认至少自从人类社会产生以来,管理就已经是维持人类群体组织生存发展的重要而且不可或缺的手段,是一直如影随形地与我们的工作、生活密切相关的。在动物世界里我们不也经常看见管理的身影吗? 以动物群的首领为中心的族群生活形态体现的就是某种形式的管理。我们每个人也经常在进行管理:管理我们的家庭,管理我们的工作和日常生活,管理我们要想做好的每件事等。我们每个人也时时被管理:被上司管理,被政府管理,被社团管理等。总之,管理无时不在、无处不在,与我们的工作和生活密切相关,而且既不虚幻也不简单。

企业管理,其目的是为了实现或者达成企业这一群体组织的生存、发展、壮大的目标和利益,优化内部环境,强化生存能力,维系、增强、延续和扩展生存发展的空间和时间,说得直白一些,就是要多、快、高、久地赢利,体现其存在的价值和意义。从手段而言,管理就是通过他人执行和完成组织的目标和任务。从职能而言,顾名思义管理就是"管人"和"理事",通过整合企业拥有或可调度的资源,组织和调配合适的人员队伍来执行已经计划好的事情,并且有效率和效益地实现目标,也就是常说的围绕企业营运目标而采取保证目标达成的相关动作和过程,如计划和决策、组织、指挥、领导和激励、控制和调整、服务协调等。从企业管理的指向或者业务领域来看,管理就是经常提及的营销管理、财务管理、人力资源管理、采购管理、生产管理、研发管理以及作为企业功能管理的运转平台的行政管理等。这些管理都是企业运作过程中的专业管理。也有人说管理的四大职责是选拔才干、界定结果、发挥优势和因才适用。

管理的目标就是要通过工作能力强且态度好的高素质人才和人才组合,恰当地运用各种管理工具和措施,使企业形成一个积极向上、氛围融洽、运转通畅和充满希望的工作环境,影响和促使企业的员工围绕企业的目标和利益,在自己力所能及的岗位上热情主动、有效负责地发挥个人的才干,进而为企业也为自己带来更多、更快、更高、更久的利益。管理的重点就是:定营运目标、抓策略规划、搭领导班子、建章程制度、选人才组合、带操作团队、审运作机制、讲反馈总结。管理本身也许未必能直接创造多少价值,但管理作为一种群体组织必不可少的组织运行手段,确实是最能带来企业经济效益和综合效益的行为。所以随着社会的发展、经济结构的复杂、企业规模的扩大和市场竞争的激烈,管理越来越重要的观点已是毋庸置疑的了。

### 1.1.2 销售管理知识描述

销售是一项重要的企业经营活动。通过销售,企业实现销售收入,获得利润,赢得顾客,谋求企业的长远发展,但只有对企业的销售活动进行有效的管理才能实现上述目标。销售管理是企业管理的主要内容。

企业的销售管理基本上涉及两方面的内容,即"理事"和"管人"。在销售过程中会涉及诸如设计销售组织的体系和架构、制定销售管理制度和年度销售政策、销售各环节的操作细则和衔接机制;销售目标体系的订立以及按不同分类办法的分解落实;客户甄别选择维系和评估;合约商洽议定;物流调配;产品铺市和市场维护;生动化陈列、终端推广、促销计划与操作实施;应收应付的账款控制;销售费用支配审核;销售活动支援、企业销售资源协调调配;销售或有关营销会议的参与或组织主持;各类相关的报表报告的整理和分析等方面的工作,这些都是销售管理中的"理事"的具体内容。所有这些工作必须而且只能通过一支富有战斗力和竞争意识以及良好的心态和作风的销售队伍才能予以正确高效地操作和执行,这就涉及极其重要而且难度系数较高、艺术性很强的另一项销售管理内容——销售人员管理,即"管人"。这项内容包括根据既定的销售目标、销售组织架构和销售政策确定销售队伍的素质需求和编制并进行的人员聘选和培训;人员的分派和调整安排;工作计划的参与和指导;行动追踪检查与效率检讨;绩效考评与奖惩激励;团队建设和风气引导等。当然在销售管理实际工作中,这两部分是很难截然分开的。

对于销售管理的含义,中外诸多学者都从不同角度作了各种解释,我们比较倾向于以下解释:销售管理是一个通过计划、人员配备、培训、领导和控制组织资源以实现组织销售目标的有效方式管理。可见,销售管理的目的是实现组织的销售目标,实现组织销售目标的手段是基本的管理职能,并且要求销售经理以一种高效的方式来实现既定的销售目标。

**小思考**:销售管理与营销管理的区别与联系分别是什么?

## 1.1.3 销售业务员的成长轨迹

一个新的销售业务员进入企业的第一个阶段是学习阶段,该阶段通常需要 3～6 个月的时间。在这段时间里,销售业务员需要了解自己加入的企业和行业背景、产品知识和客户的情况。由于这时销售业务员刚开始与市场和客户接触,正与客户建立联系,销售业绩普遍较低,往往只有平均销售业绩的几分之一。该阶段新的业务员都有很好的期望、态度和激情,他们新加入一家企业,期望有好的发展机会和表现。

第二个阶段是成长期。销售业务员经过 3～6 个月的学习,已经掌握了基本和必须的知识,并且已经和客户建立了联系,这表明他进入了成长期。这时销售业绩随着销售业务员能力的提高而提高。销售业务员不断深入地了解客户的需求,以使更多的客户信任自己的企业、产品和服务,不断加深企业与客户之间的合作关系,并且帮助客户解决产品使用中遇到的问题,吸引客户连续不断地购买自己的产品和服务。这是一个日积月累的过程,也是销售业务员业绩不断增长的过程。销售业务员的成长期需要 6 个月到 1 年的时间。

第三个阶段是稳定期。该阶段销售业务员已经发挥了自己的潜力,使得自己的销售业绩达到在自己能力范围内的最高点,业务员可以稳定地保持自己的业绩。这时,销售业务员开始关心自己的发展,如果企业不能提供对他有吸引力的发展机会,销售业务员的态度就会消沉,甚至开始考虑跳槽的问题。

作为销售业务员,应该了解销售人员的成长轨迹,把自己的注意力首先放在学习上,放在对企业、产品、市场和客户的认识和了解上,放在自身业务能力的提高上,为向更高层次的发展奠定坚实的基础。

　　作为销售管理者,主要任务是如何尽快缩短销售业务员的学习期和成长期,提高销售业务员稳定期的业绩并使得销售业务员的稳定期更长。其核心问题就是如何迅速提高销售业务员的销售能力,同时还需要配合企业做好销售业务员的职业发展规划,确保培养出更多的优秀业务员,并让他们为企业服务更长的时间。

　　经过第三个阶段以后,优秀的销售业务员面临两种选择:有的销售人员会选择独立创业,自己当老板;有的选择进入管理层,从基层管理开始逐步上升到中高级管理层。

## ◉ 任务演练

### 销售管理岗位调查

　　**调查目的:**了解销售管理在现代企业中的地位;了解对销售经理的不同称呼;了解销售经理的岗位职责和权利。

　　**调查方法:**企业走访、问卷调查、案头资料收集。

　　**调查组织:**组成学习小组,每组5～6人,推选一名组长。

　　**调查结果:**各小组根据调查资料撰写调查报告并派代表进行课堂发言。

 **学习任务 1.2　认知销售管理职能**

## ◉ 成果展示与分析

### W公司的销售组织结构调整

　　W公司是南方一个大型上市公司,1996年时主要生产终端类产品,当时它按区域进行了简单的市场划分。

　　随着市场的发展,1997—1998年,该公司开发了打印机、银行刷卡机等新产品。这时该公司是按照产品来划分市场,即A销售队伍负责终端类产品,B销售队伍负责打印机,C销售队伍负责IC卡、金融卡。

　　很快W公司就意识到这样划分效果不好,于是对上述模式进行改革。新模式采用以客户为导向的市场划分方式,即A销售队伍负责工商银行,B销售队伍负责农业银行,C销售队伍负责建设银行……按不同的行业来分,每个行业的销售代表负责所有产品,包括终端类产品、打印机、金融卡等。该规划确实不错,但是这个弯转得有点快了,最终的效果并不是很理想。

　　随后,W公司进行了进一步的改革,增设产品经理职位。具体做法是仍然按照以客户为导向来划分市场,但是公司在大区一级的机构设置了产品经理职位,其职责就是负责某一个产品线在本地区所有的销售以及相关的支持活动。产品经理具体做什么呢? 简而言之,有两件事情:第一件事情就是经常给下面的销售队伍培训,帮助销售队伍熟悉各个产品;第二件事情是帮助销售人员进行销售,尤其是涉及技术问题,销售人员无法解答时,产品经理要跟技术人员一道帮助销售人员进行解答。增加产品经理这个职位以后，再配合以客户为导向的销售模式，W公司的销售状况逐渐好转，销售业绩不断增长。

资料来源：秦毅.市场的区隔划分与组织内部设计.http://www.zwedu.com/Section/G050401.html

企业的销售活动要有效进行，就要有一定的组织形式与之相适应，恰当的销售组织是企业实现预期销售目标的保证，是销售管理的重要职能。

作为销售经理，需要认识和了解各种销售管理职能，确定自己的工作职责和明确工作任务，并在实际工作中熟练运用这些职能来管理销售队伍和提高销售业绩。

## ● 知识储备

销售经理作为销售部门的领导管理者，要注意发挥管理四大基本职能，即计划、组织、领导和控制。

### 1.2.1　计划职能

计划是所有管理职能中最重要的功能之一，但也往往是企业中销售经理缺乏的管理职能。切实可行而又富有挑战性的计划是其他工作顺利开展的前提。若计划做得不好，那么在组织、领导、控制等工作中，就会陷于被动。

要制订好销售计划，首先要了解公司总体战略计划及营销战略计划，因为如果没有战略目标，销售部门的工作也就没有方向或者偏离公司的战略方向。只有知道了目标是什么，才可能对工作做出计划，并率领整个部门沿着正确的方向前进。计划主要包括以下步骤。

**1. 环境与形势分析**

作为销售经理，要清楚地知道：与竞争对手相比，本企业有哪些优势，竞争对手有哪些优势；本企业的劣势是什么，竞争对手的劣势是什么；在市场中企业有哪些机会；面临的威胁有哪些。

企业常见的竞争优势包括以下几类。

（1）成本优势

本企业的生产制造或其他营运成本，相对于其他企业较低，就形成成本优势。成本低，企业的产品在定价上较有竞争力，这是一般企业追求的重要竞争优势之一。

（2）品质优势

一般产品或服务都有高、中、低等不同的质量等级，如果质量好而且被消费者认同，那这种产品或服务的质量就成为一种优势。因为消费者可能会愿意多花钱来购买这种优质的产品，或在相同价格下，愿意选择服务好的公司。

（3）品牌优势

品牌优势不会是与生俱来的，拥有这种优势的企业，通常都已投入了很多努力，如广告的投入、各项促销活动的推出，以及公益活动的参与。建立一个广受欢迎的品牌，是一件很困难的事，但在建立之后会成为最珍贵的优势。

（4）效率优势

效率优势也称生产力优势。生产效率或经营效率越高，其相对的成本越低，对竞争自然有好处。通常，企业员工精简和素质高比较能拥有效率优势。

（5）规模优势

规模大是指市场规模大、营业额大以及市场占有率大。企业市场占有率大，并且具有规模经济，就具有规模优势。

（6）技术优势

某些企业在市场上竞争，靠的不是成本与质量，而是拥有别人没有的技术。这种技术或许来自外国的授权，或许来自自己的研究开发。有独到的技术，通常表示这家企业可以生产出别人所不能生产的产品，还可能创造一项独门生意或生产出成本最低或质量最高的产品，从而拥有成本优势和品质优势。

（7）员工优势

员工的素质高低与凝聚力的高低也会影响到企业产品或服务的效率。自觉性高的员工，可减少公司的管理成本；认真负责又能集体合作的员工，可提高效率。

**2. 做好销售预测、制定销售目标**

根据分析的结果，就可以制定详细可行的销售预测和具体的销售目标。不过，制定目标时要注意有目的地实施计划、配置资源、安排日程等。总之要具体，可衡量，切合实际以便可以按时完成。

**3. 制定部门的目标体系**

要实现远景目标就必须制定部门的目标体系，每一个目标都顺利地实现了，销售目标也就实现了。

**4. 制订具体的行动计划**

所有的销售方案，都要制订具体的行动计划，并定期加以检查。

## 1.2.2　组织职能

在当今市场环境急速变化的压力下，企业内组织结构的发展变化将是革命性的。那些成功地调整组织结构的公司将向成功迈进，而那些不调整的公司将面临失败。组织结构直接影响企业适应环境变化的能力。销售部门的组织结构更是如此。

销售组织结构对企业满足顾客需求的能力、赢利能力、运营成本都有重要的影响。正确的销售组织结构不能保证销售的成功，但不正确的销售组织一定会阻碍成功。一般组织结构设计应遵循以下原则。

（1）层次原则。从组织的低层向上，每一个层次上的每一个职位都是它上一层次的某个职位的下属。

（2）统一指挥。组织中没有一个人同时有两个顶头上司。矩阵组织是一个例外，但矩阵组织只在特定的环境下采用。

（3）管理幅度。向一个上级直接汇报的下属人数应该适当地控制。一般而言，主管的直接下属有 3～7 人比较合适。管理幅度的大小应该根据工作的复杂性、主管的能力以及其他因素来确定。

（4）直线与参谋。直线机构完成组织的主要职能，而参谋机构则给直线机构提供支持、建议和服务。这两种职能的分开有利于提高工作效率和保证组织中的工作不陷于文山会海。

（5）专业化。工作的设计应该不重叠。当员工只从事某一项工作时，他会更加熟练和有效率，这样可以提高整个组织的效率。传统的管理理论提出 4 种工作细分的方法，即目标、过程、客户类型和地理位置。

## 1.2.3  领导职能

为了保证销售业务的正常运行，需要对所有的销售员进行领导，指导他们做什么、如何做、为什么做和什么时候做。要想让销售员的行动取得理想的成效，则要设法让他们建立共识，赋予他们责任心和使命感，销售员也应当确切地知道公司对他们的要求。所以要确保销售员了解公司总体销售目标、他们必须做哪些具体工作和要求他们达到什么标准。知道了工作的原因可使销售员更有效地依照工作程序和标准开展工作。他们若明白了自己行动的目的，就能更加积极地发挥主动性。

在指挥销售员工作时，销售经理要能够领导销售员沿着正确的方向前进，身先士卒，还要有亲和力，并且对部下要多褒少贬，以激励销售员做得更好。

## 1.2.4  控制职能

为落实计划和实现目标，销售经理要时刻关注销售人员和业务的发展动向，并制定各种衡量基准，掌握情报回馈，通过追踪考核来对整体销售业务与人员进行控制。同时，还应了解计划正在如何进行，并在必要时进行调整，包括对销售员增加工作压力或进行制止，以防止销售员做出愚蠢或危险的事等。

良好的信誉与服务对公司来说至关重要，树立好的公司形象要花很长时间，而毁掉良好的形象只需几分钟。因此要认真监督和控制产品及企业销售的整体服务质量。

所以，销售经理要能做到全面了解企业状况、密切注意各项细节、定期评估绩效、判断员工如何表现，并注意重点管理等。

**小思考**：销售经理是应该关注自己的销售业绩还是应该重视团队的销售业绩？

### ● 任务演练

**销售管理组织类型调查**

**调查目的**：了解不同行业、企业的销售组织类型；了解各种销售组织类型的优缺点；了解各种销售组织类型的适用范围。

**调查方法**：企业走访、问卷调查、案头资料收集。

**调查组织**：组成学习小组，每组 5～6 人，推选一名组长。

**调查结果**：各小组根据调查资料撰写调查报告并派代表进行课堂发言。

## 学习任务 1.3  如何成为一名优秀的销售经理

○ **成果展示与分析**

### 陈经理的成功与失败

**陈经理的成功**

TR 公司是某名牌电脑在我国北方地区的最大代理商,它主要通过门市部和二级代理商两种渠道进行销售。首先,TR 公司在北京有两个经营得非常不错的门市部,通过门市部直接销售给个人和家庭;其次,TR 公司发展了覆盖整个华北地区的众多二级代理商,通过它们进行销售。

2000 年年初,公司聘请陈先生任家用电脑(即 PC)销售部的销售经理。这位陈先生以前从事的是个人寿险方面的行销工作,表现非常不错。上任后,他就把保险行销那套管理模式带过来了,采取了以下管理措施。

(1) 强调早晚例会。即早晨八点半要开早会,晚上五点半要开夕会,不管什么原因,早晚的例会一定要开。早会宣布一天的工作、解决各方面的问题,然后具体布置一天的工作,之后销售队伍分头行动,该打电话就打电话,该去门市部就去门市部,该盯竞争对手则去盯着……

(2) 严格地计件提奖。即销售员这个月完成多少销量就给销售员多少报酬,销售出去多少就拿多少提成,如果超指标则有超指标奖励。

(3) 实行末位淘汰。用陈经理的话叫做"第一个月红灯,第二个月走人"。即第一个月没有完成任务,就要亮红灯,提出口头警告;第二个月如果还没有完成任务,那就叫他走人。

(4) 超额有重奖。针对超额完成销售任务的情况,陈经理制定了一套奖励标准。例如超额 120% 以上,奖励将大大超出正常计件提奖的范围。

2000 年年末,在陈经理来后不到一年的时间里,TR 公司的家用电脑销售部的业绩非常出色——在所有该品牌电脑的北方地区代理商中,销售部出货量是最大的,同时还为公司赢得了许多相关的资源。

**陈经理的失败**

2001 年,TR 公司所代理品牌的厂商对市场策略进行了调整,决定将战略发展方向放在发展商用机上。该厂商瞄准了四大行业:教育、金融、电信和政府采购。针对厂商市场策略的调整,TR 公司也进行了相应调整。他们撤换了原来负责商用机销售工作的经理,由原来负责家用电脑销售的陈经理出任商用机销售部经理。很自然,陈经理又把原来的那套管理模式移植到了新部门。上任以后,他采取了一些同以前类似的改革措施。

(1) 强势激励,降低商用机销售部原来的底薪,提高提成比例。

(2) 严格执行早会和夕会制度。

(3) 对整个过程进行严格的控制与管理。要求每一名下属都认真填写各种管理控制表单、日志和周计划等。

显然,这时 TR 公司的销售对象已经发生了很大变化,销售模式也与以往不同——以前 PC 的销售是通过门市部销售给个人,或者是销售给二级代理商进行二级销售;而现在则要带着电脑直接面对终端客户,不是某一个人,而是一个组织或一个机构。结果这次改革措施的推行效果与他想象的有很大差距。

从 2001 年春天起以上措施开始实行,到半年后为止,出现了以下几种不良结果。

(1)有的业务代表开始蒙骗客户,过分夸大公司的承诺。

(2)员工之间开始互相拆台。

(3)业务尖子开始离职。

(4)整个队伍的业绩水平没有像预期的那样增长,甚至还略有下降。

9 月份的时候,陈经理只能离开这个岗位,离开了这家公司。

资料来源:秦毅. 如何建设与管理销售队伍. http://www.eln.com.cn

该案例告诉我们:相同的管理方式会产生不同的管理效果。其中主要的原因就是销售队伍的风格不一样,它的管理方式自然也应不一样,两者需要进行良好的匹配。对于销售经理来说,他所面对的问题是复杂多变的,具体表现为不同的产品、不同的市场、不同的客户、不同的销售队伍。优秀的销售业务员不一定就能成为优秀的销售经理,在某个领域表现优秀的销售经理在一个新的领域未必也能表现优秀。要想成为一名优秀的销售经理和出色的管理者,必须有良好的心态、清晰的角色意识和高水平的管理技能。

## ● 知识储备

### 1.3.1 端正心态,修炼品行

要成为一名优秀的销售经理,首先要树立良好的心态,理性地看待职位和权利;要有宽阔的心胸,能够包容各种不同的人和事;要善于控制自己的情绪,不能因为情绪失控而影响工作;更重要的是还要有较强的影响和控制他人情绪的能力,能够有效地与他人沟通。

其次,优秀的销售经理还要注意修炼自己的品行。销售经理是销售团队的核心和灵魂,他的品行直接影响销售业务员的工作态度,影响销售团队的风气和氛围。销售经理应注意从以下几个方面修炼自己的品行。

品行一:敬业。一个敬业的人才会得到别人的赏识和尊敬,对于销售经理来说,敬业也是必修的一种品质。敬业,就是尊敬、尊崇自己的职业。如果员工以一种尊敬、虔诚的心态对待职业,甚至对职业有一种敬畏的态度,他就已经具有敬业精神。

品行二:专注。所谓专注,就是专心致志、全神贯注,不受任何内心欲望和外界诱惑的干扰,对既定的方向和目标不离不弃,执著如一、不懈努力。专注需要坚持,坚持就是力量。人们都会信任一个坚韧不拔、意志坚定的人。不管他做什么事情,还没有做到一半,人们就知道他一定会赢。因为每一个认识他的人都知道,他一定会善始善终。

品行三:主动。销售经理与普通员工的区别就在于销售经理是主动做事,而普通员工则需要销售经理把工作分配给他后才能做事情。主动就是指以积极的态度投入到工作中去,主动申请任务并承担责任,同时在工作的过程中还能够主动想问题、发现问题并且不断改进。主动工作的人以主人翁的态度投入工作,并且能够有所改进和创新。

**小测试**:你在工作生活中的情商如何?

情商测试表如表1-1所示。

说明:5=能力很强;4=能力较强;3=能力一般;2=能力较差;1=能力很差。

表1-1　情商测试表

| 类别 | 评估项目 | 5 | 4 | 3 | 2 | 1 |
|---|---|---|---|---|---|---|
| 自我意识 | (1) 不同的心理暗示与不同的感情结合起来 | | | | | |
| | (2) 当有压力时,让自己放松 | | | | | |
| | (3) 强化工作的意愿 | | | | | |
| | (4) 了解你的行为对别人的影响 | | | | | |
| | (5) 成功地解决你与别人之间的争端 | | | | | |
| 管理情感 | (6) 当你生气时让自己迅速冷静 | | | | | |
| | (7) 了解你会在什么时候生气 | | | | | |
| | (8) 挫折之后重新开始 | | | | | |
| | (9) 了解别人何时悲伤 | | | | | |
| | (10) 与他人取得一致 | | | | | |
| 自我激励 | (11) 了解你现在使用什么样的判断力 | | | | | |
| | (12) 用内心"独白"来改变你的情感状态 | | | | | |
| | (13) 在从事不感兴趣的事情时创造激情 | | | | | |
| | (14) 帮助他人控制他们的情绪 | | | | | |
| | (15) 让别人感觉良好 | | | | | |
| 与他人沟通 | (16) 了解你何时情绪变化 | | | | | |
| | (17) 当你成为别人的出气筒时会保持冷静 | | | | | |
| | (18) 终止或改变工作效率低的毛病 | | | | | |
| | (19) 表现出与别人的心意相通 | | | | | |
| | (20) 如果别人需要,向他们提供建议并在情感上支持他们 | | | | | |
| 社交技能 | (21) 了解什么时候你会变得固执 | | | | | |
| | (22) 认识到什么时候你会产生消极思想并制止它的产生 | | | | | |
| | (23) 言出必行 | | | | | |
| | (24) 与他人亲密地交谈 | | | | | |
| | (25) 准确地对人们的看法做出反应 | | | | | |

自我意识=_____;管理情感=_____;自我激励=_____;与他人沟通=_____;社交技能=_____。

根据得分自我分析:_____。

## 1.3.2　转变角色,适应角色变化

从一名普通的业务员晋升为销售经理,不可能很快就适应这个变化,甚至根本还没有意识到需要发生什么变化以及这种变化对自己承担销售经理工作的重要性。他的思维方式、行为方式不可能在短时间内从普通业务员转变为一个销售经理。在这种角色变化中,每一个业务员都需要一个适应过程。

一个优秀的管理者在管理他人之前,所要做的就是对自己要有一个清醒而准确的认识。认清自己作为一个管理者在企业中的作用和位置,也就是本章所说的角色认知。如果不能很好地认清自己的角色和能力,就很容易产生各种弊端。所以,当销售业务员被任

命为销售经理时,应该明白自己在整个团队中的角色已经发生了转变,必须重新进行角色的定位。

销售经理在企业中对下代表企业的领导,负责向下属宣布公司的目标和计划,并监督下属执行,同时负责管理和领导所属员工;向上代表基层管理者和员工,负责向上反映计划的执行情况、目标的完成状况以及企业所面临的情况,并向上反映下属的利益要求。所以说销售经理对下是高层领导和经营者的替身,向上是员工利益的代表和情报员。

作为销售经理,要演好自己的角色,不是一件容易的事,但也不是一件难事,关键在于是否有角色意识。有了这种角色意识就有了演好角色的前提,余下的就是能力的问题。如果所有的角色都演好了,自己离成功的目标就不远了。

### 1. 作为上司下属的角色

作为上司下属的销售经理,角色是十分明确的,那就是——经营者的替身!销售经理作为一个中层管理者,是因为高层领导分身乏术而出现的。设置具有不同职责的管理者,可以实现不同的分工。从业务的角度、专业的角度来看,一个人是不可能掌握公司各种分工所需的技能的。管理者在自己职责上,实现管理的专业性。中层管理只有在上司授权范围内来管理自己的部门,各部门在分工的基础上,共同协作,为上司做好这个工作,提高整个组织的效能和生产力。

### 2. 作为平级同事的角色

一个公司里有许多中层管理者,每个中层都负责管理一项事务。所以销售经理和其他管理者都享有相同的权利,都有相同的义务,中层管理者在管理内部事务上相互独立,但又在整个公司的框架下协调工作。

### 3. 作为下属上司的角色

在下属面前,销售经理扮演了五大角色:管理者、领导者、教练、变革者和绩效伙伴。

作为下属的上司,首先是管理者。所谓管理者,就是"通过他人达到目标"的人。所以,主管者的首要任务是:如何让下属工作且工作得更好。通过计划、组织、控制、协调等职能,运用企业的人员、固定资产、无形资产、财务、信息、客户、时间等资源,以实现组织赋予自己的目标。

通常人们会将上司称为"领导者",但是领导实际上不是一种职位概念,而是上司的一种行为方式。管理者的角色不仅仅是对所拥有的资源进行计划、组织、控制、协调,关键还在于要发挥影响力,把下属凝聚成一支有战斗力的团队,同时激励下属、指导下属,选择最有效的沟通,帮助下属提升能力等。这是销售经理十分重要的角色。

销售经理的变革者角色是指销售经理在其职权范围内充当本部门许多变革的发起者和设计者。变革者角色的活动开始于观察工作,寻找各种机会和问题。当发现一个问题或机会以后,如果销售经理认为有必要采取行动来改进部门的目前状况,就应该提出改进方案,报上级批准后组织本部门实施。

如果下属的能力不能提升,如果只等着下属"实践出真知",销售经理就失职了。不仅失职,而且这就可能是自己的部门经常不能很好地完成各项任务的原因。不要以为下属能力的提升是企业的事情或是人力资源部门的事情。一项国际调查表明,员工的工作能力70%

是在直接上司的训练中得到的。销售经理如果想要下属有很高的工作绩效,自己就必须成为教练,不断地在工作中训练下属,而不是只知道用他们。

销售经理不是高高在上,向下属分派完工作,等着要结果的"官"。销售经理应是下属的绩效伙伴。这就意味着:销售经理与下属是绩效共同体,销售经理的绩效有赖于下属,下属的绩效有赖于销售经理。既然是伙伴,就是一种平等的、协商的关系,而不是一种居高临下的发号施令的关系,应通过平等对话、良好沟通帮助下属;既然是伙伴,就要从对方的角度出发,考虑下属面临的困难,及时为下属制订绩效改制计划,从而提升绩效。

**小思考**:你心目中的销售经理应该是什么样的? 你希望你的下属应该是什么样的?

### 1.3.3　不断学习,增强管理技能

作为销售经理,首先得认识到学习的重要性并不断地倡导学习,从而帮助和引导下属不断学习。

对于销售经理来说,主要通过以下几条途径进行学习。

(1) 学习有关本企业的知识,即本企业的历史、文化、组织结构、战略、业务、产品等。

(2) 学习行业的历史、现状和发展趋势。现在,很少有企业能有"垄断"的能力。每一个行业中都会有许许多多的企业在参与竞争。只有充分地了解行业和竞争对手的情况,我们才能够更好地采取策略与之竞争。

(3) 学习管理的有关知识,包括管理学基本理论、组织行为学、心理学等。因为主管直接面对的是形形色色的下属,只有充分了解他们,才能想办法管理好他们并影响他们。

(4) 学习市场营销基本知识,包括现代市场营销观念、市场分析方法以及市场营销组合策略等,注重以消费者为中心、从战略的角度、利用整体营销手段来有效地指导销售活动。

此外,学习、练就良好的表达能力和沟通能力,学习驾驭文字的能力,培养艺术修养等也是必要的。

另外,学习的方式也可以多种多样,比如:

(1) 设立专门的培训课程,以授课的方式学习。

(2) 召开讨论会,以经验交流的方式学习。

(3) 建立小型图书馆,鼓励自我"充值"。

(4) 利用机会,去大学进修或者参加管理培训班。

### 1.3.4　关注营销职业道德

销售人员的职业道德问题已经成为企业不得不关注的问题。道德问题与销售工作密切相关,缺乏强烈的道德价值观,会使企业的销售业务、客户服务等陷入困境。这种困境会损坏企业在公众心目中的形象甚至导致法律问题。作为销售经理如何保证自己及下属与客户交流时不跨越道德界线? 有时,观念性的方法比制定冗长的规定和指示更能发挥道德卫士的作用,因为那些规则很难要求销售人员去遵守。

**1. 营销道德理论**

可以说中国的企业在销售上出问题的十有八九与销售管理及业务人员的职业道德有关

系。销售经理及其他营销管理人员的职业道德不仅影响到公司销售政策的执行,而且还直接影响到各项营销决策中,如促销方式与媒体选择,对经销商的政策等。

营销道德旨在通过建立一个合乎伦理道德的企业文化体系来增加公司价值观中的道德成分,加强全体员工对道德准则的遵守,帮助销售经理了解公司的原则和价值观念,从而对具体的营销决策产生影响并指导销售人员的行为。

销售经理是销售队伍的三军统帅,更是企业与客户、与社会沟通的桥梁,所做的每一项决策都要将道德观念渗透其中,使那些看起来艰难、模糊的道德性决策变得非常清晰。

**2. 克服道德回避**

销售经理要鼓励每一位销售员看到并说出他们行为中的道德因素,帮助他们克服讨论道德问题的严重障碍,使整个销售部门建立起更强的道德观念。

在实际工作中,销售管理者及其销售人员极少讨论他们日常工作面临的道德问题,这被人们称作"道德回避"问题。

企业中存在一个"商业道德上的代沟",年轻的员工"在很多问题的道德取向上不如年长的那样严格",这说明员工的道德信念正随着时间流逝逐渐消失。如果销售经理继续允许销售员保持道德缄默,那么结果可能会是整个销售部道德堕落,连现状都无法维持。为什么营销团队的成员们不愿意承认行为中的道德基础?与销售经理关系更密切的是,这一问题是否会阻挠建立一个合乎道德的营销体系的工作?从长远来看,道德回避使公司付出了以下的代价:造成了销售人员道德健忘症、对道德的理解极度狭隘、对作为个人的销售经理产生了道德上的压力、无视道德的陋习及道德规范的权威性降低等。这些影响都是非同小可的。任何一个想要认真实施其行为准则或合乎道德标准的销售部必须克服"道德回避"问题。要在销售部建立道德规范,就应克服道德回避产生的负面效应,同时消除它对销售团队的和谐、效率、销售经理自身的权力和影响力的威胁。此外,还需要强调道德讨论带来的利益。

**3. 培养道德价值观**

一个部门符合道德的行为首先来源于一个强有力的部门经理。

如果销售经理根本不在乎是否有人因为使用了公司产品而死亡,那么销售团队里的其他人也不会在乎。但如果你能坚持不懈地关注各种决策造成的社会效应,销售员也就很可能追随而行。

培养核心道德观似乎是企业最高领导人的责任,但培养销售团队的道德观,销售经理却责无旁贷。没有特点的原则是不起作用的。商业道德是建立在传统的目的论和道义论基础之上的,所以常用的处理商业道德的方法也并不是非常有用,但有一条却是万变不离其宗的:有道德的人才能作出正确的决策,而道德是在实践中学到的。这就是说,销售经理在没有让销售人员学习基本的道德标准之前不能要求他们作出符合道德的决策。道德是作出准确评价和判断的关键。

**小测试**:你会进行管理吗?

管理素质测试表如表 1-2 所示。

说明:ML＝非常像我;SL＝有些像我;NS＝不肯定;SU＝不太像我;MU＝一点儿都不像我

表1-2　管理素质测试表

| 项　　目 | ML | SL | NS | SU | MU |
|---|---|---|---|---|---|
| （1）我可以让其他人为我做事 | | | | | |
| （2）我经常评估我的工作绩效 | | | | | |
| （3）我不喜欢参与一些权力之争 | | | | | |
| （4）我喜欢无限制目标提供给我的自由 | | | | | |
| （5）当一切井井有条并且很安静的时候我才能工作得最好 | | | | | |
| （6）我喜欢面对众人作口头陈述 | | | | | |
| （7）我坚信自己有能力完成艰巨的任务 | | | | | |
| （8）我实在不喜欢写东西 | | | | | |
| （9）我喜欢解决极度的困惑 | | | | | |
| （10）我是一个有组织有纪律的人 | | | | | |
| （11）我很难指出别人的错误 | | | | | |
| （12）我喜欢每天从早到晚不停地工作 | | | | | |
| （13）我认为文案工作是一项平常的工作 | | | | | |
| （14）我喜欢帮助别人学习新事物 | | | | | |
| （15）我喜欢自己一个人工作 | | | | | |
| （16）我认为了解什么人很重要，了解什么事并不重要 | | | | | |
| （17）我喜欢马上就做好几件事 | | | | | |
| （18）我擅长管理钱财 | | | | | |
| （19）我宁愿在争吵中放弃原来的主张，也不愿让局势无法控制 | | | | | |
| （20）我精通电脑 | | | | | |
| 合计分值 | | | | | |

根据得分自我分析：＿＿＿＿＿＿＿＿＿＿＿＿＿＿＿＿＿＿＿＿＿＿。

## ◉ 任务演练

### 管理角色认知训练

**训练目的**：确认自己将要承担的管理者角色、认识所承担角色的重要性、分析管理中存在的困难和问题并提出改进建议。

**训练方法**：角色扮演、课堂讨论。

**训练组织**：组成学习小组，每组5～6人，推选一名组长。

**训练结果**：客观评价自己，填写所提供的表格（见表1-3～表1-5）；小组讨论、分享。

表1-3　管理者角色的确认与评价表

| 评价项目 | 重要性排序 | 最容易承担的角色 | 最难以承担的角色 |
|---|---|---|---|
| （1）群体领导的角色 | | | |
| （2）联络人的角色 | | | |
| （3）信息分配的角色 | | | |
| （4）信息收集的角色 | | | |
| （5）代言人的角色 | | | |
| （6）变革的角色 | | | |
| （7）委派授权的角色 | | | |

续表

| 评价项目 | 重要性排序 | 最容易承担的角色 | 最难以承担的角色 |
|---|---|---|---|
| (8) 控制的角色 | | | |
| (9) 协商的角色 | | | |
| (10) 执行评价的角色 | | | |
| (11) 培训下属的角色 | | | |

表 1-4  最容易承担的角色分析表

| 分析内容 | 角色一＿＿＿＿＿＿ | 角色二＿＿＿＿＿＿ |
|---|---|---|
| 知识<br>(你需要知道些什么?) | | |
| 技能<br>(你应该能做什么?) | | |
| 感受<br>(你需要得到什么样的感受?) | | |
| 背景<br>(如角色的界定和结构,别人的态度和行为,<br>得到或缺乏的支持和鼓励等因素。) | | |

表 1-5  最难以承担的角色分析表

| 分析内容 | 角色一＿＿＿＿＿＿ | 角色二＿＿＿＿＿＿ |
|---|---|---|
| 知识<br>(你需要知道些什么?) | | |
| 技能<br>(你应该能做什么?) | | |
| 感受<br>(你需要得到什么样的感受?) | | |
| 背景<br>(如角色的界定和结构,别人的态度和行为,<br>得到或缺乏的支持和鼓励等因素。) | | |

根据以上分析,结合课下的讨论,举例说明在承担某一特定角色时的困难。为扮演好这个角色,可以通过哪些途径培养和改善自己的能力?

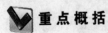 **重点概括**

随着市场竞争的日益激烈,销售活动成为事关企业生存和发展的重要活动,与销售经理有关的销售管理岗位也成为企业中的关键岗位。不论已经担任销售经理职务还是以销售经理为目标的销售业务员,都必须认真学习管理和销售管理知识,了解销售管理岗位的职责和工作内容。

作为销售经理需要认识和了解各种销售管理职能,确定自己的工作职责和明确工作任务,并在实际工作中熟练运用这些职能来管理销售队伍和提高销售业绩。销售管理的主要职能包括制订销售计划、设计和构建销售组织、培训销售人员、对销售人员进行业务指导和协调、评价和改进销售活动。

从销售业务员到销售经理,其角色发生了实质性的变化。管理岗位对销售经理提出了更高的要求。要想成为一名优秀的销售经理必须关注和做好以下几个方面的任务:端正心态,修炼品行;转变角色,适应角色变化;不断学习,增强管理技能;关注营销职业道德。

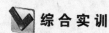 **综合实训**

实训项目:销售经理就职(竞聘、述职)演讲。

实训准备:知识准备,对销售管理基础知识的系统掌握;组织准备,任课教师提前布置实训任务,并进行分组,推选或指定组长,组长负责本小组成员的演说练习活动,小组每位成员分别向任课教师(扮演领导角色)和其他组员进行演讲。

实训内容:你带领的销售小组取得了良好的市场业绩,领导升任你为销售经理,就此你写一份就职演讲提纲,并做一次演讲。

实训成绩:任课教师(领导)依据评分表对每位同学的演说进行评分(具体分值可由任课教师结合实际确定)。实训课业成绩考核表见表1-6。

表1-6　实训课业成绩考核表

课业名称:《销售经理就职(竞聘、述职)演讲》

姓名:　　　　　　　　　　　　　　　　　　　　　　　　　　　　　时间:

| 项　目 | 评分细则 | 分值 | 得分 |
|---|---|---|---|
| 内容设计60分 | (1) 介绍自己的基本情况简明属实 | 10 | |
| | (2) 对销售经理岗位的认识到位 | 15 | |
| | (3) 充分展现个人竞争该岗位的实力,有理有据,感染力强 | 25 | |
| | (4) 切合实际阐述今后工作的努力方向 | 10 | |
| 语言表达15分 | (1) 语言表达清楚准确,流畅自然 | 5 | |
| | (2) 结构把握重点突出,层次清楚 | 5 | |
| | (3) 叙述过程逻辑性强,说服力强 | 5 | |
| 表情体态10分 | (1) 表情丰富,感情充沛 | 5 | |
| | (2) 举止得体,自然大方 | 5 | |
| 综合效果15分 | (1) 演讲符合实际,有个人创意,表达富有特色,综合效果好 | 10 | |
| | (2) 演讲时间不低于8分钟,不超过10分钟。低于或超过规定时间1分钟扣0.1分 | 2.5 | |
| | (3) 语言规范(普通话),习惯口语较少 | 2.5 | |
| 合计 | | 100 | |

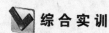 **思考练习**

## 销售经理涵养提高计划

销售经理是企业中享有荣誉的职位,也是企业一般销售人员所追求的地位象征,因此被赋予一定权力,同时也对销售经理提出了更高的要求,尤其是要求销售经理应有很好的涵养。销售经理的涵养包括两方面:一是做人的涵养,包括永远要心存感恩,做人要有气度,时常赞美别人,将成绩与部属一起分享,尽量满足部属的合理需求,练就能够识别人、管理人的技巧,要做到走动管理;二是做事的涵养,包括做事要有责任心、善始善终,热爱学习、有强烈的求知欲,建立与公司荣辱与共的使命感,要身先士卒、掌握先机,要有专家的风范。

自检:你已具备了下列哪些涵养?请在符合你的项目前划"√"。

(1) 永远心存感恩。

(2) 做人有气度。

(3) 时常赞美别人。

(4) 将成绩与部属一起分享。

(5) 尽量满足部属的合理需求。

(6) 练就能够识别人、管理人的技巧。

(7) 做到走动管理。

(8) 做事有责任心、善始善终。

(9) 热爱学习、有强烈的求知欲。

(10) 建立与公司荣辱与共的使命感。

(11) 身先士卒,掌握先机。

(12) 有专家的风范。

根据自检结果撰写一份涵养提高计划。

# 项目二
## Xiangmu er
# 销售计划、销售定额与销售费用管理

 学习任务 2.1　编制销售计划

## ○ 成果展示与分析

### 科学计划,理想结果

A 药厂在 2005 年年初有一新产品上市,是一个在国际上较领先的产品,全厂上下都信心十足地定下"2007 销售年度完成 6 000 万元的销售目标"。而到 2005 年 12 月 31 日才完成了不到 600 万元且回款仅 200 万元,然而市场开发费用却以 6 000 万元销售目标而投入。目标与现实、投入与产出反差巨大。

B 药厂在 2005 年年初也有一个中成药新产品上市,年初定下 600 万元的销售指标,年底却完成 900 万元。尽管全厂上下对能大大超额完成任务感到异常兴奋,欢欣鼓舞。然而从营销管理角度来看,这并非是一件值得高兴的事,我们看到同样目标与现实差距也是如此之大。

通过 A、B 两家药厂的情况可以看出 A 药厂肯定失落感十足，B 药厂欣喜若狂。然而从另一个角度来看，B 药厂同 A 药厂一样没有成功，因为它们在营销目标制定与管理上是一样失败的。而国际上的大制药公司及国内的合资药厂如"杨森"、"史克"、"施贵宝"的目标制定与实际差距一般不会超过 10%。

资料来源：杨涛．医药营销中的目标管理．http://www.globrand.com/2005/9014.shtml

销售计划是企业为取得销售收入而进行的一系列销售工作的安排，它是销售管理的基石，销售管理过程就是销售计划的制订、执行和评价过程。许多企业在销售管理上存在的问题往往是销售计划的问题。有计划的销售会使我们的工作更具有指导性和规范性，也是自己考查销售工作的一杆标尺，坚持不懈地做下去，就会发现自己的销售技能在提高，自己的销售任务在提高，更重要的是自己的销售管理能力在提高。能从销售员做到销售经理或者是老板位置上的人，95%都是有销售计划的人，更是会制订销售计划的人。

## ● 知识储备

### 2.1.1　销售计划的重要性和制订销售计划的原则

#### 1. 销售计划的重要性

（1）销售计划是销售人员取得良好业绩的基础和前提

一个好的销售计划，可以帮助销售人员更快地找到合适的潜在客户，并明确拜访客户的步骤，从而达到销售目标。制订合理的销售计划是完成销售任务中至关重要的一环，是销售人员取得良好业绩的前提和基础，也是销售经理管理和训练销售团队、提升团队战斗力的重要措施。

（2）销售计划是企业考核销售人员工作的依据

销售计划是通过销售人员反馈的信息制订的，企业是通过销售人员的计划完成情况来评定销售人员的。只有制订切实可行的销售计划，并依照计划进行工作，才能不断地提高销售业绩。

（3）销售计划可以帮助企业储备客户所需资源，把握销售主动权

在销售计划的制订过程中，通过客户调查，了解争取该客户所需要的各种资源，企业提前储备，始终把握销售的主动权。同时，制订可行的销售计划，也便于提前将需要的各种销售战术进行演练，保证销售人员高效率地工作，把握市场机会，对企业资源合理地使用。

#### 2. 制订销售计划的原则

（1）具体性。销售计划的内容要具体，并具有可衡量性，要把指标细分到每个成员。

（2）可衡量性。销售计划要数量化，可衡量，没有明确衡量标准的计划是没有实际意义的。

（3）可实现性。计划的最终实现会给人以成就感，从而不断获得前进的动力。销售经理在设定销售计划时，要客观地对企业声誉、市场状况、销售人员的水平及各种因素进行衡量。

（4）现实性。销售计划应该与现实销售工作紧密结合，集中体现实际销售状况。这就要求在制订销售计划时，要对现实情况进行仔细分析，把当前亟须改进的内容当做计划制订的首选目标。

（5）时限性。在设立计划时，必须同时限定目标实现的时间，以形成对销售人员的约束，给销售人员以压力。

## 2.1.2　销售计划制订的程序

### 1. 分析现状

利用 SWOT 分析法，即从企业的优势（Strength）和劣势（Weakness）及企业面临的机会（Opportunity）和威胁（Threat）四个方面对当前企业的市场状况、竞争对手及其产品、销售渠道和促销工作进行详细的分析，然后由市场营销部门进行销售预测。

### 2. 确定目标

销售部门结合前一阶段的计划执行情况，对现状进行分析，对市场前景进行预测，提出下一阶段切实可行的销售目标。

### 3. 制定销售策略

确立目标以后，企业销售部门要制订几个可供选择的销售策略方案。销售策略方案的内容一般包括以下几个方面。

（1）销售能力建设，包括销售组织的数量和质量及客户的数量和质量。

（2）产品策略，包括强势产品的选择和新产品的推广等。

（3）价格策略，包括确定合适的价格体系，是否对价格进行严格的控制等。

（4）促销策略，包括广告、人员推销、营业推广等。

（5）竞争策略，包括应对竞争对手的手段等。

### 4. 编制销售计划书

一个完善的销售计划书应包括以下内容。

（1）计划综述，简要概述销售计划的内容，便于阅读者使用。

（2）企业现状，包括企业当前所处的市场环境、竞争对手情况等信息。

（3）SWOT 分析，对企业的优势、劣势、机会与威胁进行分析。

（4）组织目标，包括销售目标和财务目标等。

（5）实施策略，提供实现目标的战略和战术。

（6）具体行动计划，一般采用包括策略、时间表、具体行动和相关资源。

（7）计划预算，提供实施该计划所需的财务支持。

（8）跟踪和控制系统，制订计划是为了执行计划，需要建立相应的信息系统，定期检查以确保该计划的实现。

### 5. 执行计划

计划一经确定，各部门就必须按照既定的计划执行，以求达到销售目标。

**6. 计划的检查和控制**

在执行计划过程中,企业要按照一定的评价和反馈制度,了解和检查计划的执行情况,评价计划的效率,也就是分析计划是否被正常执行。市场通常会出现意想不到的变化,甚至会出现意外事件,如战争、自然灾害等,销售部门要及时修正计划或改变策略,以适应新的情况。

### 2.1.3　销售计划的编制

销售计划的编制,是指企业在进行销售预测时,制定销售目标、销售策略、激励措施和实施方案的过程。企业所属各部门、各销售单位必须按年度、季度、月度,分产品类别、客户类别编制切实可行的销售计划,由企业进行汇总,形成企业的销售计划,然后层层下达执行。

**1. 月销售计划的编制**

(1) 收集过去 3 年间月别销售实绩,并将各年度、月别销售额认真地记录,如表 2-1 所示。

(2) 月别销售实绩合计,将过去 3 个年度的月别销售实绩进行总计。

(3) 确定过去 3 个年度的月别销售比重,计算月别销售比重,就是计算某个月的 3 年合计销售实绩占全部 3 年合计实绩的百分比。因季节因素的影响,每月销售情况会有所不同。

(4) 确定月销售计划目标,就是将过去 3 年间月别销售比重乘以企业销售目标总额。

表 2-1　月别销售计划表

| 月别 | 去年实绩 | 前 1 年实绩 | 前 2 年实绩 | 前 3 年合计 | 月别比重/％ |
|------|---------|-----------|-----------|-----------|-----------|
| 1 | | | | | |
| 2 | | | | | |
| 3 | | | | | |
| 4 | | | | | |
| 5 | | | | | |
| 6 | | | | | |
| 7 | | | | | |
| 8 | | | | | |
| 9 | | | | | |
| 10 | | | | | |
| 11 | | | | | |
| 12 | | | | | |
| 合　计 | | | | | |

**2. 月别、产品别销售计划的编制**

(1) 取得产品别销售比重。将过去 3 年同月的产品别销售实绩和占同期产品销售比重找出,进行总评,如表 2-2 所示,了解过去销售较好的产品群。

表 2-2　产品别销售实绩分析表

| | | 去年 $n$ 月 | | 前 1 年 $n$ 月 | | 前 2 年 $n$ 月 | | 销售比重总评 |
|---|---|---|---|---|---|---|---|---|
| | | 销售实绩 | 销售比重 | 销售实绩 | 销售比重 | 销售实绩 | 销售比重 | |
| 产品别 | A | | | | | | | |
| | B | | | | | | | |
| | C | | | | | | | |
| | D | | | | | | | |
| 合　计 | | | | | | | | |

注：$n$ 为 1~12。

（2）参照企业产品销售比重政策，调整产品销售比重。参照公司产品销售比重政策、利害关系人的意见及产品需求预测等项目来调整过去 3 年间同月的产品别销售比重。

（3）确定月别、产品别销售计划目标。用调整后的月别、产品别销售比重和月别销售计划目标相乘即得到月别、产品别计划销售额，如表 2-3 所示。

表 2-3　月别、产品别销售计划表

| 月份 | 产品 | | | | | | | |
|---|---|---|---|---|---|---|---|---|
| | A | | B | | C | | D | |
| | 销售比重 | 销售计划 | 销售比重 | 销售计划 | 销售比重 | 销售计划 | 销售比重 | 销售计划 |
| 1 | | | | | | | | |
| 2 | | | | | | | | |
| 3 | | | | | | | | |
| 4 | | | | | | | | |
| 5 | | | | | | | | |
| 6 | | | | | | | | |
| 7 | | | | | | | | |
| 8 | | | | | | | | |
| 9 | | | | | | | | |
| 10 | | | | | | | | |
| 11 | | | | | | | | |
| 12 | | | | | | | | |

每月结束，销售经理要对当月产品别销售情况进行分析，如表 2-4 所示。

表 2-4　＿＿月份产品销售分析表

年　　月　　日

| 产品 | 项目 | | 产品 | 项目 | |
|---|---|---|---|---|---|
| A | 目标 | | C | 目标 | |
| | 实绩 | | | 实绩 | |
| | 达成率/% | | | 达成率/% | |
| B | 目标 | | D | 目标 | |
| | 实绩 | | | 实绩 | |
| | 达成率/% | | | 达成率/% | |

### 3. 部门别、客户别销售计划的编制

（1）取得部门别、客户别的产品销售比重。将去年同月的部门别、客户别的产品销售比

重予以分析研究,如表 2-5 所示。

**表 2-5　部门别、客户别销售分析表**

| 部 门 | 客 户 | | 去年同月 | | 今年月计划 | |
|---|---|---|---|---|---|---|
| | | | 销售额/元 | 销售比重/% | 销售额/元 | 销售比重/% |
| 第一销售分公司 | A级客户 | A1 | | | | |
| | | A2 | | | | |
| | | A3 | | | | |
| | 合　计 | | | | | |
| | B级客户 | B1 | | | | |
| | | B2 | | | | |
| | | B3 | | | | |
| | 合　计 | | | | | |
| 第二销售分公司 | A级客户 | A1 | | | | |
| | | A2 | | | | |
| | | A3 | | | | |
| | 合　计 | | | | | |
| | B级客户 | B1 | | | | |
| | | B2 | | | | |
| | | B3 | | | | |
| | | B4 | | | | |
| | 合　计 | | | | | |

(2)部门别及客户别产品销售比重的调整。将去年同月部门别、客户别产品销售的比重按下列 3 项内容予以调整。

① 部门别、客户别的销售方针。

② 部门主管及客户动向意见的参考。

③ 客户的信用程度、信用状况、与竞争对手的竞争关系及拓展新客户的目标等。

(3)确定部门别、客户别销售计划目标。用调整后的销售比重乘以部门的销售计划目标定额,即可获得部门别、客户别的销售计划目标。

**4. 销售人员行动计划的编制**

(1)月别行动计划。销售人员对未来的行动制订计划是必要的。如表 2-6 所示,每位销售人员明确制定出自己未来一个月的重点销售商品、拜访客户、新开拓客户名单等。

**表 2-6　销售人员行动计划表**

姓名:　　　　　　　　　　　　　　　　　　　　　　　日期:

| 本月销售目标描述 | | |
|---|---|---|
| 重点销售商品 | 重点拜访客户名单 | 新开拓客户名单 |
| 1. | 1. | 1. |
| 2. | 2. | 2. |
| 3. | 3. | 3. |

（2）周别行动计划。月别的重点行动目标设定后，就可以制订周别行动计划了。将每周需努力的方向具体列出，如表 2-7 所示。

**表 2-7 周别行动计划表**

姓名：　　　　　　　　　　　　　　　　　　　　　　　　　　　　　填表日期：

| 星期 | 客户名称 | 接洽人 | 地　点 | 电　话 | 访问目的 | 备　注 |
|---|---|---|---|---|---|---|
| 星期一 | | | | | | |
| | | | | | | |
| | | | | | | |
| 星期二 | | | | | | |
| | | | | | | |
| | | | | | | |
| 星期三 | | | | | | |
| | | | | | | |
| | | | | | | |
| 星期四 | | | | | | |
| | | | | | | |
| | | | | | | |
| 星期五 | | | | | | |
| | | | | | | |
| | | | | | | |
| 星期六 | | | | | | |
| | | | | | | |
| 星期日 | | | | | | |
| | | | | | | |

（3）以销售日报表来检查周别计划的实施成果。每天销售人员以书面形式呈报自己的销售情况与访问客户情况，如表 2-8 所示。只要将行动计划表与每日实绩相对照，销售人员的表现就一目了然，这便于销售经理对销售人员的行动实施有效控制。

**表 2-8 销售人员日报表**

　　　　　　　　　　　　　　　　　　　　　　　　　　　　　　年　　月　　日

| 序号 | 客户名称 | 接洽人 | 订货名单 | 等级 | 数量 | 单价 | 金额 | 交货日期 |
|---|---|---|---|---|---|---|---|---|
| 1 | | | | | | | | |
| 2 | | | | | | | | |
| 3 | | | | | | | | |
| 4 | | | | | | | | |
| 5 | | | | | | | | |
| 6 | | | | | | | | |
| 今日访问客户数： | | | 本月累计访问客户数： | | | 明日计划访问客户数： | | |
| 本月业绩目标： | | | 已完成目标： | | | 未完成目标： | | |
| 工作价值评估 | | | | | | | | |

**5. 销售货款回收计划的编制**

（1）制订与销售计划并行的销售货款回收计划。销售人员配合月别销售计划，制订月别销售货款的回收计划。过去的收款实绩等资料可作为分析参考之用，如表2-9所示。

表2-9 销售额、回款额计划表

| 客户名称 | 经办人 | 销售计划 | | | | 回款计划 | | | | 当月回收明细 | | |
|---|---|---|---|---|---|---|---|---|---|---|---|---|
| | | 月 | 日 | 月 | 日 | 月 | 日 | 月 | 日 | 合 计 | 现 金 | 支 票 |
| | | | | | | | | | | | | |
| | | | | | | | | | | | | |
| | | | | | | | | | | | | |
| | | | | | | | | | | | | |
| | | | | | | | | | | | | |

（2）缩短客户销货款积欠天数，提高客户销货账款回收率。客户销货款积欠天数和客户销货账款回收率是对销售人员考核的重要指标。

$$客户货款积欠天数 = \frac{（客户赊款余额 + 该企业收受票据余额）}{日平均销售总额}$$

$$客户销货账款回收率 = \frac{当月回收客户赊款余额}{当月客户销售计划} \times 100\%$$

**任务演练**

### 编制销售计划

**训练目的：**通过掌握销售计划制订的程序，能按照销售计划编制程序按月、按产品、按客户编制销售计划表格。

**训练方法：**企业走访、课堂讨论。

**训练组织：**组成学习小组，每组5～6人，推选一名组长，走访企业，实地了解企业销售计划的制订程序，根据掌握的资料编写销售计划。

**训练结果：**编写的销售计划通过小组讨论找出问题，小组成员交流体会。

# 学习任务2.2 确定和分配销售定额

**成果展示与分析**

### 科学的销售定额等于激励

在康生公司的业务员中，总能不断地涌现出创造销售奇迹的成功者，原因在于该公司制定了一套科学的激励销售人员的措施，首先，它根据实际情况为每一个销售人员制定了不同的销售定额；其次，为了充分发挥销售人员的潜力，促进销售工作的完成，公司设立了各种各样的竞赛，如新人奖、市场情报奖等，其所用平均费用约占销售总额的2.67％～3.25％，最后,要求每一位销售主管密切注意下属人员的动向,及时了解销售人员的问题,并采取相应的措施。一些销售员具有一些特长不仅善于处理与客户的关系,而且精通推销技巧,从而取得优秀的销售业绩。康生公司对于这类明星业务员,根据其不同个性特征,采用不同的激励方法,同时为他们提出新的目标,使他们不断地面对新的挑战,激发他们的积极性去创造更多的销售纪录。

资料来源:佚名. 案例选择题. http://www.docin.com/p-12253871. html

销售定额是销售经理计划管理工作中最有力的措施之一,它规定了销售单位和个人必须实现的最低目标,它可以用来衡量销售单位、销售人员完成任务的状况。如果定额管理运用得当,它可以激励每个销售人员更好地完成任务,这对一个销售组织有极其重要的作用。

## ◯ 知识储备

### 2.2.1 销售定额的特征

销售定额对销售单位、销售人员提供了一种绩效目标、工作标准、控制手段、行为指南。设计和分配销售定额时必须注意以下几项原则。

**1. 公平性**

合理的销售定额应该让各销售单位和销售人员感到公平。应该指出的是,销售定额的公平并不意味着分配给每个销售单位或销售人员的销售定额都是相等的,因为不同的销售区域市场潜力不同,竞争的程度也不同,而且销售人员本身也存在着销售能力和经验的差别。

**2. 可行性**

设计和分配销售定额,既要考虑定额的可行性,也要兼顾定额的挑战性。定额定得太低,起不到对销售人员的激励作用;定额定得太高而无法实现,销售人员也会失去积极性。

**3. 灵活性**

销售定额不是固定不变的,要根据企业的经验、信息的反馈以及企业内外部环境的变化而相应调整,保持对销售人员的动态指导,发挥销售定额应有的作用。

**4. 可控性**

销售定额要有利于销售经理对销售人员的销售活动进行检查和监督,并采取措施随时纠正偏离组织方向的销售行为。

**5. 可接受性**

企业下达给下属及销售人员的销售定额,必须能够被下属及销售人员理解和接受,否则难以起到激励作用。

### 2.2.2 销售定额的类型

销售定额通常包括四大类型:销售量定额、财务定额、销售活动定额、综合定额。

## 1. 销售量定额

销售量定额是最常用、最重要的销售定额。目前经常使用的设置销售量定额的方法是以当地过去的销售量、销售潜力和市场预测为基础,以销售成长率来确定当年的销售定额。如果当年期望的销售成长率为110%,每个销售人员的销售定额就是上年定额增加10%,即是上年定额的110%。显然,仅以过去的销售量来设置销售量定额是不够的。销售经理在设置销售量定额时,必须考虑以下因素。

(1) 区域市场状况。

(2) 竞争者地位。

(3) 现有市场占有率。

(4) 市场涵盖的客户数量和质量。

(5) 过去的销售业绩。

(6) 新产品推出的效果、价格政策及预期的经济条件。

## 2. 财务定额

销售量与利润相比,企业重视更多的是利润。如果销售人员在赢利少、容易卖的产品上花费太多的时间和精力,就会大大降低企业的赢利能力。财务定额可以激励销售人员开发对企业更有效益的客户,销售更有效益的产品。财务定额包括费用定额和利润定额。

(1) 费用定额

提高利润率的关键在于对销售费用的控制,费用定额规定了销售人员销售一定数量的产品所需的最高费用限额。

为了控制销售人员的销售费用,限制交通、饮食和住宿成本的快速上升,通常销售经理把这些费用直接与销售量或者补偿计划结合起来。一种方法是规定销售人员每天可以花费在饮食、交通、住宿上的费用标准;另一种方法是用销售费用率来决定允许的费用限额。

设置费用定额的目的是控制销售人员的费用水平,增加销售利润。所以销售经理在设置费用定额时,一定要注意以下问题。

一方面,注意费用限制不能阻碍销售业绩的提高,必须保证销售人员有相对充足的经费来开发新的客户,维持销售业务的正常进行。一定的销售业务量要求有相应数额的费用来保证,如果过分强调节省费用开支,必然会影响销售人员正常的业务活动。因此,销售经理对费用的控制应该是适度的,而且要具体情况区别对待。假如一名销售员某月的费用开支超过定额100元,而他的销售量定额超过定额10万元,销售经理应该给予奖励而不是指责或处罚。

另一方面,销售经理要注意将费用定额与销售量定额、销售人员的薪酬挂钩,通过一定的经济手段来鼓励销售人员节约开支。如将节约的费用按一定比例以津贴的形式返还给销售人员,可以调动销售人员节约费用开支的积极性,进而使他们在销售过程中精打细算,最大限度地实现企业的利润目标。

(2) 利润定额

利润是企业生存的前提,销售经理和销售人员必须创造能为企业带来利润的销售额,因此利润定额也是一项重要的财务定额。利润定额具体可分为两种类型:毛利润定额和净利润定额。

毛利润是产品销售额与销售成本之间的差额。有时企业用毛利润定额代替销售量定额,用于强调毛利、利润的重要性,这是由于毛利润定额可以帮助说明销售任务的完成情况。例如,销售人员甲完成销售 50 万元,而销售人员乙完成销售 40 万元。仅从销售额上看销售人员甲完成任务情况比乙好,但甲的费用为 10 万元(费用率为 20%),乙的费用为 7 万元(费用率为 17.5%),从毛利的角度看,乙的毛利率比甲高,乙的业绩较好一些。

设置毛利润定额虽然可以使销售人员集中精力提高毛利,但实际上销售人员是无法控制毛利的,也无法完全对毛利负责,因为销售人员不负责定价,无法控制产品成本,所以企业一般对销售人员公开生产费用信息,让销售人员随时了解费用状况。

净利润是销售额减去产品销售成本和销售人员直接费用后的余额。其计算过程如表 2-10 所示。

表 2-10 某地区销售人员利润对照表

| 项 目 | 销售员甲 | 销售员乙 | 销售员丙 | 销售员丁 |
| --- | --- | --- | --- | --- |
| 销售额/元 | 5 792 000 | 4 842 000 | 6 046 000 | 4 334 000 |
| 产品销售成本/元 | 4 633 600 | 3 873 600 | 4 836 800 | 3 467 200 |
| 销售毛利/元 | 1 158 400 | 968 400 | 1 209 200 | 866 800 |
| 费用/元 | 68 000 | 72 000 | 64 000 | 88 000 |
| 工资/元 | 45 600 | 43 200 | 40 800 | 38 400 |
| 其他费用/元 | 22 400 | 28 800 | 23 200 | 49 600 |
| 净利润/元 | 1 022 400 | 824 400 | 1 081 200 | 690 800 |
| 净利润率/% | 17.65 | 17.03 | 17.88 | 15.94 |

该地区的平均产品销售成本为销售额的 80%(3 467 200/4 334 000),平均净利润率为 17.12%。销售员乙的业绩是可以接受的,销售员甲和销售员丙的业绩最好,他们的净利润率高,因为他们的费用开支少,费用率低。销售员丁应该引起注意,应减少费用开支,提高净利润率。

### 3. 销售活动定额

销售人员的销售活动定额,应包括以下几项内容。

(1) 日常性拜访(日拜访次数)。

(2) 吸引新客户,获得订单(每月开发新客户数量、日订单数量)。

(3) 产品展示(演示频次)。

(4) 宣传企业及其产品。

(5) 为顾客提供服务、帮助和建议。

(6) 培养新的销售人员。

建立销售活动定额可以让销售人员对日常活动制订更好的计划,从而更加有效地利用时间。销售活动定额也使得销售经理便于控制销售人员时间的使用,即控制不同销售活动中的时间分配。某地区销售活动定额管理如表 2-11 所示。

表 2-11　某地区销售活动定额管理表

| 销售人员 | 拜访次数 | 订单数量 | 订单数/拜访次数/% | 实际销售额/万元 | 每单平均销售额/元 |
|---|---|---|---|---|---|
| 甲 | 1 900 | 1 140 | 60 | 579.2 | 5 081 |
| 乙 | 1 500 | 1 000 | 66.7 | 484.2 | 4 842 |
| 丙 | 1 400 | 700 | 50 | 604.6 | 8 637 |
| 丁 | 1 030 | 279 | 27.1 | 433.4 | 15 534 |
| 合计 | 5 830 | 3 119 | 51 | 2 101.4 | 8 524 |

　　从表 2-11 可以看出,丁的眼睛紧盯住大客户不放,虽然每单平均销售额高,但成交率低,销售业绩反而是最差的;乙的精力主要放在小客户身上,虽然成交率高,但订单规模小,销售业绩也较差;丙的销售业绩最好,因为他兼顾了大客户与小客户。

　　实际工作中,销售活动定额管理也会遇到一些问题,如员工参与人数多,资料信息必须从销售人员的报告中获得,而销售人员在报告时可能偏重数量而忽视质量,如销售人员甲拜访的次数和订单的数量都是最多的,但他每单的平均销售额并不是最高的。另外,由于销售活动有时无法直接实现销售,很难对销售人员产生激励,需要将销售活动定额与销售量定额一起使用,效果更好。

**4. 综合定额**

　　综合定额是对销售量定额、财务定额、销售活动定额综合而得出的定额。综合定额以多项指标为基础,可以全面反映销售人员的工作情况,因此更加合理。

　　在设置综合定额时,需要对不同的指标赋予不同的权重,这些权重表示各项指标对管理的重要性。

　　如表 2-12 所示,赋予销售额、净利润和新客户的权重分别是 5、3、2,两位销售人员在销售额上的表现水平相当,但由于王刚在净利润和新客户这两项指标上表现比较突出,所以在综合评定上超过了黎明。需要注意的是,企业同时采用多项定额,但这些定额必须是针对销售最重要的活动、销售量及产品。

表 2-12　销售人员综合定额表

| 姓名 | 指标 | 定额/万元 | 实际完成额/万元 | 完成率/% | 权重 | 加权完成率/%＝完成率×权重 | 业绩总评/分 |
|---|---|---|---|---|---|---|---|
| 黎明 | 销售额 | 200 | 180 | 90 | 5 | 4.5 | 7.6 |
|  | 净利润 | 100 | 70 | 70 | 3 | 2.1 |  |
|  | 新客户 | 20 | 10 | 50 | 2 | 1.0 |  |
| 王刚 | 销售额 | 300 | 270 | 90 | 5 | 4.5 | 8.1 |
|  | 净利润 | 150 | 120 | 80 | 3 | 2.4 |  |
|  | 新客户 | 25 | 15 | 60 | 2 | 1.2 |  |

注:业绩总评满分为 10 分。

## 2.2.3　销售定额的分配方法

**1. 月别分配法**

　　月别分配法就是将年度目标销售定额分配到一年的 12 个月或 4 个季度中。月别分配法的优点在于简便易行,容易操作,目前有许多企业采用月别分配法分配销售定额;其缺点是忽略了销售人员所在地区的大小以及顾客的多少,可能影响销售人员的积极性。如果将月别分配法与其他分配方法结合起来,效果会更好。

### 2. 销售单位分配法

销售单位分配法就是以某一销售单位为对象来分配销售定额。销售单位分配法的优点在于强调销售单位的团结合作,利用销售单位的整体力量来实现目标销售定额;缺点是过于重视销售单位目标定额的完成,而忽视了销售人员个人的存在。所以,当企业将目标销售定额分配到各个销售单位时,应考虑销售单位所在地区的特征,如销售区域的大小、市场的成长性、竞争对手与潜在顾客的多寡等。

### 3. 地区分配法

地区分配法是指根据销售人员所在的地区与顾客的购买能力来分配目标销售定额。地区分配法的优点在于可以对区域市场进行充分的挖掘,使产品在当地市场的占有率逐渐提高,因此比较容易为销售人员所接受;其缺点在于很难判断某地区所需产品的实际数量以及该地区潜在的消费能力。所以,在分配目标销售定额时,必须考虑各个地区的经济发展水平、人口数量、生活水平、消费习惯等因素。

### 4. 产品类别分配法

产品类别分配法是指根据销售人员销售产品的类别来分配目标销售定额。采用这种方法的前提是培养尽可能多的忠诚客户。因为,如果消费者经常改变消费需求,变换所消费的产品,企业就很难判断某种产品的消费者群体的规模大小,产品类别法也就失去了意义。因此企业必须进行市场调查,及时地了解消费需求的变动情况,采取多种措施来满足消费者的需求,培养一批忠诚的顾客。

### 5. 客户分配法

客户分配法是指根据销售人员所面对顾客的特点及数量来分配目标销售定额。客户分配法充分体现了客户导向的观念,可以使销售人员把销售的重点放在重点客户身上,有利于客户的深度开发和忠诚客户的培养。但是,该方法也会使销售人员为了业绩只注重老客户的维护,而忽视新客户的开发。

### 6. 销售人员分配法

销售人员分配法是指根据销售人员能力的大小来分配目标销售定额。销售人员分配法有利于形成对销售人员的激励,激励销售能力强的销售人员继续努力,鼓励销售能力相对较差的销售人员奋起直追;但是,这种方法也容易使销售队伍产生等级之分,使能力强的销售人员产生骄傲自满情绪,使能力较差的销售人员产生自卑感,从而形成内部矛盾。

在实际操作中,上述 6 种方法一般不单独使用,而是将两种或两种以上的方法结合起来使用,从而扬长避短,以达到优势互补。

### 2.2.4 销售定额的分配程序

在销售定额的分配过程中,销售经理和销售人员必须面对面地坐在一起,共同讨论研究。销售定额的分配包括以下几个方面。

### 1. 准备阶段

销售经理依据企业下达的销售任务以及配合任务完成的激励方案,按照年、季、月、周将整个团队的任务分解细化,依据每位销售员的销售能力,对其可能的销售业绩进行初步估算。然后,召开一次全体员工会议,向他们介绍企业制定的销售目标体系,公布企业为完成销售任务而制定的激励方案,尤其强调销售目标对个人所具有的重要意义。

销售经理介绍完任务后,应该给员工留有提问和讨论的时间。然后,销售经理要求每一位销售人员填报自己的销售目标,作为制定销售定额的参考依据。销售目标自我建议表格如表 2-13 所示。

表 2-13　销售目标自我建议表

姓　　名:＿＿＿＿＿＿　　　年　　度:＿＿＿＿＿＿　　　负责区域:＿＿＿＿＿＿

| 主要目标 | 预　期　结　果 | | | |
|---|---|---|---|---|
| | 最悲观的结果 | 比较现实的结果 | 最乐观的结果 | 实际结果 |
| (1) 月销售额/元 | | | | |
| (2) 月费用额/元 | | | | |
| (3) 月毛利额/元 | | | | |
| (4) 日均访问次数/次 | | | | |
| (5) 开发新客户数/个 | | | | |
| (6) 失去客户数/个 | | | | |
| (7) 客户流失率/% | | | | |
| (8) 月回款数额/元 | | | | |
| (9) 月回款率/% | | | | |
| (10) 其他 | | | | |

### 2. 个别沟通

销售人员填好表格后,销售经理要与每位员工进行个别沟通,帮助员工分析其个人目前的工作状况、达成激励方案的条件及在公司未来发展的空间。引导员工对销售任务和未来发展进行全面的思考,激发员工的进取心,树立他们的自信心和责任心。也就是说,将完成销售任务与个人的职业生涯相结合。

具体地说,销售经理要与销售人员就销售区域、客户管理、销售访问及自我管理 4 个方面进行讨论与沟通。首先,要求他们提出对目标和定额的看法和意见;其次,在对未来前景进行分析的同时,与他们共同回顾前阶段的工作;再次,从实际情况出发,与他们客观地讨论下一阶段的目标;最后,在对销售人员的看法表示理解的同时,表明自己的观点。

在讨论中,经常涉及 3 种类型的目标:常规性目标、问题解决性目标和创新性目标。销售人员常常把自己定位在常规性目标层次上,这时销售经理应该适时地给他们提出挑战,激励他们向更高层次的目标冲刺,在订单金额、客户管理、销售访问和自我管理方面对自己提出更高的要求。最大限度地为销售人员制定可以接受的挑战性目标,从而尽可能地发挥其个人的潜能。

### 3. 目标定格

销售经理经过与每一位销售人员的个别讨论,双方达成一致意见的目标定格,并形成书面材料,一式两份,双方各执一份备案。这时销售经理应该向销售人员表示祝贺,祝贺他们有了一个新的起点、一个新的目标、一个新的前景。同时,销售人员至少在以下几个方面应该有一个清晰的认识:①知道下一阶段应该完成哪些工作;②知道可以获得哪些资源和帮助;③知道自己的工作权限和需要向上司报告的事项;④知道控制自己工作的进展情况及如何进行自我管理;⑤知道自己的收入将取决于哪些因素以及组织如何对自己进行业绩评价和考核。

### 4. 团队会议

召开团队计划工作会议的目的是通过会议制定团队的目标销售定额。会上每一位销售人员要向自己的同事汇报自己本年度或本季度的定额目标以及目标的完成情况,进而陈述自己下一年度或下一季度的目标,以及对下一年度或下一季度目标的看法。通过会议交流,团队成员达成共识,形成集体目标。

### 5. 张榜公布

团队会议之后,张榜公布整个团队的目标定额、分解计划、个人目标和各期(年度、季度、月度、周)分解计划。强调计划执行过程的重点在于有效的沟通,沟通的内容包括:销售中的问题、对激励方案的理解和员工在公司的发展前景等,让员工挖掘自身的潜能并且自我管理,将团队的销售目标变成每位员工的自觉行动,始终以计划指导工作,以计划检查工作。

销售定额的分配,是销售经理与销售人员共同制定目标、明确主要责任并就最终结果达成一致意见的过程。整个过程可以为销售人员的日常工作提供指南,并可衡量每一位销售人员对集体作出的贡献。在销售定额的制定和分配过程中,销售经理和销售人员的相互理解是基本前提。如果销售人员能够参与制定销售定额和分配销售定额的过程中,他们会更加努力地去实现或者超越自己的目标。

### ○ 任务演练

#### 制定销售定额

**训练目的**:通过销售定额的学习,能运用几种销售定额分配方法进行销售定额的分配,能就销售任务分解与销售人员沟通。

**训练方法**:企业走访、课堂讨论。

**训练组织**:组成学习小组,每组5～6人,推选一名组长,走访企业,实地了解企业销售公司的某个区域的销售定额分配方法,根据掌握的资料分析其销售定额方法的适用性。

**训练结果**:小组成员交流体会。

## 学习任务2.3 控制销售费用

### ○ 成果展示与分析

#### 费用管理的难题

A公司在某国有啤酒集团区域销售机构，年销售额6 000万元，进行独立核算。集团公司每年给A公司总经理王峰下达两个考核指标：利润和销量。而王峰最头疼的就是销售费用问题了。

**1. 市场复杂多变，预算变成一纸空文**

由于某些总体运作上的原因，A公司所在市场没有得到来自总部的媒介与广告支持，而此时，强势的对手已经开始采取大力度的市场促销策略。这迫使A不得不加大市场投入，年初的预算在执行中不断"改进"。

**2. 灵活性导致费用攀升**

王峰的竞争策略是：既然在规模上无法与对手抗衡，那就看灵活性。但这种灵活性却带来了另一个问题：办事处经理与业务员往往伙同客户向公司讨价还价，大量的销售费用进入客户和业务员口袋。公司至少有40%的销售投入属于无效或低效。

**3. 一个形同虚设的预算，导致了形同虚设的"预算控制"**

公司内部缺乏制度性约束，关于销售费用，有的只是月度财务报表，仅仅能够提供当月经营状况，时间上是滞后的。虽然王峰坚持由市场部和自己进行销售费用审批，但很多时候是"跟着感觉走"。什么时候该投入，该投入多少，往往就是由办事处主任提出，然后王峰签字而已。

**4. 由于客户规模较小，销售政策灵活，使得A公司费用集中"井喷"**

如销售人员承诺年末或年初的返利、运费补贴、瓶盖有奖时，支出时"感情用事"，而这些承诺出去的利益，很难确定在某年某月的某一天来支付。

**5. 重要的职能部门各管一块，部门分割严重**

财务部门不懂市场，市场部门只管市场和销量，没有一个部门能够提出市场、费用兼顾的方案，造成王峰自己一手托销量一手托利润。

从何处入手才能更好地解决这些问题？作为区域销售公司总经理的王峰陷入了深思……

资料来源：冷高峰. 破解区域销售机构的费用管理难题. http://www.mie168.com/manage/2005-07/287280.htm

销售费用的控制主要是在某一时期内进行销售活动时对各项费用比率的控制，科学的费用控制包括事前计划、事中控制、事后分析三项活动。

事前计划包括建立和健全有效的销售财务控制制度，使销售体系中各部门的工作能够得以有效开展；以科学、合理的销售预算为费用预算的起点，在充分了解各销售区域当地各项销售费用水平基础上，控制预算总额；将销售成本预算控制的控制点前移，加强销售成本预算管理，建立预算外资金的审批和资金使用的跟踪制度等。

事中控制实际上是对既定制度的贯彻和落实,是对销售费用使用过程的管理,具体内容有规范费用项目,监督费用支出内容的真实性和合法性,审查其开支标准是否符合规定;强化销售过程的管理,使销售费用的使用得到有效控制。销售过程管理是企业管理和控制市场必经的途径,这里包含市场开发策划及实施的管理,产品促销费用的控制,销售人员的工作量化及考核等;控制销售费用资金流动;控制支出在预算额度内等。

销售费用的控制除了进行事前和事中的控制,还要对费用使用结果作一个评价,分析投入产出比,使费用使用人了解自己费用使用的效率,让预算管理者明确下一步费用的重点投入方向。

## ◉ 知识储备

销售费用也称为营业费用,是用于企业在销售商品过程中发生的费用。一般包括运输费、装卸费、包装费、保险费、展览费、广告费、招待费等,以及为销售本企业商品而设的销售机构(含销售网点、售后服务网点)的职工工资及福利费,以及类似工资性质的费用、业务费等经营费用。销售经理为了扩大业务的需要,既需要合理支配费用支出,又需要精打细算。

### 2.3.1 销售费用的分类

销售费用是在销售过程中发生的、为实现销售收入而支付的各项费用。其种类很多,通常包括以下几种分类。

**1. 按照费用发生时间的先后不同分类,销售费用可分为售前费用、售中费用和售后费用**

售前费用包括市场调研费用、公关费用、广告费用、培训费用,以及为这些售前活动而支付的人员报酬;售中费用包括存储费用、包装费用、订货费用、差旅费、销售人员工资报酬,以及宣传材料印刷费用等;售后费用包括售后信息处理、维修材料费用、用户培训费用等。

**2. 按费用与业务量的关系不同分类,销售费用可分为固定销售费用和变动销售费用**

固定销售费用即不随着销售量变化而变化的费用,如销售人员的固定工资,销售机构固定资产折旧费等;变动销售费用是随着销售量变化而变化的费用,如佣金、运输费、包装费等。

**3. 按照业务项目不同分类**

销售费用可以分为销售人员报酬、广告费用、公关费用、业务费用、售后服务费用和销售物流费用。

这种分类与会计报表相一致,销售总费用是各项业务费用之和,由于按该分类易于计算,大多数企业均按该分类预算销售费用。

### 2.3.2 销售费用的构成

不同的企业其销售费用的构成也可能略有差别,但总的来讲销售费用一般由以下几项构成。

（1）销售人员薪金，是销售费用最大的一项开支，另外销售中的一些激励活动及福利也是销售人员费用的一部分。

（2）差旅费，销售工作往往需要出差。有些公司给销售人员一些出差补贴，有些作为固定费用。差旅费的水平一般都不宜设置很高。

（3）交际费，是促进良好人际关系而不可缺少的，因此对交际费应给予适当安排。

（4）销售资料，包括产品手册、目录、价格表以及其他印刷品，另外还包括样品、设备、培训资料等物品。

（5）管理费用，各项管理费用有时还包括一部分销售经理的薪金。

（6）培训费用，包括各层次的培训，以及内部培训和外派进修。

（7）行政后勤服务，如订单、记录等。

（8）广告费用，广告是树立企业形象、增强竞争能力、扩大销售的重要手段，也是构成当前企业销售费用的重要组成部分。

（9）销售物流费用，一般包括库存费用和运输费用等。

### 2.3.3　销售人员费用控制的方法

销售人员的差旅费和业务费是销售费用的重要组成部分，销售费用的多少直接关系销售人员对企业利润贡献的大小。所以，销售经理必须制订销售人员的销售费用控制计划。一般而言，费用的常用控制方法包括以下几种。

#### 1. 销售人员自己支付费用

该种方法适用于纯佣金制的销售人员。销售人员在制定佣金比率时，就把销售费用的支出考虑在内，一并归到比率中，发给销售人员，销售人员必须在其佣金项下开支销售费用，不得再向公司另外申请。

该种方法对公司的好处是：处理简单，操作方便；公平一致，不会产生宽严不一、审核不公等情形；有业务才会有费用支出，对公司的利润较能保障，不致发生费用超支的情形；减少了对费用监督的困难。

该种方法的不足之处是：销售主管对其所属销售人员因无法控制费用，所以其行动也相对较难控制；因为有些费用是在业务获得之前使用，销售人员往往需先垫付费用，万一费用支出后业务又无法获得，则这些支出可能"血本无归"，这对销售人员而言，似乎较不公平。

#### 2. 无限额支付费用

该种方法是报销销售人员所有与企业销售业务有关的合理的业务和差旅费用，没有总费用或单项费用的限额，但前提是销售人员必须呈交开支的详细清单。

无限额支付费用的好处是：费用计划保持一定的弹性，不会因销售区域、销售产品的不同而产生费用之间的差异。假如销售人员诚实、准确地报告发生的费用，该种计划对销售人员和管理部门来讲，都是公平的。而且，该种计划能使销售经理对销售人员的活动实施相当程度的控制，如果销售经理想开发一个新的销售区域或者拜访外地的新顾客，该种费用计划不会成为阻碍。

但是，无限额支付费用的方法可能使管理部门无法正确预测直接成本，导致一些人挥霍无度或通过不正当的事项虚报费用。而且,销售人员没有动力去精打细算,销售经理必须仔细分析销售人员的费用报告,判定哪些费用是合理的和实际支出的。

### 3. 限额支付费用

实施限额支付费用一般包括两种方法。一种方法是,企业制定一个针对各个具体费用项目(如住宿、餐饮、招待等)报销的最高限额,例如,企业可以规定住宿费每天 200 元,餐饮费每天 50 元;另一种方法是,企业限制一定时间内的费用总金额,如规定销售人员外出每天的各项支出不得超过 250 元,考虑不同地区的消费差异,销售经理可以规定不同的限额。限额支付控制费用的方法,特别适用于那些销售人员的活动有规律并且出差路线重复的情况。该种方法的好处是,管理者可以准确地预测费用,从而减少管理部门和销售人员在费用开支上的争议,特别是当限额被认为是公平的时候。

限额支付的最主要问题是,销售经理要为每个费用或时间段确定限额,就要研究过去的费用报告,计划每天的行程,查阅宾馆的名录,调查不同地区的消费差异等,以确保制定的限额对销售人员的公平性。另外,该种方法也会遇到其他一些问题,如能力强的销售人员可能会反对,因为他们认为这是企业对他们的不信任。当销售人员需要支付一些非常规的花费时,如为保住客户而无法避免的招待费用,销售人员可能无法报销。

### 4. 限额支付和无限额支付相结合

限额支付和无限额支付共同的优点有时可以通过两者的结合使用来实现。例如,销售经理可以在食宿项目上实行限额控制,但对交通费用不加限制。管理部门还可以制定一个总费用限额,而最高限额与业绩报告的某些项目相联系。如计划月销售额是 4 000 元,允许销售人员每月报销不超过净销售额 5% 的费用,所以一个月的费用定额是 200 元,如果销售人员的费用保持在定额以下,就为其发放奖金。

通过这种方法,销售经理就能够将销售队伍费用和净销售额联系起来,从而对直接费用有所控制。而且,该种方法也可以使销售人员在总费用预算之下有一定的灵活性,在该种制度下,具备了费用意识的销售人员是不会浪费的。

## 2.3.4　销售费用控制的程序

销售费用控制可以看做是一项系统工程,从编制销售预算开始,到销售后的统计分析,销售费用控制涉及整个销售活动的各个方面。销售费用控制一般可以分为以下几个步骤。

### 1. 建立销售费用管理制度

建立销售费用管理制度是整个销售费用控制的基础。销售费用管理制度通常包括销售人员报酬制度、广告费用管理制度、仓储费用管理制度、公关费用管理制度、差旅费用管理制度、培训费用管理制度、招待费用管理制度、折扣折让制度、应收账款管理制度、售后服务费用管理制度等。企业(销售经理)要严格执行销售费用预算制度和销售费用审批制度。

### 2. 进行销售费用预算

企业根据市场调研,了解竞争对手销售费用预算与构成,结合本企业历年的销售年度销售费用统计资料与计划年度的经营目标,采用科学合理的预算方法,编制出计划年度销售费用的预算方案,并视每一销售活动对实现销售收入贡献度大小分配销售费用。

### 3. 对销售费用的控制

对销售费用管理贯穿销售过程的始终,对每一项销售费用的支出依据销售费用管理制度进行动态管理,在实际控制中要遵循突出重点、兼顾一般的原则,重点控制主要的销售费用支出。

### 4. 对销售费用的执行情况进行分析

一段时间后,将销售费用的实际支出情况与预算方案进行比较,计算偏差大小,分析偏差产生的原因,并将分析结果作为下一个计划年度编制费用预算的基础。

## ◯ 任务演练

### 确定销售费用

**训练目的**:通过销售费用的学习能熟悉销售费用的构成、能设计并介绍销售费用管理规定。

**训练方法**:企业走访、课堂讨论。

**训练组织**:组成学习小组,每组 5~6 人,推选一名组长,走访企业,实地了解企业销售公司的某个区域的销售费用的构成,根据掌握的资料分析其销售费用的构成情况,并初步分析其销售费用管理办法的合理性。

**训练结果**:小组成员交流体会。

## ✓ 重点概括

销售计划是销售管理的基石,销售管理过程就是销售计划的制订、执行和评价过程。销售计划制订的程序是分析现状、确定目标、制定销售策略、编制销售计划书、执行计划和计划的检查、控制。销售经理和销售人员不仅要编制年度销售计划,还要编制季度、月度、周销售计划;不仅要有产品别销售计划,还要有客户别销售计划。

销售定额预期实现的销售目标,为销售单位和销售人员提供了一种绩效目标、工作标准、控制手段和行为指南。销售定额通常有 4 大类型:销售量定额、财务定额、活动定额和综合定额。在销售定额的分配过程中,销售经理和销售人员必须面对面地坐在一起,共同讨论研究。

销售费用也叫营业费用,是用于企业在销售商品过程中发生的费用。不同的企业其销售费用的构成也可能略有差别,但总的来讲销售费用一般由以下几项构成:销售人员薪金、差旅费、交际费、销售资料、管理费用、培训费用、行政后勤服务、广告费用和销售物流费用。销售人员费用控制的方法一般有:销售人员自己支付费用、无限额支付费用、限额支付费用及无限额支付与限额支付相结合。销售费用控制的程序一般可以分为以下几个步骤:建立销售费用管理制度、进行销售费用预算、对销售费用的控制、对销售费用的执行情况进行分析。

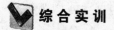 **综合实训**

实训项目：目标销售任务分配方法调查。

实训内容：了解不同企业的目标销售任务分配方法和分配步骤，同时了解销售任务分配过程中应注意的问题。

实训组织：按每组 5～6 人组成学习小组，每组深入一家企业走访调查，完成调查报告。

实训结果：调查报告与课堂展示。实训课业成绩考核表如表 2-14 所示。

**表 2-14　实训课业成绩考核表**

课业名称：《目标销售任务分配方法调查》

| 课业评估指标 | 课业评估标准 | 分项成绩 |
|---|---|---|
| 1. 调查的内容（20 分） | （1）目标销售任务分配方法<br>（2）目标销售任务分配步骤 | |
| 2. 调查企业描述（10 分） | （1）业务描述<br>（2）市场描述 | |
| 3. 调查计划（10 分） | （1）调查目的<br>（2）调查时间<br>（3）调查方法 | |
| 4. 调查报告的规范性（30 分） | （1）格式的规范性<br>（2）内容的完整性和科学性<br>（3）结构的合理性<br>（4）文理的通顺性 | |
| 5. 调查结果（30 分） | （1）方案展示<br>（2）总结与思考 | |
| 总成绩（100 分） | | |
| 教师评语 | | 签名：<br>年　　月　　日 |
| 学生意见 | | 签名：<br>年　　月　　日 |

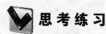 **思考练习**

某公司有一项销售人员的奖励制度，以销售量与所制定的销售定额的关系为基础来给付奖酬。销售定额是由管理人员根据每个销售人员所负责销售区域的客户类型、竞争情况，以及前一年公司业绩和销售员个人业绩综合计算出来的，该奖励制度在实施过程中产生了以下几个问题，请提出解决这些问题的建议。

（1）目前，那些表现优秀的销售人员的客户太多了。公司想缩减优秀销售人员的服务区域，并增加一些新的销售人员，但是遭到杰出销售人员的抗议，他们认为这是对他们优秀表现的惩罚。

（2）成绩优秀的销售人员也抱怨其定额每年都在增加，并且是以他们过去的成就为基础，他们觉得这有点类似于鞭打快牛。

（3）销售经理认为，公司没有取得足够的新客户。所谓的市场开发，就是吸引从未采购本公司产品的单位成为自己的客户，而这项任务往往需要在数年后才会见到成效。现行的奖励制度可能无法激励员工从事这类工作。

（4）当某销售人员所在地区的经济发展迅速时，他可能不需要很努力就可获得较高的奖酬；当某地区失业率高，或竞争者决定降低价格以打入新市场时，即使销售人员尽力工作，其奖酬也可能减少。

# 项目 三
## *Xiangmu san*
# 销售人员培训、指导与评价

**知识目标**

　　了解人员培训知识；了解销售人员指导内容与原则；掌握销售人员评价的标准。

**技能目标**

　　能配合人力资源部实施培训；能对销售人员的观念、行为和销售程序进行有效指导并制订指导计划；能撰写销售人员考评报告。

**训练路径**

　　企业访谈；案例讨论；角色扮演。

**教学建议**

　　安排学生收集企业员工培训的有关案例和资料、强调本课程的学习方法，提供阅读参考资料、教师应提前准备好学习引导材料，根据学校实际条件准备好训练场所，联系好访谈企业。

 **学习任务 3.1　销售人员培训**

### ⚪ 成果展示与分析

#### IBM 的销售人员培训

　　国际商业机器公司（International Business Machines Corporation，IBM）追求卓越，特别是在人才培训、造就销售人才方面取得了成功的经验。具体地说，IBM 公司绝对不会让一名未经培训或者未经全面培训的人到销售第一线去。销售人员说些什么、做些什么以及怎样说和怎样做，都对公司的形象和信用影响极大。如果准备不足就仓促上阵，会使一个很有潜力的销售人员夭折。因此该公司用于培训的资金充足，计划严密，结构合理。一到培训结束，学员就可以有足够的技能，满怀信心地同用户打交道。

　　IBM 公司的销售人员和系统工程师要接受为期 12 个月的初步培训，主要采用现场实习和课堂讲授相结合的教学方法。其中 75% 的时间是在各地分公司中度过的，25% 的时间在公司的教育中心学习。分公司负责培训工作的中层干部将检查该公司学员的教学大纲，该大纲包括从公司中学员的素养、价值观念、信念原则到整个生产过程中的基本知识等方面的内容。学员们利用一定时间与市场营销人员一起访问用户，从实际工作中得到体会。此外，还经常让新学员在分公司的会议上，在经验丰富的市场营销代表面前，进行他们的第一次成果演习。有时，有些批评可能十分尖锐，但学生们却因此增强了信心，并赢得同事们的尊敬。

销售培训的第一期课程包括 IBM 公司经营方针的很多内容，如销售政策、市场营销实践以及计算机概念和 IBM 公司的产品介绍。第二期课程主要是学习如何销售。在课程上，该公司的学员了解了公司有关后勤系统以及怎样应用这个系统。他们研究竞争和发展一般业务的技能。学员们在逐渐成为一名合格的销售代表或系统工程师的过程中，始终坚持理论联系实际的学习方法。学员们到分公司可以看到他们在课堂上学到的知识的实际部分。

IBM 公司市场营销培训的一个基本组成部分是模拟销售角色。在公司第一年的全部培训课程中，没有一天不涉及这个问题，并始终强调要保证学习或介绍的客观性，包括为什么要到某处推销和希望达到的目的。同时，对产品的特点、性能以及可能带来的效益要进行清楚的说明和学习。学员们要学习问和听的技巧，以及如何达到目标和寻求订货等。假若用户认为产品的价钱太高，就必须先看看是否是一个有意义的项目，如果其他因素并不适合该项目，单靠合理价格的建议并不能使你得到订货。该公司采取的模拟销售角色的方法是，学员们在课堂上经常扮演销售角色，教员扮演用户，向学员提出各种问题，以检查他们接受问题的能力。这种上课接近于一种测验，可以对每个学员的优点和缺点两方面进行评判。

另外，还在一些关键的领域内对学员进行评价和衡量，如联络技巧、介绍与学习技能、与用户的交流能力以及一般企业经营知识等。对于学员们扮演的每一个销售角色和介绍产品的演习，教员们都给出评判。特别应提出的是 IBM 公司为销售培训所发展的具有代表性、最复杂的技巧之一就是阿姆斯特朗案例练习，它集中考虑一种假设的、由饭店网络、海洋运输、零售批发、制造业和体育用品等部门组成的、具有复杂的国际业务联系。通过这种练习可以对工程师、财务经理、市场营销人员、主要的经营管理人员、总部执行人员等形象进行详尽的分析。这种分析使个人的特点、工作态度，甚至决策能力等都清楚地表现出来。由教员扮演阿姆斯特朗案例人员，从而创造出一个非常逼真的环境。在这个组织中，学员们需要对各种人员完成一系列错综复杂的拜访。面对众多的问题，他们必须接触这个组织中几乎所有的人员，从普通接待人员到董事会成员。由于这种学习方法非常逼真，每个"演员"的"表演"都十分令人信服。所以，每一个参加者都能像 IBM 公司所期望的那样认真地对待这次学习机会。这种练习的机会就是组织一次向用户介绍发现的问题，提出该公司的解决方案和争取的订货的模拟用户会议。

现场实习之后，再进行一段长时间的理论学习，这是一段令人"心力交瘁"的课程：紧张的学习每天从早上 8 点到晚上 6 点，而附加的课外作业常常要使学生熬到半夜。在商业界中，人们必须学会合理安排自己的时间，他们必须明白："充分努力意味着什么？""整个通宵是否比只学习到晚上 10 点好？"课程开始之前，像在学校那样，要对学员分班，分班时的考试是根据他们的知识水平决定的。

有时，学员们的做法还保留着某些学生气，他们对培训课程的某些方面感到不满意，遇到这类情况，公司就会告诉他们："去学校上学，你们每年大约要付 15 000 美元的学费。所以，应当让我们决定什么是最好的。这就是经济规律，同时，也是你们学习经营的第一件事。"一般情况下，学员们在艰苦的培训过程中，在长时间的激烈竞争中迅速成长。每天长达

14～15小时的紧张学习压得人喘不过气来,然而,却很少有人抱怨,几乎每个人都能完成学业。

资料来源:佚名.IBM公司的销售人员培训.http://www.chinahrd.net/case/info/49075

IBM公司通过严格规范的培训来提升销售人员的素质和能力,使销售人员既有良好的服务意识和态度,又拥有专业的优质服务的技能,保证其经营目标的实现。而不合格的培训几乎总是导致频繁地更换销售人员,其费用远远超过了高质量培训过程所需要的费用。这种人员的频繁更换将会使公司的信誉和形象蒙受损失,同时,也会使依靠这种销售人员提供服务和咨询的用户受到损害。

## ● 知识储备

随着知识经济的到来,知识的更新速度越来越快,很多企业都致力于构建学习型组织,要求员工始终保持学习的状态,培训则是保证员工在知识经济的浪潮中立于不败之地的重要手段和有效途径。

培训是企业与员工共赢的平台。培训将个人的发展融入企业的发展当中,企业对员工培训的投资能够带来员工能力的提升,并通过晋升通道为员工提供更高的能力展示平台;而员工得到培训开发之后,能够珍惜在企业的发展空间,更加为企业奉献自己的聪明才智。

对于处于市场一线的销售人员来说,培训则显得尤为重要。一方面,市场环境瞬息万变,需要销售人员保证信息和知识的及时更新;另一方面,销售人员直接与客户打交道,是整个公司的形象代表,其能力与素质的好坏直接反映了公司的形象。因此无论对刚进入销售队伍的新人,还是有多年工作经验的老推销员,都需要定期培训,使其不断接受新知识与技能,了解新市场状况,增强责任感,提高业务水平。

### 3.1.1 制订培训计划

培训是一项系统工作,和其他管理工作一样,在展开培训工作之前要制订详细的培训计划,为整个培训工作提供依据和指导。一个完整的培训计划一般按照培训的4个阶段展开,即培训需求确认、培训计划设计、培训计划实施和培训效果评估,如图3-1所示。

**1. 培训需求确认**

培训需求确认阶段包括明确培训对象、培训需求分析和建立培训目标3个步骤。不同的销售人员存在的问题不同,培训需求就有所不同。应首先确定培训的对象,再有针对性地分析其培训需求。

培训需求分析时,可以通过对销售员观察、面谈、问卷调查、自我诊断、客户调查等多种方式进行,以了解销售员在哪些方面需要通过培训加以提高。当发现出现一些情况如客户不满、内部混乱、员工士气低落、工作效率低时,便可以通过培训加以解决。

需求确认之后建立培训目标。培训目标有很多,根据不同的需求目标则不同。总体来说,培训目标包括提高销售人员知识水平、提升销售人员业务能力、增强销售人员士气和信心、加强销售人员对企业的归属感等。

**2. 培训计划设计**

培训计划设计包括设计培训时间、培训地点、培训实施者、培训内容和培训方法。

图 3-1　销售人员培训计划制订

　　培训时间包括 3 个方面:第一,整个培训计划的执行期或有效期;第二,培训计划中每个培训项目或课程的培训周期以及课时安排;第三,每个培训项目或课程的具体执行时间。

　　培训地点的选择灵活多样,需要根据具体的情况而定。可以将销售人员召集到公司总部,安排在公司的会议室或租借宾馆会议室举行,也可以组织销售人员到某地进行封闭培训,还可以将培训师分派到各地在各办事处展开。

　　培训实施者包括培训工作组织者和培训老师确定。培训工作组织者负责培训计划的制订、培训组织与安排、培训执行监督与控制以及培训效果评估等。培训老师选择需要根据具体情况而定,可以选择企业内部的培训师,或者请一些专家学者,也可以是销售主管或销售经理等管理人员。

### 3. 培训计划实施

　　培训计划实施包括具体执行以及监督与控制。培训实施时要制订详细的执行计划,也就是将培训计划设计的内容尽量细化,还要充分考虑培训过程中可以出现的突发事件,做好相应的准备,以便组织培训者和销售人员顺利有序地完成培训。

　　培训过程中还要注意监督与控制,以保证培训工作切实有效地按照计划执行。同时还应有相应的激励和惩罚措施。例如对于在培训中无故缺席的销售人员,考虑给予罚款或其他处罚。

**4. 培训效果评估**

培训效果评估是培训工作的最后环节,这是一个非常重要的环节,却是很多企业经常忽视的环节。通过效果评估,才能使得企业了解本次培训的成功与失败之处,总结经验教训以指导和修正下一次培训,这样才能使企业的培训质量不断提升。

### 3.1.2 销售人员的培训内容

销售人员的培训内容可以涉及很多方面,要根据培训对象的需求进行选择。一般来说,培训内容大致分为 3 个方面:知识、技能与素质。

**1. 知识培训**

知识是根本,销售人员知识培训主要包括以下 4 个方面。

(1) 企业知识。包括企业的历史、战略目标、组织机构、财务状况、主要产品与销量、企业文化等。通过企业知识的培训,可以增强销售人员对企业的忠诚度和归属感,尤其对于新人必须进行企业方面的知识培训。

(2) 产品知识。产品是销售的基础,销售人员对产品不了解是不可能做好销售的。销售人员除了对主要工艺过程、生产情况、技术指标、产品质量、性能、用途等知识做到了解外,更要熟练掌握本公司产品较竞争者产品的优势与劣势、独特卖点、在市场中所处地位、消费者的认知程度等方面的情况。

(3) 竞争者与行业知识。知己知彼才能百战不殆,销售人员要做好销售,还必须对整个行业以及竞争对手做到充分了解。包括行业的市场容量、竞争格局、发展趋势等以及竞争者的数量、分布及各个竞争者产品的市场地位、产品特色、营销策略等。

(4) 销售理论知识。销售本身也是一门学问,具有较成熟的理论基础,我们常说理论指导实践,因此要想在销售实践中取得好成绩,对理论知识的掌握是必不可少的。并且销售理论知识一直都随着环境变化而不断更新,销售人员需要不断学习,及时更新自己的理论知识。

**2. 技能培训**

销售人员的技能培训主要指销售技能,涉及的技能非常多,比较重要的有以下 3 个方面。

(1) 沟通技能。沟通是销售人员工作的主要方式,良好的沟通能力是其必须具备的基本能力。沟通技能培训主要教授销售人员学会如何聆听、如何表达、如何处理顾客异议、如何应付反对意见等。

(2) 谈判技能。在销售过程中,经常要与客户就价格、交易方式、付款期限等方面进行谈判,因此谈判技能对于销售人员也是非常重要的,需要经常予以培训。

(3) 客户开发与管理技能。客户开发与管理是销售人员工作的主要内容。如何寻找客户、如何成功开发客户、如何选择代理商以及如何管理代理商、如何与客户保持良好的客情关系等都是销售人员技能培训的重要内容。

**3. 素质培训**

销售人员是企业形象的窗口,对其进行素质方面的培训也是必不可少的。销售人员素质培训主要包括销售职业道德与销售礼仪两大方面。

（1）销售职业道德。销售人员必须具备销售职业道德,这无论是对于个人,还是对于企业,甚至对于社会来说都是非常重要的。然而我国社会上销售人员职业道德的缺失却是一个突出的问题,经常出现销售人员携款潜逃、欺骗客户等现象,很多企业都没有足够重视,在培训中也经常忽视。销售职业道德主要包括诚实守信、认真负责以及公平竞争3个方面,这是现代销售最主要的也是最基本的道德要求。

（2）销售礼仪。中国是礼仪之邦,具有良好的销售礼仪也是销售人员素质的体现。销售礼仪主要包括基本社交礼仪与商务谈判礼仪。例如,谈判座次、相见礼仪、衣着礼仪等。

### 3.1.3　销售人员的培训方法

销售人员培训的方法多种多样,培训内容不同所选择的方法也不一样,如讲授、示范、销售会议、角色扮演、案例讨论、上岗培训、现场指导、音像资料等。具体培训方法按照互动性不同可分为单向的和互动的,即传授信息与参与体验两类;按照培训对象人数不同可分为集体的和个别的,即集体指导方法与个别指导方法两类。于是按照这两个维度可将培训方法分为4类,如表3-1所示。主要有以下几种方法。

表 3-1　销售培训方法

| 培训方法 | 传授信息 | 参与体验 |
|---|---|---|
| 集体指导方法 | 讲授<br>示范 | 销售会议<br>角色扮演<br>案例研讨 |
| 个别指导方法 | 手册<br>简报<br>函授 | 岗位培训<br>计划指导<br>岗位轮换 |

#### 1. 讲授法

讲授法是应用最广泛的培训方法。一般由营销专家或成功的销售人员或企业领导人,以课堂讲授的方式传授知识,培养销售人员的营销思想,提高其综合素质。这种方式的优点是时间集中、费用较低,但讲授者很难顾及受训人员的个体差异,难以因材施教。

#### 2. 案例研讨法

案例研讨法是选择相关的销售案例,用书面材料的形式展示销售过程中的各种情况和问题,让销售人员使用相关知识和工作经验探索出解决问题的途径。这种方法一般没有固定的答案,目的在于培养销售人员分析问题、解决问题的能力。

#### 3. 岗位培训法

这是在工作岗位上对销售人员进行培训的一种方式,特别适用于新招聘的销售人员。将新人安排在某岗位上,与有经验的推销人员建立师徒关系,通过传、帮、带,使销售人员更快地熟悉业务,逐步独立工作。

## 3.1.4 销售人员的培训效果评估

销售人员培训效果评估分为 3 个步骤：确定评估内容、选择评估方法、得出评估结论。

### 1. 确定评估内容

培训评估内容分为 4 个方面。

（1）反应：针对参与者对课程及学习过程的满意度进行评估。

（2）学习：针对参与者完成课程后所保留的学习成效进行评估。

（3）行为：针对参与者回到岗位后，其行为或工作绩效是否因培训而有预期中的改变进行评估。

（4）效益：针对培训的整体投资报酬率进行评估。

### 2. 选择评估方法

按照评估的主体不同，评估方法可分为自我评价法、主管评价法、组织评价法和客户评价法等；按照评估的方式不同，评估方法可分为问卷调查法、面谈法、测试法和观察法。

### 3. 得出评估结论

评估结论包括三方面内容：一是培训结果评价，即本次培训是否成功，是否按照计划要求完成；二是总结本次培训的经验与教训；三是为以后的相关培训提出建议。评估结论应形成报告上交上级领导，并组织相关人员讨论学习，最后归档以便日后翻看查阅。

## ◉ 任务演练

### 制订销售人员培训计划

**实训目的**：熟悉销售人员培训计划的步骤；了解销售人员培训的内容与方法；能够根据销售人员的培训需求制订相应的培训计划。

**实训方法**：企业走访、资料收集、课堂讨论、文案撰写。

**实训组织**：按每组 5～6 人组成学习小组，每组深入一家企业走访，了解该企业销售人员的培训需求，并为其制订培训计划。

**实训结果**：各小组制订并撰写销售人员培训计划，派代表进行课堂发言。

附：销售人员培训计划参考模板

一、培训时间：

二、培训方式：

三、培训地点：

四、培训人员：

五、培训目的：

六、培训内容：

七、培训组织管理：

八、课程安排（课程计划安排表）：

九、培训考核：

## 学习任务 3.2　销售人员业务指导

### ○ 成果展示与分析

#### 培养下属，销售经理从何处入手

福佑集团（化名，下同）是国内著名保健品企业，主打产品为功能性离子水机，这是一个在保健品会议营销模式中发展极为迅速的产品类型。由于销售模式为会议营销，因此各销售平台的主要任务就是协助当地经销商组织会议，安排会议的活动细则。

李强是新任的南京销售经理，作为福佑集团的重点市场，南京区域近来销量节节下滑，公司总部紧急将他从其他区域"空降"到南京，希望能够遏制下滑趋势并作出优异的成绩。来南京之前，李强首先通过总部人力资源部门取得了一份南京区域销售部员工的资料，他希望以此资料先对南京分公司的成员有个大概了解，以便于下一步的工作开展。到南京后，李强并没有听从总部领导的意见，急于对分公司的销售团队进行大幅度调整，而是根据销售团队的汇报以及通过资料了解的人员情况，有针对性地安排了一场活动。李强明白这是他开始全面工作的最重要一步。

**情景一**：过于自信的尖兵小王

李强到南京市场策划的第一场活动的亲情主题是"饮水思源，福佑报亲恩"。通过人力资源部门的资料以及前期的业绩表现，业务主管小王分到了一个难度相对较大的任务——鼓动老顾客发言。这项任务看起来轻松，实际上该项任务是这场活动的重点和难点，从挑选老顾客到老顾客发言，如何达到鼓动效果是这场活动的核心。由于南京市场持续低迷，部分老顾客看到活动场面越来越小，销售情况不理想，开始怀疑产品能否具有真正的效果，同时也经常推辞不参加活动。因此，每到节假日，部分老顾客开始躲避企业的访问员。

小王却没有因此消沉，他始终相信未来会越来越好。他瞄上了老张，老张使用他们的产品已经一年多了，效果非常好，但是不知出于什么原因，老张就是不愿意发言，小王多次拜访均被拒绝。小王沉思：老张使用效果很不错，他自己以前也经常现身说法，肯定是近期的市场低迷影响了他的情绪。如何才能说服老张呢？小王闷闷不乐。然而，在每天的业务会议上，小王总是很乐观地表示，完成任务没有问题。李强根据侧面了解到的情况及小王花费的时间，他断定，小王的任务有点儿麻烦。眼看活动还有几天就开始了，李强单独找小王进行了一次谈话。通过谈话，李强了解到，情况比他预想的更严重一些。时间比较紧了，这个重要的环节还没有效果，李强决定和小王一起去老张那里坐坐。看到公司领导来了，老张说出了实情，在前期的拜访中，公司相关业务人员承诺的一些东西并没有兑现，他也反映过但一直没有解决。在得到李强的肯定答复后，老张欣然接受这次发言。在回公司的路上，小王告诉李强，如果老张还不同意，他会找个新人发言，但是效果可能不好，前任老总在任时类似问题也是这样解决的，李强感到一些寒意。

**情景二：能力强的"拖沓许"**

在这场活动中，公司人称"拖沓许"的小许的任务是场地布置、会前现场部署。李强号令很细密，要求活动前3天必须把物资备齐，会议活动前一天所有道具、宣传用品、样板产品、销售产品都必须到场，宣传要求到位，震撼力强。应该说，这些工作是每次活动都要做的，简直成了一套程序，小许听也没听就应承了下来。

活动前3天，李强检查小许的工作，小许一样一样地汇报给李强，如果按照汇报内容做，一点儿问题也没有。临近活动前一天，李强照例来到现场，亲自督阵，查看小许和其他几个人的工作。问题出现了：宣传横幅已经安排制作，但广告公司还没送过来，追问广告公司，回答说在郊区制作，暂时没车，要等；现场样板货都备齐了，但畅销的某型号产品只有两套摆在销售区，滞销的产品型号却有20套，问及原因，畅销货品订货慢了两天，目前还没到库，"拖沓许"声称上午已经安排人员专门从邻近的区域调货，可能会第二天早上送到现场。

李强心想，横幅为什么不能早一天制作？调货为什么不提前一天？拖拖拉拉，如果事情有变，活动效果怎么保证？李强不敢再想下去，赶紧拉住"拖沓许"到一旁，"你赶紧打电话追问横幅以及调货的相关人员，务必今天晚上10点前全部到场。"在得到肯定答复后，李强大声对大伙说："小许说了，今天的工作他绝对能够在晚上10点前保质保量完成。"过一会儿，李强悄声对小许说："以后这些小事都得提前安排，给其他人做榜样啊！"

**情景三：积极有余、能力欠缺的小杜**

销售助理小杜主要负责日常报表的搜集、整理汇总以及活动现场的销售跟进工作，在闲余的时间还充当"超级替补"的角色，由于其工作积极，因此其能力欠缺的不足也往往得到其他同事的谅解。

就在执行这项活动刚一开始，销售三组的组长请假两天，李强于是安排小杜临时充当该组组长，这样，小杜既要汇总整理数据，又要带领一帮销售员去拜访顾客，邀请参加会议，两项事情交叉在一起，小杜一会儿想到整理数据，一会儿跑到外面跟进小组工作，加班到晚上10点多还在整理数据，效率比较低。李强看在眼里，沉思片刻，便专门找小杜谈心。一方面，夸奖小杜的积极，稳定其情绪；另一方面，告诉他如何统筹安排时间，让工作更加有效率。经过谈话，小杜信心倍增，工作方式得到很大改进，效率迅速提高，工作也更加有积极性了。

通过这场活动，李强对南京分公司的销售人员有了大概的了解，这为他下一步调整销售团队，提供培养销售人员的方式，打下了很好的基础。

资料来源：张德华．培养下属，区域销售经理从何处下手．http://www.emkt.com.cn/article/353/35321.html

对销售人员进行指导时，要充分考虑不同销售人员的能力和态度，以及性格和习惯等各方面因素，有针对性地分别予以相应的指导，做到因材施教，这样才能保证每个销售人员的快速健康成长，进而建立一支有效的销售团队。

## ● 知识储备

销售是一项非例行工作，销售人员经常会遇到各种各样的问题，这就需要具有丰富经验的销售经理给予销售人员及时正确的指导。当然，在指导之前，非常必要的一项工作就是如何发现销售人员的问题以及寻找其中的原因。

## 3.2.1 销售人员问题分析

### 1. 销售人员常见问题

销售人员的问题各式各样,很难完全列举,一般来说主要包括以下几个方面的问题。

(1)知识问题。缺乏对产品相关知识和关键专业环节的学习掌握。产品知识是谈判的基础,在与客户的沟通中,客户很可能会提及一些专业问题和深度的相关服务流程问题。如果销售员不能给予恰当的答复,甚至一问三不知,无疑是给客户的购买热情浇冷水。

(2)心理问题。对不好结果的担忧、惧怕或不愿采取行动。胆怯、怕被拒绝是新销售员常见的心理障碍。通常表现为:外出拜访怕见客户,不知道如何与客户沟通;不愿给客户打电话,担心不被客户接纳。销售的成功在于缩短与客户的距离,通过建立良好的关系,消除客户的疑虑。如果不能与客户主动沟通,势必丧失成功销售的机会。

(3)心态问题。对销售职业及客户服务的不正确认知。一些销售员轻视销售职业,认为这个职业地位不高,从事这个行业实属无奈,感觉很委屈,总是不能满腔热情地面对客户,所以也无法调动起客户的购买热情。

(4)技巧问题。对整个销售流程不熟悉,对客户购买过程控制技巧的应用不熟练。具体表现:对产品介绍缺乏清晰的思路和方法,不能言及重点,无法把产品的利益点准确传达给客户;缺乏对顾客心理和购买动机的正确判断,不能准确捕捉客户购买的信号,所以往往错失成交的良机;急功近利,缺乏客户管理手段,不能与有意向的客户建立良好关系。

(5)习惯问题。以往积累的不利于职业发展的行为习惯。不良的习惯也是不能促成客户签单的重要原因之一。一些销售员习惯了生硬的语言和态度,使客户觉得不被尊重。一些销售员不会微笑或习惯以貌取人,凭自己的直觉判断将客户归类,并采取不当的言行。也许他们的判断是正确的,但这样做会造成不良的口碑传播和潜在的客户流失。

(6)环境问题。容易受周围的人或事影响。由于缺乏对销售职业的正确理解和认识,趋向于模仿其他同事的工作方式和作风,但忘了向同事学习是要吸取别人的长处和优点。曾经有一个初入行的销售员,初到公司时热情高涨,但后来受一些老销售员的影响,工作也变得散漫,不能严格要求自己。还有一些销售员无法融入团队,与团队的距离感也不利于个人发展。

### 2. 发现销售人员问题的方法

销售人员在销售过程中呈现出的问题很多,表现形式也多种多样,销售经理如何发现这些问题,可以采用以下几种方法。

(1)与销售精英进行比较。与销售团队中的精英进行比较,找出他们的差距。销售业绩的比较是显而易见的。在比较时,应该注意在客户的拜访量、拜访前的准备时间、与客户的谈话方式等方面进行比较。

(2)依据自我的标准进行随访观察。销售经理可以依据自我的标准对销售人员的不足进行随访观察。在随访观察时,注意发现销售人员的不足之处,及时纠正;不能纠正的,可以把不足之处记录下来,事后与他们交流。

(3)销售记录分析。观察销售人员的不足,还可以分析销售记录,尤其是销售人员填写的工作表单,如月度工作计划表、周工作计划表和工作日志表。销售人员的问题会反映在自已填写的工作表单中。

（4）询问调查。对指导对象作询问调查，也是一种发现不足之处的方式。要求辅导对象认真填写调查问卷，分析调查问卷中反映的不足之处。应该注意的是，有些销售人员填写的问题，未必是自己的不足，也可能是别人的不足。

（5）聘请外部机构分析。另外，还可以聘请外部机构对销售人员进行诊断，找出不足之处。外部的一些诊断机构具有丰富的经验，而且旁观者清，他们的诊断一般都比较客观准确。

### 3.2.2 销售过程指导

销售经理应该具有丰富的销售业务经验，熟悉企业销售过程的步骤和策略，在销售人员销售过程中要经常予以业务指导。一般来说，销售过程分为销售准备、销售洽谈、促进成交、销售服务4个步骤。销售经理也应按照这4个步骤，随时关注销售人员业务开展的进度并予以相应的业务指导。

**1. 销售准备指导**

销售准备是销售过程的第一步，也是非常重要的一步，它为后期的工作奠定坚实基础。销售准备一般包括寻找潜在顾客和顾客资格审查。

（1）寻找潜在顾客

销售人员第一步工作是寻找潜在顾客，寻找潜在顾客的方法有很多种，包括逐户访问法、连锁介绍法、中心人物法、广告开拓法、委托助手法、市场咨询法、资料查阅法、贸易展览法等，销售人员要根据产品的性质、特点以及企业自身的情况等因素选择相应的方法。下面简单介绍几种比较常见的方法。

① 逐户访问法。逐户访问法又称"地毯式"访问法，是指销售人员针对某特定区域，挨家挨户直接访问估计可能成为顾客的某些个人或组织，最后确定自己的潜在顾客。这种方法是最古老的方法，也是很多销售人员经常使用的基本方法。这种方法的理论依据是"平均法则"，即发现潜在顾客的数量与被访问的人数成正比关系。例如，经验表明，每走访10个顾客可以确定1个潜在顾客，那么如果你要寻找5个潜在顾客就要逐户访问50个顾客。

② 连锁介绍法。连锁介绍法是指销售人员请求现有顾客介绍潜在准顾客。实践表明，这种方法比较有效，适用于任何产品的销售，是运用较多的一种方法。连锁介绍的方法又包括口头介绍、信函介绍、电话介绍、名片介绍、电子邮件介绍等多种形式。

③ 广告开拓法。广告开拓法是指销售人员利用各种广告媒介寻找顾客的方法，即通过大众传媒，把有关产品的销售信息传递给广大消费者，以刺激消费者的购买欲望，诱导消费者的购买行为，并提高产品知名度以及树立企业形象，从而达到开拓客户的目的。

（2）顾客资格审查

寻找了潜在顾客，还要经过顾客资格审查来确定是否将这些潜在顾客发展为准顾客。顾客资格审查遵循"MAN"法则，即作为合格的顾客必须具备3个要素：购买需求（Need）、购买力（Money）、购买决策权（Authority）。

① 顾客购买需求审查。是否存在需求是成为顾客的首要条件。顾客需求审查包括是否需要、何时需要、需要的数量等各方面因素。

② 顾客购买力审查。顾客购买力就是顾客购买产品或接受服务时的货币支付能力,可分为现有支付能力和潜在支付能力。对于个体顾客的购买力审查时,可以调查经济收入、消费支出、储蓄信贷等因素。对于企业或单位购买力审查时,主要考察生产经营状况、资金状况、财务状况、信用状况等方面。

③ 顾客购买决策权审查。顾客的角色可分为使用者、倡导者、影响者、购买者和决策者5 个角色,对于很多产品这些角色都会发生分离。而其中决策者是一个非常重要的角色,对顾客决策权的审查也就非常重要。只有清楚谁掌握了购买决策权,销售时才能有的放矢,大大提高销售效率。

### 2. 销售洽谈指导

准备工作做好就要进入销售洽谈环节,这是销售过程中的关键环节,包括接近顾客、销售展示、处理异议 3 个方面。

(1) 接近顾客

接近顾客是销售洽谈的前奏,是销售人员与顾客正式接触见面并相互了解建立关系的过程。接近顾客时要注意引起顾客对产品的注意和兴趣,并与顾客建立良好的关系,为下一步销售展示做好充分准备。接近顾客的方法非常多,有产品接近法、介绍接近法、社交接近法、馈赠接近法、赞美接近法、反复接近法、服务接近法、礼仪接近法、好奇接近法、问题接近法、请教接近法、利用事件法等。

(2) 销售展示

① 销售展示的内容。对于消费者,销售展示主要是介绍产品,包括介绍产品的特点、优势、利益以及使用方法等。对于经销商而言,销售展示除了介绍产品的各方面情况外,还要介绍销售政策,包括目标销售额、返利等,并为顾客进行赢利分析。无论对于最终消费者还是中间商,销售展示时产品介绍都是必不可少而且至关重要的。进行产品介绍时可采用FABE 介绍法(费比介绍法),即包括 4 个步骤:介绍产品的特征(Feature)、分析产品的优点(Advantage)、介绍产品给顾客带来的利益(Benefit)和提出证据(Evidence)。

② 销售展示的方法。销售展示的方法分为销售陈述法和销售演示法。销售陈述法可以采用事先计划好的、结构固定的方式进行陈述,也可以与顾客相互交流,根据其需要进行陈述,也可以采用与顾客一起分析问题,提出问题解决方案的方式进行陈述;销售演示法是利用顾客的视觉、听觉等感受,启发诱导顾客购买产品的方法。包括产品演示、戏剧表演演示、证明演示、顾客参与演示、辅助工具演示等。

(3) 处理异议

销售展示过程中顾客经常会提出很多异议,顾客异议涉及各个方面,包括需求、商品质量、价格、服务、购买时间、销售人员、支付能力方面等,销售人员首先应该积极倾听,分析异议的类型和原因。针对不同的异议,销售人员应给予及时的解答和处理。在处理顾客异议时应注意以下几点:第一,保持欢迎异议的态度;第二,认真倾听顾客异议;第三,灵活应对,尊重顾客;第四,注意整理和保存各种异议。

### 3. 促进成交指导

经过一番销售洽谈,有些顾客可能会表现出成交的意愿,此时销售人员应该注意从顾客的语言、动作和表情等各方面识别成交信号,并抓住时机进一步促进成交。促进成交的方法和技巧很多,包括请求成交法、假定成交法、选择成交法、从众成交法、小点成交法、阶段成交法、优惠成交法等。下面着重介绍几种方法。

（1）请求成交法

请求成交法又称直接成交法,是指销售人员用简单明确的语言,直接要求顾客购买商品的方法。例如,"李经理,我这批货价格便宜质量又好,您准备进多少?""张厂长,我厂钢材的情况您已经了解,质量绝对可靠,您什么时候在合同上签字啊?"请求成交法简单明了,可以节约推销时间,提高销售效率,有利于排除顾客不愿自动成交的心理障碍,加速顾客购买决策的过程。但是,该方法也容易给顾客造成一种心理压力,引起顾客的抵制情绪。因此,销售人员在使用时应注意时机和区分对象。

（2）选择成交法

选择成交法是指推销人员为顾客设计出一个有效成交的选择范围,使顾客只在有效成交范围进行成交方案选择的一种成交技术。销售人员所提供的选择事项应让客户从中做出一种肯定的回答,而不要给客户有拒绝的机会。向客户提出选择时,尽量避免向客户提出太多的方案,最好的方案就是两项,最多不要超过 3 项。例如,"王经理,我今天带来两套课程,一套是关于营销的,一套是关于人力资源管理的,这两套课程,您打算选择哪一套?"选择成交法既可以减轻顾客的心理压力,创造良好的成交气氛,又有利于推销人员掌握主动权,留有一定的成交余地。

（3）从众成交法

从众成交法也叫做排队成交法,是指销售人员利用顾客的从众心理,促使顾客马上购买商品的一种成互方法。顾客在购买商品时,不仅要考虑自己的需要,受自己的购买动机支配,还要顾及社会规范,服从某种社会压力,以大多数人的行为作为自己行为的参照系。从众成交法正是利用了人们的这种社会心理,促成顾客迅速作出购买决策。例如,"这款鞋最近卖得特别好,就剩这几双了,你明天来说不定就卖完了。"从众成交法可以增强销售人员的说服力,使销售人员在销售洽谈中处于主动地位,但是如果碰到个性较强、喜欢表现自我的顾客,则可能会起到相反的作用。

**4. 销售服务指导**

商品成交并不代表销售过程的结束,销售服务也是销售过程中不可或缺的一个环节。良好的销售服务可以保证顾客更好地使用商品,也可以使销售人员与顾客保持稳定良好的客情关系,为以后的业务成交打下基础。销售服务的内容很多,不同的产品销售服务的内容也有所不同,总的来说,大致包括安装调试、维修、退换货、产品知识介绍或培训、产品更新升级、销售支持(针对经销商,如宣传物料提供、促销活动配合)等。

## 3.2.3　指导销售人员的方法

在销售过程的各个环节中,销售经理需要随时随地对销售人员进行方方面面的指导,指导的内容不同所使用的方法也不同。下面简单介绍几种常用方法。

**1. 讲授法**

讲授法既是培训的传统方法,也是销售指导的常见方法。销售经理可以定期召集销售人员进行集中指导,通过对问题的分析讲解和知识技巧的传授达到指导的目的。

## 2. 谈话法

谈话法是指销售经理通过与销售人员面对面的谈话,在口头信息的沟通过程中了解对象心理状态,并给予辅导和指导的方法。谈话法是一对一的指导,它有利于深入了解销售人员的心理状态,通过推心置腹的谈话可以增进与销售人员的感情。这种方法特别适合于指导销售人员在心理、态度、价值观等方面的问题。

## 3. 行动示范法

所谓"言传身教",讲授和谈话都是"言传",行动示范法则属于"身教"。指的是销售经理在销售过程中,尤其是拜访客户或商务谈判时,要求销售人员随行观摩学习,用实际的销售行动作为示范达到指导的目的。这种方法对于销售业务技巧的指导特别有效,同时适合于销售新手的指导。

## 4. 随岗指导法

行动示范法是销售经理行动示范,销售人员随行观摩,随岗指导法正好相反,是销售人员行动表现,销售经理随行观察。销售经理与销售人员一同拜访客户,主角由销售人员担任,销售经理通过倾听观察发现销售人员销售过程中的问题,事后再进行有针对性的指导。这种方法有助于深入发现销售人员的问题,并能够及时有效地指导销售人员加以解决。

### ● 任务演练

**销售人员指导角色扮演训练**

*实训目的*:学会发现销售人员在销售过程中出现的问题;熟悉销售人员业务指导的内容和方法。

*实训方法*:角色扮演、课堂讨论。

*实训组织*:搜集一些销售过程中的场景案例,按每组5～6人组成学习小组,每组学生轮流扮演案例中的场景,其他组学生则分析讨论其中的问题,并扮演销售经理依次给予销售指导。

*实训结果*:撰写本次角色扮演实训的体会。

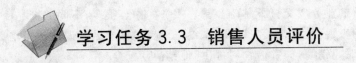

## 学习任务 3.3　销售人员评价

### ● 成果展示与分析

**销售人员绩效考核方案**

**一、总则**

为规范公司对销售人员的考查与评价,特制定本制度。

**二、考核目的**

(1) 造就一支业务精干的高素质、高境界、具有高度凝聚力和团队精神的人才队伍,并形成以考核为核心导向的人才管理机制。

（2）及时、公正地对销售人员过去一段时间的工作绩效进行评估，肯定成绩，发现问题，为下一阶段工作的绩效改进做好准备。

（3）将人事考核转化为一种管理过程，形成一个销售人员与公司双向沟通的平台，以增进管理效率。

### 三、考核原则

（1）以公司对销售人员的经营业绩指标及相关的管理指标和销售人员实际工作中的客观事实为基本依据。

（2）以销售人员考核制度规定的内容、程序和方法为操作准则。

（3）以全面、客观、公正、公开、规范为核心考核理念。

### 四、适用对象

本制度适用对象主要是公司市场部的销售人员。

### 五、各类考核时间排定表

| 考核类别 | 考核时间 | 复核时间 | 考核终定时间 |
|---|---|---|---|
| 年中考核 | 6月1日～5日 | 6月5日～8日 | 6月15日 |
| 年度考核 | 1月15日～20日 | 1月21日～23日 | 1月25日 |
| 转正考核 | 按公司招聘调配制度执行 | | |
| 晋升考核 | 按公司内部晋升制度执行 | | |

### 六、考核标准

公司在设计考核标准的核心理念是（销售人员）分层分类考核、客观评价过去着眼将来。公司依据员工经营责任大小，将员工分为3个层次，总部人力资源部针对公司中层以上干部专门设计考核标准与量表。

公司的考核标准主要是从经营业绩、工作态度、任职能力3个方面，权重分别为70%、15%、15%。员工考核总得分＝业绩分＋能力分＋态度分。

### 七、考核表

（1）由人力资源部与各相关部门研究和设计统一的表格。人力资源部对考核的指标制定有一定通用性的评分参考表，各部门可根据本部门实际情况对考评因素和要点进行调整，但未经与人力资源部协商通过前，不能擅自调整考评结构和给要素赋分。

（2）年中考核成绩由人力资源部存于员工个人档案中，除人事决策委员会和各部门总经理外，其他人员一概不得查阅。

### 八、考核评价

#### 1. 考核结果的等级评定

全部类型的考核结果按员工考核总分，划分为"特优秀"、"优秀"、"中等"、"有待提高"、"亟须提高"五等级，并作以下界定。

| 等级 | 特优秀 | 优秀 | 中等 | 有待提高 | 亟须提高 |
|---|---|---|---|---|---|
| 考核总分 | 95分以上 | 85～95分 | 70～84分 | 50～69分 | 50分以下 |

## 2. 考核等级比例控制

为减少考核的主观性及心理误差(晕轮效应、对比效应、平均化等),考核结果经过除权处理实行部门(分公司)比例控制,各部门、各分公司在向人力资源部申报考核结果时,一律按下面比例:

特优秀人数:不超过本部门(分公司)员工总数的5%。

优秀人数:不超过本部门(分公司)员工总数的15%。

中等人数:占本部门(分公司)员工总数的65%。

有待提高人数:约占本部门(分公司)员工总数的10%。

亟须人数:约占本部门(分公司)员工总数的5%。

注:考核列入特优秀或亟须提高者,必须同时提供具体的事实依据。

### 九、考核程序

(1)员工自评:按照"考核权限表",员工选择适当的考核量表进行自我评估。

(2)直接主管复评:直接主管对员工的表现进行复评。

(3)间接主管复核:间接主管(高于员工两级)对考核结果评估,并最后认定。

### 十、考核申诉

(1)考核申诉是为了使考核制度完善化和在考核过程中真正做到公开、公正、合理而设定的特殊程序。

(2)部属与直接主管讨论考核内容和结果后,如有异议,可先向部门主管提出申诉,由部门主管进行协调;如部门主管协调后仍有异议,可向人事决策委员会提出申诉,由人力资源部门专员进行调查协调。

(3)考核申诉的同时必须提供具体的事实依据。

### 十一、考核与奖惩

公司将考核结果与岗位津贴相挂钩,按员工的年度考核成绩对员工的职位工资进行调整,调整原则如下。

特优秀员工:原则上岗位津贴上调一级。

优秀员工:岗位津贴不做调整,在机会适当时,可作职务晋升处理。

中等员工:岗位津贴不做调整。

有待提高员工:岗位津贴不做调整,但列为年终考核对象。

亟须提高员工:岗位津贴下调一级,且列为年终考核对象。

### 十二、附则

(1)本制度的解释权归人力资源部。

(2)本制度的最终决定权、修改权和废除权归人事决策委员会。

资料来源:佚名.某公司人才绩效考核方案.http://wenku.baidu.com/view/a05a615177232f60ddcca131.html

公平公正合理的评价对销售人员来说具有很重要的引导和激励作用。销售人员评价是一项系统的工作,任何企业都必须制定正式的评价制度对销售人员进行评价。通过评价,一方面是对销售人员工作的总结,让销售人员清楚自己的工作业绩以及存在的问题和差距;另一方面,通过划分等级形成良好的竞争氛围,销售人员清楚自己所处的位置以及与别人的差距,从而促进其不断改进与发展。正如以上案例中,该公司将销售人员划分为"特优秀""优秀""中等""有待提高""亟须提高"5个等级,并给予相应的工资和奖惩,从而起到了很好的激励作用。销售人员评价时，评价指标的设置是关键也是难点。很多企业设置的指标非常单一，完全按照销售额等定量指标进行评价，而忽视了销售人员的态度、能力等其他方面。该企业则从经营业绩、工作态度、任职能力3个方面来进行考核，并设置权重分别为70%、15%、15%，员工考核总得分＝业绩分＋能力分＋态度分，这种综合评价值得借鉴。

## ● 知识储备

销售人员评价是销售管理的一项重要内容，良好的评价制度能很好地引导和激励销售人员的销售行为，从而有效地完成销售目标。销售人员评价不仅是企业提高销售管理效率、销售目标完成的重要保证，也是激励销售人员、发掘销售人才的有力手段。

销售人员评价工作主要分两部分内容：一是评价制度的制定；二是评价工作的执行。评价制度是基础和根本，也是评价的首要工作，只有确立了评价制度，具体的销售人员评价工作才能展开。评价工作执行是销售人员评价制度的落实，它必须以评价制度为宗旨，围绕评价制度中的评价指标搜集资料，展开评价。

### 3.3.1　销售人员评价制度的制定

销售人员评价制度一般由人力资源部门制定，经过公司高层审批通过才能正式生效。评价制度一旦生效便长期有效，指导以后的销售人员评价工作，但随着环境和目标等因素的改变，评价制度也应随之做出相应调整，进行制度改革。

销售人员评价制度的内容涉及很多方面，主要包括评价指标设计、评价标准设置、评价程序、评价工作组织以及相应奖惩办法等。其中最核心最重要的内容就是评价指标设计和评价标准设置。

**1. 评价指标设计**

评价指标设计是整个评价工作的核心，它不仅指导销售人员评价工作的开展，也引导销售人员的销售行为。对于销售人员来说，销售回款无疑是首要的评价指标，很多企业都将其作为最重要的评价指标，甚至一些企业将销售回款或销售额作为评价销售人员的唯一指标。这种评价指标设计过于结果导向和单一化，对销售人员的评价应该兼顾结合和过程，从多方面综合考查，这样才有利于销售人员的健康成长。在设计销售人员评价指标时，可以参考以下几种方法。

（1）关键绩效指标法。关键绩效指标是指通过对工作绩效特征的分析，提炼出的最能代表绩效的若干关键指标体系，并以此为基础进行绩效考核的模式。对于销售人员来说，常用的绩效指标如表3-2所示。

表3-2　销售人员评价关键绩效指标

| 指　　标 | 解　　释 |
| --- | --- |
| ① 销售量 | 是最常用的标准，衡量销售增长状况 |
| ② 毛利 | 衡量利润的潜能 |
| ③ 访问率（每天访问次数） | 衡量销售人员的努力程度 |

续表

| 指　标 | 解　释 |
|---|---|
| ④ 访问成功率 | 衡量销售人员工作效率的标准 |
| ⑤ 平均订单数目 | 多与每日平均订单数目一起用来衡定 |
| ⑥ 销售费用 | 衡量每次访问的成本 |
| ⑦ 销售费用率 | 衡量销售费用占销售额的比重 |
| ⑧ 新客户数 | 开辟新客户的衡量标准 |

　　（2）投入产出比法。按照投入指标、产出指标和投入产出指标 3 个方面进行评价，这种方法能很有效地反映销售人员的工作效率。投入指标主要包括销售费用、销售访问频率、工作时间投入等；产出指标有销售额或销售回款、订单数、客户数等；投入产出指标有费用比率、客户开发与服务比率、实现比率、访问比率等。

　　（3）综合评价法。综合评价法主要是从工作业绩、工作能力、工作态度 3 个方面对销售人员进行全方位的评价。这种方法考查的因素最多，同时也体现了过程导向的评价思路，如表 3-3 所示。

表 3-3　销售人员综合评价指标

| 指标 | | 解　释 | 权重/% |
|---|---|---|---|
| 工作业绩 | ① 目标完成度 | 与年度目标或与期望值比较，工作完成与目标或标准的差距，同时应考虑工作客观难度 | 40 |
| | ② 工作品质 | 仅考虑工作的品质，与期望值比较，工作过程、结果的符合程度（准确性、反复率等） | |
| | ③ 工作速度 | 仅考虑工作的速度，完成工作的迅速性、时效性，有无浪费时间或拖拉现象 | |
| | ④ 费用控制 | 与目标或与期望值比较，实际费用控制程度及费用开支的合理性、必要性 | |
| 工作能力 | ⑤ 计划性 | 工作事前计划程度，对工作（内容、时间、数量、程序）安排与分配的合理性、有效性 | 30 |
| | ⑥ 管理能力 | 把握下属的个性、才干，指导、辅导与激励下属，统一组织行动的能力及用人能力 | |
| | ⑦ 协调沟通 | 与各方面关系协调，化解矛盾，说服他人，以及人际交往的能力 | |
| | ⑧ 应变力 | 应对变化，采取措施或行动的主动性、有效性及工作中对上级的依赖程度 | |
| | ⑨ 改善创新 | 问题意识强否，为了更有效工作，改进工作的主动性及效果 | |
| | ⑩ 判断力 | 预见性及决策准确性，对事物发展的关键因素、发展趋势与机遇的把握程度 | |
| | ⑪ 人才培养 | 对人才的重视程度及对储备人才的培养情况 | |
| | ⑫ 周全缜密 | 工作认真细致及深入程度，考虑问题的全面性、遗漏率 | |
| 工作态度 | ⑬ 全局观念 | 团队合作精神，立足全局，从整体出发考虑处理问题的能力 | 30 |
| | ⑭ 以身作则 | 表率作用如何，严格要求自己与否，遵守制度纪律情况 | |
| | ⑮ 工作态度 | 工作自觉性、积极性，对工作的投入程度，进取精神、勤奋程度、责任心、事业心等 | |
| | ⑯ 执行力 | 对公司的战略、决策、计划的执行程度，及执行中对下级检查跟进程度 | |
| | ⑰ 品德言行 | 是否做到廉洁、诚信与正直，是否具有职业道德 | |

### 2. 评价标准设置

评价指标设计完毕,每个指标该如何评分,这就是评价标准设置。无论是定量指标还是定性指标,都要想办法将其量化。评价指标设置最常用的方法就是尺度评分法。这是将评价的各个指标都配以尺度,制作评价比例表来进行评价的方法。也就是说,将每项评价指标划分出不同的等级标准,然后根据销售人员的各项表现按依据评分,并对不同指标按重要程度给予不同权数,最后核算出总得分,如表 3-4 所示。

表 3-4 销售人员评价标准

| 评分尺度 | 90 分以上 | 80～89 分 | 70～79 分 | 60～69 分 | 59 分以下 |
|---|---|---|---|---|---|
| 工作实绩 | 超额完成工作任务,贡献比别人多得多,工作无懈可击 | 工作成绩超过一般人所能达到的水平 | 工作成绩符合要求,基本能如期完成 | 工作成果大致符合要求,有时还需别人帮忙 | 一般不能完成所要求的工作任务,缺点较多 |
| 工作能力 | 具有高超的工作技能,开发新客户能力强,经常有创造性的点子 | 具有较强的工作技能,能主动开发新客户,时常有建设性的意见 | 具有完成分内工作的能力,开发新工作有一定效果,偶尔有创见 | 工作技能一般,须多加指点,开发新客户需要支援,很少有创见 | 工作技能不能应付日常作业,几乎不能开发新客户,谈不上有创造力 |
| 工作态度 | 积极性很高,责任感强,能与同事同舟共济,协调性好 | 态度积极,总能负起责任,能与上司、同事协调好 | 日常工作不拖延,对交办的工作能欣然接受,不会与同事发生摩擦 | 对难度大的工作积极性不高,责任感一般,表面上能与同事和谐相处 | 缺乏积极性,责任感不强,工作需要不断监督,协调能力差 |

不同的评价指标,评价标准设置的方法也不同。对于工作态度等定性指标,如表 3-4 所示。可以对销售人员的表现进行描述,并给予相应分值,但这种标准设置的方法主观性较强,往往缺乏具体数据的支持。在评价标准设置时,应尽可能地采用具体数据来进行评分,尤其是定量指标。常见的方法有绝对值法、目标完成率法、横向比较法等。绝对值法是完全根据所完成的任务量,不同的数值给予相应的分值。与绝对值法相对应,目标完成率法和横向比较法实际上都属于相对值法。目标完成率法是按照目标完成的比率给予不同分值,横向比较法是将所有销售人员进行比较和排队并按顺序给予相应分值的方法。以最常用的销售额指标为例,三种方法分别举例说明,见表 3-5～表 3-7。

表 3-5 绝对值法评价标准

| 销售额/万元 | 1 000 以上 | 900～1 000 | 800～900 | 700～800 | 600～700 | 500～600 | 400～500 | 300～400 | 200～300 | 200 以下 |
|---|---|---|---|---|---|---|---|---|---|---|
| 分值 | 10 | 9 | 8 | 7 | 6 | 5 | 4 | 3 | 2 | 1 |

表 3-6 目标完成率法评价标准

| 销售额目标完成率/% | 120 以上 | 100～120 | 90～100 | 80～90 | 70～80 | 60～70 | 50～60 | 40～50 | 20～40 | 20 以下 |
|---|---|---|---|---|---|---|---|---|---|---|
| 分值 | 10 | 9 | 8 | 7 | 6 | 5 | 4 | 3 | 2 | 1 |

表 3-7　横向比较法评价标准

| 销售人员 | A | B | C | D | E | F | G | H | I | J |
|---|---|---|---|---|---|---|---|---|---|---|
| 销售额/万元 | 950 | 870 | 850 | 800 | 690 | 640 | 520 | 410 | 330 | 310 |
| 分值 | 10 | 9 | 8 | 7 | 6 | 5 | 4 | 3 | 2 | 1 |

### 3.3.2　销售人员评价工作的执行

销售人员评价工作必须严格按照制度执行,一般由人事部门和销售部门共同完成。销售人员评价工作包括 3 个步骤:搜集评价资料、实施评价、评价结果反馈。

**1. 搜集评价资料**

销售人员在平时销售过程中的各项报告、记录等都是评价的资料来源,因此平时就要主动保存,在评价工作开始之前将其汇总整理。一般来说,评价资料主要包括 4 个方面:第一,企业销售记录,如销售回款、订单数、新客户数、销售费用等数据企业都应有明确记录;第二,销售人员的报告,如日报表、月报表、述职报告等;第三,顾客意见,如顾客投诉、顾客满意度等对于评价销售人员的工作态度具有重要的参考意义;第四,内部员工意见,包括来自销售经理、其他销售人员、其他工作人员的意见。其中企业销售记录是评价的主要参考资料,其他方面的资料作为辅助参考,并对评价结果原因分析具有重要的参考意义。

**2. 实施评价**

搜集了相关评价资料,就可以按照评价制度中规定的评价标准对各项评价指标进行评分,并最终得出每位销售人员的评价结果。需要注意的是,在实施评价时涉及评价主体的问题,即由谁来对销售人员进行评分。以往很多企业销售人员的评价主体都主要是销售经理,现在则越来越倾向于 360 度考核,即包括销售人员自己、直接上级、其他部门上级、平级同事、下级、顾客等各层次各方面人员共同进行评价,这样得出的评价结果更全面、更公正。

**3. 评价结果反馈**

评价结果出来后,一定要反馈给销售人员,指出与标准的差距以及存在的问题。销售经理在反馈评价结果时,要注意帮助销售人员指出其优缺点以及需要改进的地方,另外要积极倾听销售人员本人的意见和想法,可以要求销售人员自己分析其成功或失败的原因,相互交谈讨论。对于销售人员提出的问题,也要想办法帮助其解决问题,鼓励其斗志,督促销售人员在以后工作中加以改进。

◎ **任务演练**

#### 制定销售人员评价制度练习

**实训目的**:熟悉销售人员评价指标设计;熟悉销售人员评价标准设置;能够制定销售人员评价制度。

**实训方法**:企业走访、资料收集、课堂讨论、文案撰写。

**实训组织**:按每组 5~6 人组成学习小组,每组深入一家企业走访,根据该企业的实际情况为其制定合适的销售人员评价制度。

　　**实训结果**：各小组制定并撰写销售人员评价制度，派代表进行课堂发言。

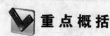 **重点概括**

　　一个完整的培训计划一般按照培训的 4 个阶段展开，即培训需求确认、培训计划设计、培训计划实施和培训效果评估。其中销售人员培训内容包括 3 个方面，即知识培训、技能培训与素质培训。销售人员培训方法则多种多样，根据不同的培训内容所选择的方法也不一样，如讲授、示范、销售会议、角色扮演、案例讨论、上岗培训、现场指导、音像资料等。在进行销售人员培训效果评估时，则要遵照 3 个步骤展开，即确定评估内容、选择评估方法、得出评估结论。

　　销售经理在对销售人员进行指导时，首先可以采用随访观察、销售记录分析、询问调查等方法发现销售人员存在的问题，并判断是哪方面的问题，如心理方面、技巧方面、知识方面等。发现了问题，销售经理要按照销售过程的 4 个步骤，即销售准备、销售洽谈、促进成交、销售服务，在销售人员工作的整个过程中，随时予以关注并予以相应的业务指导。

　　销售人员评价是销售管理的一项重要内容，销售人员评价工作主要分两部分内容：一是评价制度的制定；二是评价工作的执行。评价制度是基础和根本，也是评价的首要工作，评价工作执行则是销售人员评价制度的落实。销售人员评价制度的内容涉及很多方面，主要包括评价指标设计、评价标准设置、评价程序、评价工作组织以及相应奖惩办法等。其中最核心最重要的内容就是评价指标制定和评价标准设置。销售人员评价工作包括 3 个步骤：搜集评价资料、实施评价、评价结果反馈。

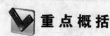 **综合实训**

　　**实训项目**：企业销售人员培训情况调查报告。

　　**实训目的**：对现实企业在销售人员培训有一个初步和感性的认识和了解；能够根据所学知识对实际情况进行分析，找出其中存在的问题。

　　**实训方法**：访谈调查、问卷调查、资料搜集。

　　**实训组织**：按每组 5～6 人组成学习小组，每组深入一家企业走访调查，完成调查报告。

　　**实训结果**：调查报告，课堂发言。实训课业成绩考核表如表 3-8 所示。

表 3-8　实训课业成绩考核表

课业名称：《企业销售人员培训情况调查报告》

| 课业评估指标 | 课业评估标准 | 分项成绩 |
|---|---|---|
| 1. 调查的内容（20 分） | （1）目标企业销售人员培训现状<br>（2）目标企业销售人员培训方法 | |
| 2. 调查企业描述（10 分） | （1）业务描述<br>（2）市场描述 | |
| 3. 调查计划（10 分） | （1）调查目的<br>（2）调查时间<br>（3）调查方法 | |

续表

| 课业评估指标 | 课业评估标准 | 分项成绩 |
|---|---|---|
| 4. 调查报告的规范性(30分) | (1) 格式的规范性<br>(2) 内容的完整性和科学性<br>(3) 结构的合理性<br>(4) 文理的通顺性 | |
| 5. 调查结果(30分) | (1) 方案展示<br>(2) 总结与思考 | |
| 总成绩(100分) | | |

| 教师评语 | 签名:<br>年　　月　　日 |
|---|---|
| 学生意见 | 签名:<br>年　　月　　日 |

 **思考练习**

　　第一线的销售经理们日益承担起团队指导者的角色,而不是单纯地担任一个管理者。这就要求销售经理要承担包括教练、问题解决者、激励者、预言家和精明的营销专家的职能。下面测试的目的就是:

　　(1) 鉴定销售经理的能力;

　　(2) 关注需要改进的地方;

　　(3) 确定明确的指导技巧。

　　销售经理可以用这种测试来评估自己的表现,如表3-9所示。

销售经理业务指导活动业绩测试

指导者(销售经理):　　　　　　　　　　　　被指导者(销售人员):

日期:　　　　　　　　　　　　　　　　　　时间:

| 总体指导技巧 | 评分等级 | | | | | |
|---|---|---|---|---|---|---|
| 建立信任感 | 0 | 1 | 2 | 3 | 4 | 5 |
| 按标准对业绩进行评估 | 0 | 1 | 2 | 3 | 4 | 5 |
| 解释这次指导的原因 | 0 | 1 | 2 | 3 | 4 | 5 |
| 维持一种积极的气氛 | 0 | 1 | 2 | 3 | 4 | 5 |
| 记录整个讨论过程的内容 | 0 | 1 | 2 | 3 | 4 | 5 |
| 鼓励自由交换意见和感受 | 0 | 1 | 2 | 3 | 4 | 5 |
| 深入研究不足之处 | 0 | 1 | 2 | 3 | 4 | 5 |
| 仔细聆听,不打断别人 | 0 | 1 | 2 | 3 | 4 | 5 |
| 评论并且分析表现 | 0 | 1 | 2 | 3 | 4 | 5 |

续表

| 提供质量反馈 | 评分等级 | | | | | |
|---|---|---|---|---|---|---|
| 对业绩提出积极评价 | 0 | 1 | 2 | 3 | 4 | 5 |
| 鼓励专注于积极行为 | 0 | 1 | 2 | 3 | 4 | 5 |
| 询问销售人员如何改变销售行为及原因 | 0 | 1 | 2 | 3 | 4 | 5 |
| 对销售人员的表现作出其他积极的评论 | 0 | 1 | 2 | 3 | 4 | 5 |
| 表现出对销售人员的信心 | 0 | 1 | 2 | 3 | 4 | 5 |
| 总结反馈讨论 | 0 | 1 | 2 | 3 | 4 | 5 |
| 说服销售人员需要进行改进 | 0 | 1 | 2 | 3 | 4 | 5 |
| **问题的解决** | 评分等级 | | | | | |
| 承认业绩中存在问题 | 0 | 1 | 2 | 3 | 4 | 5 |
| 讨论可能的解决方案 | 0 | 1 | 2 | 3 | 4 | 5 |
| 询问销售人员能采取什么具体行动 | 0 | 1 | 2 | 3 | 4 | 5 |
| 同意具体行动并设定时间表 | 0 | 1 | 2 | 3 | 4 | 5 |
| 检查并确认对该行动的理解 | 0 | 1 | 2 | 3 | 4 | 5 |
| 对销售人员如何发展采取后续措施 | 0 | 1 | 2 | 3 | 4 | 5 |
| **总体评分** | | | | | | |
| 销售经理需要说明的问题 | | | | | | |

评分等级:0=没有评论;1=令人不满;2=需要改善;3=令人满意;4=超出一般;5=出类拔萃。

# 项目四

*Xiangmu si*

# 销售人员控制与激励

### 知识目标

了解销售人员控制的主要内容和方法；掌握召开销售例会的问题点；熟悉企业常用的几种管理表格；了解销售激励的主要方式；了解述职报告的结构和写作方法。

### 技能目标

能模拟召开销售例会；能运用企业常用的管理表格；能指导撰写述职报告；能针对不同销售人员类型进行有效激励。

### 训练路径

角色扮演；情景模拟；案例分析；专业讲座。

### 教学建议

理论课仅介绍销售控制和激励的主要目的和原则、采用讲授与案例分析、实务操作相结合的教学方式，案例分析可采用小组讨论的方式进行，实务操作在师傅和老师的指导下独立完成；联系好有关专家。

## 学习任务4.1  销售人员控制

## ◯ 成果展示与分析

### 张经理的困境

张经理和他的销售队伍主要销售一种水处理设备，销售对象主要是大宾馆、大饭店和大型的企事业单位。张经理开始时采用的基本是"放羊式"的管理方法，也就是让手下都出去跑业务，他一个月考核一次，合格的就表扬、发奖金，不合格的就批评；如果一季度还不行，就警告了；如果还是不行，那就走人。这种方法原来在他那个区域还可以，因为他所在的企业在他那个区域内算是行业里非常不错的企业，无论是薪酬还是产品的竞争力，都非常不错。

随着中国市场的进一步开放，一些国外品牌开始抢占市场，市场竞争日益激烈。这时张经理强烈意识到这支销售队伍的整体绩效不行了，于是引入了早夕会的控制方法，希望通过会议来进行控制。但是这种设备决定了他的销售模式应该以效能为导向，早夕会的控制效果并不令人满意。不久,他也发现了这个问题,于是又换了一种方法,运用管理表格来控制。也就是给销售人员规定好管理表格,每天必须填写管理表格,然后销售经理按照管理表格进行检查,监督销售人员是否完成了任务。但是,这种方法的效果也不太理想——开始大家还认真填写,后来就渐渐敷衍了,因为销售人员都很清楚,经理让他填这些表格就是为了控制他们,是为了照着表格来检查他们的工作。最后,张经理没有什么办法了,只得采用"人盯人"的办法,结果把自己折腾得非常疲劳。不到一个月的时间,整个人衰老了很多。

资料来源:秦毅. 如何建设与管理销售队伍. http://www.eln.com.cn

这位张经理不能说不认真,不能说不辛苦,也不能说不努力,但是管控的效果很不理想,其根源在于没有掌握一种有效的管理控制方法。要管理控制好一支销售队伍,就要运用好一定的方法。

## ○ 知识储备

### 4.1.1　控制职能的回顾

控制是管理的一项重要职能,它与计划、组织、领导工作是相辅相成、互相影响的,它们共同被视为管理链的四个环节。所谓控制,就是监督各项活动,以保证它们按计划进行并纠正各种偏差的过程。无论控制的对象是什么,控制的过程都包括三个基本环节:确立控制标准、衡量实际效果和纠正偏差。

管理控制按照标准的不同可以有不同的分类法,其中最常见的一种分类是根据控制信息获取的方式和时点不同而划分为以下 3 种。

(1)前馈控制,是指在工作正式开始前对工作中可能产生的偏差进行预测和估计并采取防范措施,将可能的偏差消除于产生之前,前馈控制是一种防患于未然的控制。

(2)现场控制,是指在工作进行中所施予的控制,它主要有监督和指导两项职能。监督是按照预定的标准检查正在进行的工作,以保证目标的实现;指导是管理者针对工作中出现的问题,根据自己的经验指导下属改进工作。

(3)反馈控制,是指在工作结束或行为发生之后进行的控制,这种控制把注意力集中于工作或行为的结果上,通过对已经形成的结果进行测量、比较和分析,发现偏差情况并采取措施,对今后的活动进行纠正。

控制的目的是保证企业活动符合计划的要求,以有效地实现预定目标。为此,有效的控制应具有以下特征。

(1)适时控制。企业经营活动中产生的偏差只有及时采取措施加以纠正,才能避免偏差的扩大或防止偏差对企业不利影响的扩散。

(2)适度控制。控制常给被控制者带来某种不愉快,但是缺乏控制又可能导致组织活动的混乱,有效的控制应该既能满足对组织活动监督和检查的需要,又能防止与组织成员发生激烈的冲突,适度控制才能满足这两方面的要求。

(3)客观控制。控制工作应该针对企业的实际状况,采取必要的纠偏措施,以促进企业活动沿着原先的轨道继续前进。因此有效的控制必须是客观的,要符合企业实际。

### 4.1.2　销售人员控制的内容

销售经理要管理控制好一支销售队伍,就要对销售员的工作方向、推展进程、操作流程、工作品质和工作状态进行控制。

(1) 对工作方向控制。有些销售人员,所拜访的"客户"本身就没有价值,或者不可能进行交易,严格地讲,他们已经不能算作客户了。在交往中对方可能很热情,但是他们不需要我们的产品,虽然双方的关系还算融洽,但最终也只是聊天而并非拜访。因此,这需要销售人员首先选准客户,为了做到这一点销售经理要为其提供指导,对销售人员的工作方向进行掌控,只有这样后面的工作才有意义。

(2) 推展进程控制。换句话说,就是掌控销售人员所处的销售流程。比如有多少客户是处于初步接洽阶段,有多少客户已经进入方案展示阶段,有多少客户现在进入核心的谈判阶段,有多少客户马上就要签约等。作为销售经理,要了解并控制销售人员的工作进程,然后有针对性地帮助他们分析客户,从而给销售人员的工作以有力的支持。

(3) 操作流程控制。每个公司都有一个关于核心业务的关键流程,正常情况下,每次销售工作都应该按公司的规定来进行。操作流程控制,就是销售经理检查销售工作是不是每一个环节都按照公司规定的关键流程进行,如果不是,那就要有一个说法。

(4) 工作品质控制。也就是对每一个步骤进行控制,使其达到一定的工作品质,最终符合企业的要求。

(5) 工作状态控制。包括销售员工作例会的出席情况、培训的出席情况和考勤的出席情况等。

### 4.1.3　销售人员控制的方法

为了进行上述几个方面的控制,需要销售经理掌握掌握以下高效的管理控制方法:销售例会、随访辅导和工作述职。

**1. 销售例会**

所谓销售例会,即通过例会来管理控制销售队伍。不同的企业有不同的例会形式——每天的例会;年度的例会;销售小组的例会;整个公司的例会。不管何种形式的销售例会,都强调的是宏观性的问题和需要大家共同努力的问题。

(1) 销售例会的内容

探讨市场发展趋势。通过探讨市场发展的趋势,分析自己有什么机会,又有什么危险;从前一阶段的总结看,又有什么优势和劣势等。

探讨产品的卖点。每个产品都有相应的特点,如果这个特点能够打动客户,那这就是卖点。如果产品更新以后,有了新的卖点,或者是某一位销售人员把老产品的某个卖点进一步升华了,那么在销售例会上就可以分享这些成果,通过积极的沟通和交流,使以后的销售工作更上一层楼。

探讨竞争对手的动向。"知己知彼,百战不殆",对于竞争对手的动向,要进行研究。比如现在对方做到了哪一步,他们的发展趋势是什么等。在销售例会上集思广益,分析对手的动向,对于制定相关政策具有重要的参考意义。

剖析关键问题。作为销售经理,有必要引导所有与会人员,尤其是一线的销售人员,对目前的销售工作存在的主要问题进行分析。在剖析关键问题后,还应鼓励与会者积极思考解决问题的办法,在例会上共同交流。

描述内部工作要点。在销售例会上布置收集竞争对手信息的任务,然后在下一次例会的时候进行回顾,看看大家完成得如何。

研讨销售问题。在销售例会上可以对销售方面的问题进行研讨,实际上,这种研讨还可以起到集中培训的作用——针对某一个具体问题的集中培训。

(2) 销售例会需注意的问题

注意控制时间。首先应该注意开会时间的长短。有话则长,无话则短。销售经理在主持例会的时候,一定要把握住分寸。对于表达能力好、表现欲强的人,这一点尤其要注意。

进行充分准备。销售经理一定要做好准备。不管例会是早会、夕会还是每周例会或每月例会,要讲什么内容,一定要事先梳理好,至少要在自己的工作记录本上按条目列好纲要。如果谈的东西都是触景生情、有感而发,就缺乏系统性,不仅不利于与会人员的领会,而且不利于最后形成一个会议记录。

避免批评个体。为了营造对销售人员的正向激励氛围,应坚持"大堂上表扬,密室里批评",的原则。在"大堂"上应该以表扬为主,这样有利于整个团队的业务氛围。批评则应该在"密室"里进行,这样可以最大限度地保存被批评者的面子。销售经理不能在销售例会上杀一儆百,或杀鸡骇猴。如有这种想法,一定要改正。否则,很可能不仅没有杀一儆百,反而导致人人自危、人心涣散。因为每一个组织中,相同层次的人,他们在心理上都有趋同效应,批评个体往往会影响到整个团体。所以,在销售例会上应该尽量避免批评个体。

不要展开大讨论。在例会上应当避免展开提意见似的大讨论,这一点要特别注意。作为主持会议的经理,如果随便就说"大家有什么问题——产品上的问题、合作上的问题、运作上的问题、公司宣传支持不够等方面的问题——那就提吧",如果这样,会议必将出现糟糕局面。而且提问之后,大家会觉得已经把问题甩给经理和公司了,这显然不是个好现象。所以说,在销售例会上不要展开这样的大讨论。还应强调一点,避免大讨论,并不是说不提意见,只是强调一个限度,因为任何事情都是过犹不及——毕竟这里所指的是一次销售例会而已。至于比较大的,并且牵扯到众多部门和环节的问题,应该在工作述职的时候探讨,或者专门召开协调会来解决。

要形成会议纪要。完成例会之后,应该形成一个会议纪要,让所有人都能了解这次会议都发现、解决了哪些问题,还有哪些问题没有解决……形成会议纪要,也便于下一次例会的筹备。

## 2. 随访辅导

随访辅导就是销售经理跟着销售队伍出去拜访客户,遇到各种问题就进行辅导,通过这种方式来达到管理控制销售队伍的目的。随访辅导包含两个方面内容:一是销售经理自己的单独拜访——不管这个经理带的这支销售队伍有多少人,都应该保持一定的单独的出访量;二是销售经理跟着下属业务代表出去拜访,通过对他们一言一行、一点一滴地观察来管理控制销售队伍。在运用随访辅导的时候,要注意以下几点。

（1）要有一定的单独出访量

作为一名销售经理，在一个区域做的时间比较长了，就容易产生这样一种想法：这个区域我待的时间最长，这个区域的客户我闭着眼睛也能数过来，对他们的情况了如指掌……这种想法是有害的，它容易让销售经理对市场的反应变得迟钝。

作为一个经理，哪怕自己对这个区域市场再熟悉，也不能脱离客户太久。因为客户随时在变化，竞争对手也随时在变化，手下的销售队伍也是一个很大的变数，只有完成了一定的单独出访量，才能真正了解和掌控市场。其实控制业务队伍的目的就是为了控制市场，如果能够先了解市场的情况，反过来控制销售队伍就容易得多了。

（2）"居其侧"

销售经理跟销售人员一块儿出去拜访的时候，要注意把握一个分寸，即"居其侧"。跟着下属出去拜访客户，销售经理应该在旁边观察和指点。只要业务代表能应付的事情，就尽量让销售员去做。

当然，客户会有这种心态：既然经理一块儿来了，有些事情直接向经理说更省事。这时候，建议销售经理把话题接过来，但是不要马上就表态，而应该让直接负责这笔单子的销售代表来说相应的话。如果销售经理大包大揽，不"居其侧"，最终销售员就会退到后边，不但创造力、反应力得不到锻炼，反而受到了伤害。

（3）不要急于指点

销售经理在随访观察过程中不要急于指点。有些销售经理脾气很暴，刚从客户的大门口出来，抬手就指着这个业务人员的鼻子大骂。这样销售员的压力会非常大。如果这个经理下次再说"我跟你一块儿去拜访"，估计那位销售员走路都哆嗦，到客户那儿连话也不敢说了。反过来，说明经理没有起到很好的指点和带动的作用，当然也达不到管理控制的目的。所以说，不要急于去指点，有问题回来后再慢慢解决。

（4）多看、多听、多问、多记

销售经理在整个随访辅导过程的各个环节，都要注意多看、多听、多问和多记。首先，注意观察客户的每一个细节，把自己觉得能反映客户一些"苗头"的细节记下来。其次，客户跟下属销售代表对话的时候，应该仔细听，并把疑点记下来。然后就可以针对这些疑点向客户多问两句。这样做往往很有效果。

此外，销售经理应当尽量少说。即便说话的时候，也应该避免抢着说。因为自己是随访观察，对客户的了解肯定比不上直接进行接触的业务经理或一线销售员。

### 3. 工作述职

工作述职就是销售经理与下面的销售人员，每个月要进行一次比较深入的、长时间的、一对一的单独谈话。述职做起来比较容易，但坚持下去确实比较困难。

（1）销售人员工作述职的程序

① 平时积累。在平时积累时，要注意分析销售人员的工作日志和周工作计划。工作述职的时间最好定在每月的 25 日左右，月度工作计划表填完后，正好可以进行工作述职。在工作述职时，销售经理和销售人员也正好可以一起探讨下月大事的填写。在工作述职前，销售经理要注意查阅销售人员的工作日志和周工作计划，把平时发现的问题随时记录下来，为工作述职做准备。

销售经理除了要注意查阅销售人员的工作日志和周工作计划外,销售经理还要把平时观察到的一些问题及时地记录下来,为每月的工作述职做准备。例如销售经理带销售人员出去拜访客户时发现,销售人员与客户说话太快,对客户的热情不够,报价不太合理等,这些问题都应该记录下来。为了不挫伤销售人员的工作积极性,也许当时不宜当面指出这些问题,但在工作述职时就要进行沟通了。

② 述职准备。有了平时的积累后,在工作述职前还要做一些预备性的活动。销售经理要事先准备各种报表,把销售人员填写的月度工作计划表、周工作计划表和工作日志表准备好,尤其是有问题的报表要特别注意。

各种报表准备好后,还要特别地准备重点要谈的问题。例如销售经理平时发现,销售人员说话语速有点儿快,对客户有薄厚之分,"冲单"太急,这些问题都是工作述职时应该重点谈论的,事先也要做好准备。

③ 述职过程。述职的过程一般包括以下几个环节。

一是寒暄开场。就是销售经理和销售人员见面后双方说些客套话。寒暄开场一般都是一些溢美之词,互相称赞对方工作努力和辛苦。寒暄是为了缩短双方的距离,营造一种轻松氛围来述职。

二是邀请描述。寒暄开场后,言归正传,转入正题。应该注意的是,销售经理先不要急于发言。有的销售经理在转入正题后,就摊开自己的记事本,迫不及待地指出销售人员工作中存在的问题,这是不合适的。工作述职是销售经理邀请销售人员来谈工作,就应该首先由销售人员描述本月的工作情况。销售人员应该从如下几个方面进行工作述职:回顾本月工作、分析本月的工作优点和不足、描述本月的关键行动、进行绩效分析、谈谈本月工作中的困扰问题、提出自己的工作建议、计划下月的工作。在销售人员述职时,销售经理应该迅速地整理思路,分析述职内容,发现述职中的问题。

三是交流探讨。销售人员描述完工作后,双方就开始交流看法。应该注意的是,这里是交流探讨,不是命令,要用征询的语气,不能颐指气使。

四是总结评价。双方交流探讨后,接着就是销售经理开始对销售人员的工作述职进行总结评价,重申重点问题。在总结评价时:一方面要指出本月工作中值得表扬的地方;另一方面又要指出工作中存在的问题。结束时还要向销售人员指明下个月的工作重点。

五是填写述职记录表。工作述职结束后,由销售经理填写述职记录表。述职记录表基本上可以分成如下几个部分:表头、参与述职人、述职过程、销售人员述职要点、述职评价意见等。述职记录表一般是一式两份,销售经理和述职的销售人员各执一份。

六是结束述职。销售经理鼓励销售人员继续努力工作,并感谢其工作述职。

④ 述职跟进。述职结束后,销售经理还要对销售人员的工作进行跟进检查。在随后的一个月里,销售经理要对销售人员的工作进行观察、进一步分析报表、在岗指导和随机的工作交流等,也就是根据述职时对销售人员的工作建议,结合销售人员下个月的工作计划,销售经理可以进一步地跟进做工作。

(2) 销售人员的述职重点

① 工作计划的完成情况和原因。在述职时,销售人员一定要讲清楚自己工作计划的完成情况,并且一定要说清楚其原因。

② 现有客户群的整体状况。在述职时,销售人员一定要重点分析现有客户群的整体

状况。

③ 下月的详细工作计划。在述职时,销售人员一定要重点讲清楚下月的详细工作计划,要把工作计划的目标、关键行动、工作细节、达成的工作结果以及它们之间的逻辑关系搞清楚。

④ 困扰销售人员的问题。在述职时,销售人员一定要讲清楚困扰自己的问题。

⑤ 销售人员的工作建议。在述职时,销售人员一定要讲清楚工作建议。

⑥ 计划调整和改进措施。在述职时,销售人员一定要讲清楚工作计划的调整和改进措施。

(3) 做好述职应注意的问题

① 准备充分。销售人员和销售经理都要充分准备,尤其是销售经理更应该积极准备,因为销售人员的业绩做好了,述职相对来说就很容易,而销售经理不管销售人员业绩的好坏,都要进行充分的准备。

② 事先安排。销售经理应该事先排好计划,提前通知述职对象。哪天安排哪些销售人员述职,销售经理应该有一个详细的计划。还应该提前通知述职人,让其有充足的准备时间。最好的做法是述职时间固定下来,述职有规律可循,销售人员就会主动地为下一次的述职做准备。

③ 填好述职记录表。述职结束后,销售经理要做好述职记录,认真填写述职记录表。还要明确工作要求,做好跟进计划。

④ 创造平等的谈话氛围。注意创造平等的谈话氛围。工作述职是工作谈话,是平等的工作交流,不是发号施令。即使述职的销售人员确实有很大问题,销售经理也不宜过分指责。保持平等的态势有利于销售人员自由表达自己的思想。

⑤ 单独述职。成功的述职应该是一对一的单独述职,不要“批处理”,否则,述职很容易流于形式,述职人往往敷衍了事,工作述职就失去了意义。

⑥ 述职期间避免打扰。销售人员述职时,期间尽量避免打扰,如果在述职期间被打断,有的销售人员可能会推翻前面的述职。另外,述职的时间也要严格控制,最好不要少于90分钟。

⑦ 区分新老业务。工作述职还要区分新老业务。新业务,每周一次;老业务,每四周一次。

⑧ 经理要认真对待。工作述职时销售经理必须认真对待,如果销售经理敷衍了事,工作述职最容易导致“流产”。

## ◉ 任务演练

### 组织召开销售例会

**训练目的**:通过模拟销售例会掌握销售例会的主要程序,以便加强对销售人员的控制。

**训练方法**:实际操作。

**训练组织**:结合营销专业组织的专业实习进行实训,在实习中将同学分成不同的销售小组,每组5~6人,推选一名组长,按照实行单位的要求进行销售业务。每组推选一个同学为销售经理,模拟销售例会。

**训练结果**:每次例会由同学们评议模拟的销售例会的情况,实习结束后每一小组的组长写出本次实训的总结。

 ## 学习任务4.2　销售管理常用的表格

### ◉ 成果展示与分析

**"工作日志,伴我成长!"**

　　在从事推销的日子里,每天所面对的每一扇门,对那时的我来说,都是巨大的挑战,因为我不知道门后面是什么,有什么,敲开门后,会发生什么……

　　翻开那时的日志,密密麻麻记录着几点到几点的行程,记录着每一个我捕捉到的客户的细节:"这个客户说话很冲"、"那个客户好像对我们的印刷品感兴趣"、"敲开外企的办公室,总有一个屏风挡着,看不到办公室里到底有多少人"……

　　开始,日志里记录的问题很多,如"如何面对恐惧"、"如何绕过保安"、"如何敲开大门"、"怎么说开场白"等。渐渐地,问题变了,"如何让对方相信我所说的"、"价格先报高一点还是低一点"、"客户用竞争来压我时,我该怎么办"……到后来问题又变成了"某某公司的产品样本都由我们来承做,如何跟印刷部协调,保证质量和供货"、"某某公司明年的礼品台历肯定要做,我如何在整体方案上脱颖而出呢?"

　　问题变了,我的心情也变了,我的状态也变了,我的销售能力也变了,这一切,工作日志和其他表格一直都默默地伴随着我,它是我成长过程中最好的见证……

　　资料来源:秦毅. 金牌销售经理Ⅱ——有效管控销售队伍. 北京:北京大学出版社,2008

　　对于销售队伍来说,管理表格是非常重要的,它是控制销售队伍的重要工具。管理表格基本上能体现一名销售人员在一天、一周甚至一个月的工作过程。销售经理一定要督促销售人员养成填写管理表格的习惯。

### ◉ 知识储备

　　销售管理有关控制表格的设计

---

### 4.2.1　销售管理中控制表格设计的要点

　　设计管理表格的总体原则是:急用先行、控制关键、删繁就简。具体讲管理表格的设计包括以下要点。

#### 1. 表格设计要简洁

　　管理表格的设计一定要简洁,不能设计得太复杂。一般来说,销售人员填写管理表格的时间每天平均不超过半小时比较合适。如果管理表格的设计过于复杂,销售人员的填写时间每天超过半小时,就会占用销售人员的其他时间,销售人员就很难控制其他时间了。

#### 2. 表格的栏目设计要清晰

　　管理表格的栏目设计一定要清晰,不能模糊笼统。所谓模糊笼统,就是销售人员提笔却不知道该填写什么,例如要求销售人员填写与客户接洽过程的栏目,只能填写诸如"与客户聊天、探讨"之类的话。所谓清晰,就是填写要求也很明确,例如"什么时间、拜访了哪个客户,达成了什么结果"等栏目就比较清晰。

### 3. 表格要有承上启下的延续性

管理表格的设计尽量要具有承上启下的延续性,即管理表格应当一环套一环。周工作计划和工作日志表应该环环相扣,具有关联性。

### 4. 表格具有真实的可查性

管理表格的设计应该具有真实的可查性,即管理表格填完后,销售人员填写的内容是否属实应当可以查证。例如在工作日志表中设计的诸如"拜访客户、客户姓名、职务、电话"等内容就很容易查证。

### 5. 表格的设计应该可以指导发觉问题并做修正

管理表格的设计应该可以指导发觉问题并做修正。销售经理通过看管理表格的填写内容可以指导销售人员的具体工作。例如通过周工作计划、月度工作计划表明销售人员的业绩完成情况不好,原因是销售人员没有把更多的时间花在与客户接触上,于是,销售经理就可以指导销售人员不要在搜集其他资料上花太多的时间,而应当花更多的时间与客户接触。

## 4.2.2 销售管理中几种常用的控制表格

### 1. 月度工作计划表

月度工作计划表主要包括:回顾部分、事件部分、财务目标部分和特别纪要部分。月度工作计划表的格式可参见表4-1。

**表 4-1 月度工作计划表**

月份: 姓名: 部门: 领导签字:

| 回顾部分 | | | | | | | |
|---|---|---|---|---|---|---|---|
| 本月优点 | | | | | | | |
| 本月不足 | | | | | | | |

| | | | 符合 | 欠缺 | | 超额 | | 完成比例 |
|---|---|---|---|---|---|---|---|---|
| 考核达成 | 财务指标 | 项目 | 事件 | 事件 | 原因 | 事件 | 原因 | |
| | | 签订单 | | | | | | |
| | | 应收账款 | | | | | | |
| | | 费用控制 | | | | | | |

| | | 项目 | 符合 | 欠缺 | | 补救行动 |
|---|---|---|---|---|---|---|
| 考核达成 | 管理动作 | | | 事件 | 原因 | |
| | | 考勤 | | | | |
| | | 述职 | | | | |
| | | 例会 | | | | |
| | | 管理报表 | | | | |
| | | 其他制度 | | | | |

| 事件部分 | | | | |
|---|---|---|---|---|
| 下月大事 | 1.<br>2.<br>3. | | | |
| 第一周<br>（起止） | 第二周<br>（起止） | 第三周<br>（起止） | 第四周<br>（起止） | 第五周<br>（起止） |
| | | | | |

| 财务目标部分 | | | | | |
|---|---|---|---|---|---|
| 项目 | 事件 | 数额 | 型号 | 交付方式 | 备注 |
| 签订单 | | | | | |
| 应收账款 | | | | | |
| 费用控制 | | | | | |

| 特别纪要部分 | | | | |
|---|---|---|---|---|
| 问题 | 原因 | 建议 | 提请支持 | 备注 |
| | | | | |

月度工作计划表包括以下内容。

（1）回顾部分

回顾部分就是销售人员对本月情况所做的总体回顾。

① 月度计划表的填写时间。一般来说，月度计划表的填写时间定在每月的 25 日左右比较合适，销售人员回顾的是从上个月的 25 日到本月的 25 日这段时间的销售工作情况。如果把表格的填写时间定在每月的最后一两天，如果出现特殊情况，表格的填写时间往往会向后拖一段时间，也许会拖到下个月的中旬，这样，月度计划表就会给人一种不完整的感觉；如果把时间定在 25 日，即使往后拖几天，也不至于拖到下个月，计划表基本上是完整的。一般来说，如果认真填写这张表，尤其是第一次填写，大概需要一个半小时以上的时间。有些销售人员经常抱怨填写时间太长，但是这张表格一个月仅填写一次，而且认真填写对销售人员下个月的工作有很好的指导作用。

② 本月优点和不足。回顾部分的重点是本月优点和不足。填写优点和不足时一定要写明具体原因，原因的填写要求具体明确，不能模糊笼统。例如"我本月的销售额超过目标计划的 120％"、"我本月的优点是访问客户量达到 45 个，比上个月多了 20 个"等，这样的填写就是明确具体的。在填写本月优点时，一定要具体明确。有的销售人员喜欢填写诸如"我本月的优点是工作积极努力"、"我本月的优点就是服从管理"之类的话，这是毫无意义的。

③ 考核达成。考核达成是要求销售人员填写销售指标的完成情况，在这个栏目中务必要写清楚指标完成情况的原因。分析原因有助于销售人员对自己业务完成情况进行梳理，有助于不断提高自己的业务水平。有的销售人员"丢了"销售单后，从来不去思考其中的原因；有的销售人员发现本月的销售额超过了 50％，心里就盲目地乐观，其实有几张销售单公司已经努力几个月了，本月正好是回收期，本月销售业绩超额并不是销售人员本月努力的结果，如果要求销售人员每月填写原因，销售人员就不会盲目地乐观或悲观了。有些销售人员对本月未完成任务的原因非常清楚，但在填写表格时，绝不会填写自己上月太懒惰，往往会找各种借口来搪塞。销售经理要求销售人员每月填写原因，至少有助于他们去进行认真的思考。

（2）事件部分

① 下月大事。下月大事实际上是下月的三个目标。这里的目标不是指财务指标,而是销售人员在工作上要做的三件事情。例如销售人员下月要全面整理客户档案;要走访以前曾经买过设备的所有老客户;在这个地区的客户有三个处长,都是在下个月过生日,销售人员要想一个办法使他们的生日过得非常难忘。财务指标是指具体的财务分配指标,例如下个月要完成多少销售额。

② 每周大事。每周大事这栏一共分成五周,要求每周至少填写一个确定的目标,每月的工作任务要落实到具体的每一周。例如下月有三件事:整理客户档案、拜访客户和市场调查。第一周安排整理客户档案,第二周拜访客户,后三周分别在三个不同的区域进行市场调查。

（3）特别纪要部分。在特别纪要部分,销售人员主要填写所发现的问题、原因分析、对策思考和提请支持。例如销售人员发现市场上竞争对手现在都在降价,于是对降价问题分析具体原因,并做出思考对策,若自己实在无法应对,则可向销售经理或公司提请支持。

**2. 周工作计划表**

周工作计划表主要包括本周大事、每天填写内容和财务考核达成。周工作计划表格式参见表 4-2。

表 4-2　周工作计划表

姓名：　　　　部门：　　　　领导签字：

| 本周大事 | （1）<br>（2） | | | | |
|---|---|---|---|---|---|
| 时间 | 工作内容 | 拜访对象 | 联系方式 | 达到目标 | 备注说明 |
| 周一 | | | | | |
| 周二 | | | | | |
| 周三 | | | | | |
| 周四 | | | | | |
| 周五 | | | | | |
| 周六 | | | | | |
| 周日 | | | | | |
| 财务<br>考核<br>达成 | 项目 | 事件 | | 指标达成 | 备注 |
| | 签订单 | | | | |
| | 应收账款 | | | | |
| | 费用控制 | | | | |

周工作计划表包括以下内容。

（1）周工作计划表的准确率

周工作计划表的准确率比月度计划高得多,月度工作计划表往往会产生偏差。月度工作计划表的平均偏差将近 50%,尤其是财务指标的完成偏差更高,而周工作计划表的偏差大概是 20%。

（2）本周大事的两个目标

本周大事主要是写两个目标,这两个目标不是财务指标,而是销售人员要做的两件事情。例如拜访一位客户,或者写关键的建议书,或者约某位技术工程师到客户那儿去做产品展示。

（3）每天填写内容

每天填写内容只写与工作相关的内容。月度工作计划要体现在周计划工作表里，每周的工作任务要分解到每天。例如一个月要完成 200 万元的销售业绩，每周平均要完成 50 万元的业绩，每天至少要完成 7 万元左右的业绩才行。

周工作计划表要求在每周五的下午填好，周工作计划表和月度工作计划表都需要上级经理签字。如果一些销售人员经常出差，每周工作计划表可以通过传真或电子邮件的方式来填写。

### 3. 工作日志表

工作日志表就是销售人员一天的工作记录。工作日志表的格式可参见表 4-3。工作日志表要求在每天下班之前填好。

表 4-3　工作日志表

姓名：　　　　　区域：　　　　　日期：

| 工作（拜访）内容 |  |
| --- | --- |
| 工作（拜访）对象 |  |
| 联系方式 |  |
| 开始时间 |  |
| 结束时间 |  |
| 达成结果 |  |
| 跟进工作 |  |
| 跟进时间 |  |

备注纪要：

工作日志表的填写要注意以下问题。

（1）时间的连续性

要注意时间的连续性，同时注意只填写与工作相关的内容。例如北京经常堵车，交通成本很大，销售人员的很多时间都花在路上，如果只要求工作日志表的时间连贯，就会促使销售人员苦苦地回忆自己每时每刻在忙些什么，有些时间就是无法回忆起来，因此，填写的时间一定要与工作有关。

（2）按销售模式体现精度

工作日志表不要做硬性的安排。以效能为导向的销售队伍（注：服务对象为企业或政府，包括一些工业品的销售、大型系统解决方案以及大型工业设备等，表现为销售过程的环节比较多、拜访复杂程度比较高），每天办好一两件事情就可以了，其他事情都是支持性的工作，没有必要每天填写工作日志表，工作日志表能保证抽查就可以了，这是精度上的要求；如果是以效率为导向的销售队伍（注：主要服务对象为个人，如柜台销售、登门推销，表现为销售覆盖面广，拜访的客户多），要求每天必检，保证达到每天的工作量。

（3）备注纪要体现了销售人员的认真程度

工作日志表最后有一个备注纪要栏目，可以体现销售人员的认真程度，销售经理在审阅时也要认真留意。另外，还要注意跟进工作是否合适。

同时，月度工作计划表、周工作计划表和工作日志表这三张工作表之间有一定的内在联系。月度工作计划表是宏观把握，周工作计划表是控制要点，工作日志表是作为个人工作绩效分析的依据。以效能为导向的销售队伍，周工作计划表一般是销售经理控制要点。以效率为导向的销售队伍，周工作计划表是"龙头"，工作日志表是控制要点。

① 除非有特殊情况，每月五周的财务业绩分解应当充满月度财务计划。例如本月的财务业绩是 200 万元，每周的财务业绩就要将近 50 万元。

② 月度工作计划表中强调的目标应当在周工作计划表里有充分体现。例如月度工作计划表里提到要拜访老客户，这项任务就一定要在周工作计划表中体现出来。如果在周工作计划表中没有提到拜访老客户的事情，就说明销售人员在填写时不认真，或者周工作计划表没有参考月度工作计划表。

③ 月度工作计划表中的每周大事应当与周工作计划表相对应。

④ 周工作计划表中的大事应当与工作日志表相对应。例如计划本周要整理客户档案，在工作日志表中就应该有所体现。

⑤ 工作日志表中的跟进工作应当与相应的周或月度工作计划相对应。

⑥ 工作日志表中的变化要与客户资料相对应。

总之，月度工作计划表就像一颗"螺丝帽"，周工作计划表是"螺丝帽"往下拧了几圈，到工作日志表时，"螺丝帽"就拧到底了。

## ◯ 任务演练

### 常用控制表格的设计和填写

**训练目的：**通过对几种常见控制表格的设计和填写，掌握销售经理常用的控制表格，以便加强对销售人员的控制。

**训练方法：**实际操作。

**训练组织：**结合营销专业组织的专业实习进行实训，在实习中将同学分成不同的销售小组，每组 5～6 人，推选一名组长，按照实行单位的要求进行销售业务。小组成员每天填写工作日志表，每周初填写周计划表。组长负责保管报表。

**训练结果：**实习结束后，每组由同学们评议报表的填写情况，实习结束后由每一小组的组长写出本次实训的总结。

## 学习任务 4.3　销售人员激励

## ◯ 成果展示与分析

### 销售提成是万能的吗

某电子产品企业的销售部门按行政区将全国划分成不同的销售区域，每年年初向销售区域经理下达其所辖销区的年度销售计划。销售区域奖金总额根据该销售区域的年度销售总额按一定比例提取。每个业务人员的奖金也与其所负责区域的销售额挂钩。如果销售区完不成销售计划,无论什么原因,销售区所有人员的奖金都会受到很大影响。

为了提高自己的销售量,业务人员在向批发商推销产品的时候,往往向客户承诺一些难以实现的优惠条件,比如批发商进货达到一定量时给予高额返利,向批发商或者专卖店提供进行统一形象装修的补贴等。同时,为了扩大自己的销售额,除了开拓自己负责的区域以外,许多销售区还向相邻销区的经销商以优惠条件批发产品,以至于最后各销区之间互相抢占对方地盘。

刚开始时,这种做法的确提高了企业的销售额,企业也因此在一些地方的市场占有率得以大幅度提高,销售区经理和业务人员的奖金收入在业内达到了中高水平。但是两三年以后,这种做法的弊端就开始暴露出来。一方面是许多经销商发现该企业的业务人员不守信用,令他们蒙受了很大损失,纷纷停止从这家企业进货;另一方面,由于各销售区之间互相窜货愈演愈烈,严重影响了企业的整体市场策略。最后,企业的整体销售业绩开始下滑。

资料来源:佚名. 如何合理激励销售人员. http://women. sohu. com/20041027/n222717440. shtml

不可否认,在销售活动中销量仍是衡量销售人员业绩的最主要的指标,但这家企业在销售人员的激励政策上出现了问题,它单纯地将销量与收入挂钩,当然容易产生一些销售人员的短期投机行为。为了避免本案例现象的发生,需要销售经理在对销售人员的激励过程中综合运用多种方式。

## ● 知识储备

激励在管理学中被理解为一种精神力量或状态,对组织成员起加强、激发和推动作用,并引导行为指向目标。一般来说,组织中的任何成员都需要激励,销售人员更是如此。销售人员需要更多的激励是由其工作性质决定的。销售代表的工作时间长短不定,并经常遇到挫折,相对于顾客而言,他们处于低人一等的地位。所以,如果没有特别的激励,如物质上的奖励、精神上的安慰和社会上的承认等,他们很难全力以赴去努力工作。

### 4.3.1 销售人员的激励方式

激励销售人员可以从不同的角度出发,采取不同的激励方式,通过环境激励、目标激励、物质激励、精神激励、情感激励、民主激励和竞赛激励等方式来提高销售人员的积极性。

**1. 环境激励**

环境激励是指企业创造一种良好的工作氛围,使销售人员心情愉快地开展工作。不同的企业对销售人员的重视程度有很大差异。有些企业认为销售人员不怎么重要,有些企业则认识到他们是实现企业价值的人,给他们提供无限的机会。事实证明,如果对销售人员不重视,其工作绩效就差,离职率就高。企业可以召开定期的销售人员与公司领导座谈会,给予他们在更大群体范围内结交朋友、交流感情的机会。

**2. 目标激励**

目标激励是指为销售人员确定一些拟达到的销售指标,以目标激励销售人员上进。企业应建立的主要目标有销售定额、毛利额、访问户数、新客户数、访问费用和货款回收等。其中，制定销售定额是企业的普遍做法，规定他们一年内应销售产品的数量，并按产品分类确定。销售定额的实践经验表明，销售人员对销售定额的反应并不完全一致，一些人受到激励，因而发挥出最大潜能；也会有一些人感到气馁，导致工作情绪低落。一般来讲，优秀的销售人员对精心制定的销售定额将会做出良好的反应，特别是当薪酬水平按工作业绩做适当调整时更是如此。

### 3. 物质激励

物质激励是指对做出优异成绩的销售人员给予晋级、奖金、奖品和额外薪酬等实际利益的激励，以此来调动销售人员的积极性。物质刺激往往与目标激励联系起来使用。在实际工作中，物质激励对销售人员的激励作用最为强烈。

### 4. 精神激励

精神激励是指对做出优异成绩的销售人员给予表扬、颁发奖状、授予称号等，以此来激励销售人员上进。对于多数销售人员来讲，精神激励也是不可缺少的。精神激励是一种较高层次的激励，通常对那些接受高等教育的年轻销售人员更为有效。销售经理应深入了解销售人员的实际需要，他们不仅有物质生活上的需要，而且还有诸如理想、成就、荣誉、尊敬等方面的精神需要。尤其当物质方面的需要得到基本满足后，销售人员对精神方面的需要就会更强烈。如有的企业每年都要评出"冠军销售员"、"销售状元"等，效果很好。

### 5. 情感激励

利益支配的行动是理性的。理性只能使人产生行动，而情感则能使人拼命工作。对于销售人员的情感激励就是关注他们的感情需要，关心他们的家庭，关心他们的感受，把对销售人员的情感直接与他们的生理和心理有机地联系起来，使其情绪始终保持在稳定的愉悦中，促进销售成效的水准。

### 6. 民主激励

实行民主化管理，让销售人员参与销售目标、顾客策略、竞争方式、销售价格等政策的制定，经常向他们传递企业的生产信息、原材料供求与价格信息、新产品开发信息等，企业高层定期下去聆听一线销售人员的意见与建议，感受市场脉搏，向销售人员介绍企业的发展战略，这都是民主激励的方法。

### 7. 竞赛激励

竞赛能激发销售人员求胜的意志，提高销售人员的士气。销售工作是一项具有挑战性的工作，销售人员每天都要从零开始，充满艰辛和困难，所以销售经理要不时地给予加油或充电。开展业绩竞赛是一个充电的好办法。这种激励方式的运用可以采取多种奖励方法，如提高销售业绩奖、问题产品奖、开发新客户奖、新人奖、训练奖、市场情报奖、最佳服务奖、淡季特别奖等。但是在使用竞赛激励方式时，销售经理要根据不同的情况灵活运用，否则不仅起不到激励效果，反而影响士气。

## 4.3.2　不同类型销售人员的激励方式

任何一个销售群体都是由各种类型的销售人员组成的，他们中的一部人会有各种各样的问题。销售经理应密切注意下属人员的动向,及时了解销售人员的问题,这样可以在心理上有所准备,并在实际行动中有正确的应对措施。

**1. 问题成员的激励**

一个销售队伍中总会出现一些问题成员,这些成员会有较为明显的缺点或遇到较大的困难,常常需要主管予以协助和监督,才能改掉缺点、克服困难。常见问题成员的特征主要有恐惧退缩、缺乏干劲、虎头蛇尾、浪费时间、强迫销售、惹是生非、怨愤不平、狂妄自大等。

(1) 对恐惧退缩型成员的激励。恐惧退缩型的销售人员多是因为自信心受到打击,缺乏自信的表现。销售主管对恐惧退缩型成员的激励方法是:培养其信心,消除恐惧;肯定他的长处,也指出问题所在,并提供解决办法;陪同销售和训练,使其从容行事,由易到难,再渐入佳境;培训其产品知识与销售技巧。

(2) 对缺乏干劲型成员的激励。缺乏干劲型的销售成员多是因为企业对其缺乏有效的激励。解决的办法就是:强化对他的激励,对他的工作任务提出挑战。如更换业务销售区域、提高业务配额、提供加薪晋升的机会及短期休假的奖励等。

(3) 对虎头蛇尾型成员的激励。虎头蛇尾型的销售成员主要是其销售缺乏计划性,或计划执行过程缺乏有效监督和控制。解决办法是:要求参加销售计划的制订或销售资料的收集整理、对其进行阶段式考核并规定各阶段明确的销售目标。

(4) 对浪费时间型成员的激励。在销售活动中浪费时间,主要是销售人员的客户拜访计划不周密或销售技能运用不当造成的。激励办法是:帮助其制定拜访客户的时间表及线路图,分析拜访客户的次数及对客户解说的最低时间;对其严格要求,制定工作时间表及时间分配计划书。

(5) 对强迫销售型成员的引导。强迫型销售显示销售人员的急功近利,也容易导致客户不满,需对销售人员加以引导。采取的具体方法是:给销售人员指出强迫销售的危害及渐进式销售的好处,加强服务观念的教育,教授更多的销售技巧,开展多层次的销售竞赛。

(6) 对惹是生非型成员的管理。惹是生非型的组织成员,不论是无心,还是有意,都会给团队制造不稳定因素,影响团队的合作。对这种人和事要妥善管理与引导。采取的具体方法是:指出谣言对个人及团体的危害,追查谣言的起源并孤立造谣者,对造谣者予以教育,若无效则辞退。

(7) 对怨愤不平型成员的引导。怨愤不平型的成员,大多是心里感到不平衡,或对某人某事有意见。引导的方法是:给予劝导及安慰,使他们换个角度看问题;引导他们多参加团体活动并充分发表意见;用事实说话,在销售绩效上比高低,使其心悦诚服;检查公司制度有无不合理之处,有则改之,无则加勉;若完全是成员无理取闹,则必须予以制止,尽量化冲突为理解,维系双方的关系。

(8) 对狂妄自大型成员的引导。狂妄自大的成员往往是团队中销售业绩优秀者,需对其加以引导,否则会对组织发展造成不利影响。采取的具体方法是:告之山外有山,天外有天,强中更有强中手,不可学井底之蛙,夜郎自大;以具体事例说明骄兵必败,提高销售配额,健全管理制度;肯定其成绩,多劳多得,不搞特殊化。

**2. 明星销售人员的激励**

难以驾驭销售高手是销售主管普遍遇到的问题。但只要用心去做,还是有规律可循的。

明星销售员一般都有些特长，或善于处理与客户的关系，或精通销售技巧，总之，能取得优秀的销售业绩。对明星销售员激励的措施有以下几种办法。

（1）树立形象。明星销售员通常追求地位，希望给予肯定与表扬；很注意自己的形象，并希望得到他人的认可，热衷于影响他人。

（2）给予尊重。因为他们需要别人的尊重，特别是主管的重视，希望别人把他们当做是事事做得好又做得对的专家，并且他们乐于指导别人。

（3）赋予成就感。明星销售人员物质上的满足一旦实现，他们更需要精神上的满足。此时，对他们赋予成就感能起到更重要的作用。

（4）提出新挑战。明星销售员一般有充沛的精力，他们会不断地迎接新的挑战，去创造更高的销售记录。因此不断提出新的目标，会激发他们的斗志。

（5）健全制度。明星销售员大都希望有章可循，不喜欢被别人干预或中途放弃。制度要保证他们能够充分发挥自己的潜力。

（6）完善产品。所谓"巧妇难为无米之炊"，再能干的销售员也要以优质的产品作后盾。明星销售员一般对自己的产品具有高度的信心，如果公司的产品品质失去信誉或对产品有所怀疑，他们就可能跳槽。因此，应不断地完善和发展企业的产品。

**3. 老化销售人员的激励**

销售人员业绩停滞，心态老化，是销售主管经常遇到的又一难题。有些销售人员工作了一段时间后，突然业绩停滞甚至不断下滑。在竞争激烈、企业环境动荡的时候尤其如此，这种现象严重阻碍着企业的发展。不断提升销售业绩，防止销售人员心态老化是在销售人员激励中必须面对的问题。要防止销售人员的老化，就必须及早发现老化的迹象。

销售人员老化最常见的迹象主要包括以下几点。

（1）提交业务报表、报告常常忽略、延误，内容不完整或没有深度。老化的销售人员认为报告、报表这些东西不值得花时间去写，没有什么有价值的内容。

（2）业绩平平或大幅度下降。导致销售人员业绩平平或下降的因素很多，要多加分析。有些老化销售人员经常找出许多借口作为理由。

（3）拜访客户次数减少，甚至拜访新客户的数目也在减少。如有的主管发现同一客户的名字每周都出现在拜访表上。

（4）没有创新意识。经常处理一些与销售无关的事，把更多的时间花在办公室里而不是出门找客户做生意，有时甚至连企业的新产品都忘了介绍给老客户。

（5）热情不足，懒散有余。开始缺勤、迟到、早退，吃顿午餐耗半天。对什么事都缺乏兴趣。

（6）客户抱怨增加。如过去服务态度好、服务水平高的销售人员，突然遭到客户的不断抱怨，则是该销售人员老化的表现。

（7）计划准备不周。辅助销售工具、产品介绍、价目表未整理妥当，与客户约会迟到或失约，反应迟钝。

（8）不修边幅，抱怨增加。由原来的注重外表及形象到现在的不修边幅。经常抱怨企业、产品、后勤、其他同事，甚至对客户也有抱怨。

以上是最常见的销售人员老化的迹象，销售主管要随时观察，发现问题并及早防治。任何一支销售队伍在任何时候都有可能由于某种原因出现老化现象,关键在于注意预防和及时治疗。主要可以运用以下方法。

（1）要经常运用奖金、奖杯、内部刊物报道等物质与精神上的奖励。

（2）对已经努力但不成功的销售人员多予以指导和鼓励。

（3）对表现好的成功销售人员用肯定积极的方式予以赞扬。

（4）在企业的长期计划与目标上多与销售人员沟通,多征求他们的意见与看法,这样能激发他们的团队参与意识。

（5）提升成熟的且有成就销售人员作为领导者或给予高级别的薪金待遇。

（6）提倡团队精神。为接近老化或正在老化的资深销售人员成立资深销售人员俱乐部,或进行其他类似性质的激励活动是一个好办法。

（7）指导销售人员制订未来事业的发展计划,帮助他们根据企业目标来制定个人发展目标。

（8）尽量给予一定的底薪,但底薪、佣金的高低必须完全与销售业绩及工作表现一致。

（9）对销售人员定期培训,提高他们的销售技巧,增强他们对企业及对自己的信心,不断地予以刺激,提高士气。

（10）不断地给予销售人员以新的工作或任务,使之具有挑战性与刺激性,创造竞争的工作氛围。

（11）与销售人员同甘共苦,打成一片,不断地和他们一起追求更高的业绩,追求更高的目标。

（12）培训应尽量针对个人需要,并要求每个销售人员在某些方面的知识与技巧均需达到相当的水准。不要重复使用大家已有的教材,要准备一些新的教材。

（13）多举办产品知识培训,并配上一些富有趣味性的产品使用课程。

（14）每年至少举行三次分区的销售会议,以表扬先进、推广经验。并为老化销售人员举办一次销售研习会,以引起他们的注意。

（15）可在企业设立正式的事业前途计划部门,成立测定及评估中心,对所有销售人员的表现加以测定,作为奖赏升迁的参考。

（16）允许销售人员在企业内部调换工作。如有的资深销售人员可调到培训或研究发展部门。他们在开发新产品的工作中可能贡献出更多的价值。调换工作会使老化销售人员激发出新的活力。

### 4.3.3　销售人员激励应注意的问题

对销售人员激励的目的就是激发销售人员的工作积极性,实现企业的最终目的——利润最大化。但是很多企业在销售人员的激励问题上认识不清,措施不到位从而影响企业经营目标的实现。为此,企业在对销售人员进行激励时要注意薪酬制度的合理性、销售经理与销售人员的有效沟通、加大对销售人员的培训和提升"以人为本"的企业文化等问题。

**1. 注意薪酬制度设计的合理性**

一些企业对销售人员实行以"底薪＋提成"为主要的薪酬激励制度,物质回报是衡量销售人员工作业绩的标准,是激励他们的主要手段,甚至是唯一手段。对销售人员的业绩进行月度、年度考核,销售经理不注重对销售人员在实际市场中其他因素的分析,诸如不同的地理位置、市场成熟度,竞争者状况,消费者的消费变化等,以销售业绩论英雄,这样就在无形中促成了销售人员错误观念的形成,助长了销售人员的不满情绪和抵触情绪,甚至造成销售人员之间的恶性竞争,最终将不利于整个企业销售队伍的建设。

### 2. 注重销售经理与销售人员的有效沟通

销售经理与销售人员之间进行卓有成效的沟通,是提高销售人员销售业绩的一个重要方面。销售经理不进行或不注重与销售人员的日常沟通,缺乏有效的信息交流渠道,同时对销售人员的责、权、利划分不清,就形成了简单的销售经理与销售人员的"雇用关系",最后的结果只能是销售人员只有根据市场的情况"自由发挥"和"摸着石头过河",这不但无助于销售人员销售能力的提高,甚至可能导致销售活动的失败。

### 3. 加大销售人员的培训力度

市场的竞争和企业的竞争,说到底是人才的竞争,在这个市场变化迅速、商品更新换代快的时代,销售人员的知识更新与补充是不可忽视的,因此使用销售人员,就必须培养他们,满足他们求知求发展的需要,也使他们体会到企业对自己的关心、爱护,从而激励他们为企业创造更多的财富。需要说明的是,有些企业对销售人员的初级培训都不进行,就急切地把他们推到工作岗位上,这样不但造成销售人员能力的参差不齐和对职业的本能恐惧,更缺乏对企业文化等方面的认同感和归属感,不利于团队精神的形成,也不利于企业长远规划的实现。

### 4. 提升"以人为本"的企业文化

虽然许多企业都在宣扬"以人为本"的企业文化,但在实际工作中,缺乏积极有效的执行,最后的结果是把销售人员"经济人"化,不能很好地尊重和关心他,缺乏人性的关注和信任,让销售人员认为是靠自己的知识、能力甚至血汗来与企业的所有者、管理者进行单纯的金钱交换,从而导致销售人员对企业"家"的荣誉感和归属感的缺乏、淡薄、丧失,以至于造成企业人才的流失,人员转换成本的提高。

### ◯ 任务演练

#### 销售激励方式训练

*训练目的*:通过激励理论的学习,掌握销售工作中几种激励方式。

*训练方法*:企业走访、课堂讨论、案例分析。

*训练组织*:组成学习小组,每组5~6人,推选一名组长,走访企业,实地了解企业在销售工作中常用的激励方式,并调查该企业如何对不同类型销售人员进行激励。

*训练结果*:小组成员交流体会,每个人写一份调查报告。

### ✓ 重点概括

销售经理要管理控制好一支销售队伍,就要对销售员的工作方向、推展进程、操作流程、工作品质和工作状态进行控制,为此需要销售经理掌握以下高效的管理控制方法:销售例会、随访辅导和工作述职。

对于销售队伍来说,管理表格是非常重要的,它是控制销售队伍的重要工具。管理表格基本上能体现一名销售人员在一天、一周其至一个月的工作过程。销售经理一定要督促销售人员养成填写管理表格的习惯。

销售人员需要更多的激励是由其工作性质决定的,如果没有特别的激励,他们很难全力以赴地去努力工作。激励销售人员的方式有:环境激励、目标激励、物质激励、精神激励、情感激励、民主激励和竞赛激励等。销售经理应密切注意下属人员的动向,及时了解销售人员的问题,这样可以在心理上有所准备,并在实际行动中有正确的应对措施。对销售人员进行激励时要注意薪酬制度的合理性、销售经理与销售人员的有效沟通、加大对销售人员的培训和提升"以人为本"的企业文化等问题。

 **综合实训**

实训项目:工作述职(最好和营销专业的专业实习结合起来)。

实训准备:知识准备,对销售人员控制知识的系统掌握;组织准备,任课教师提前布置实训任务,并进行分组,推选或指定组长,组长负责本小组成员的述职活动,小组每位成员分别向小组长(扮演销售经理)述职,其他组员观察其述职表现。

实训内容:同学模拟销售人员的工作述职,通过述职,观察其语言表达能力和分析问题的能力。

实训成果:述职报告。实训课业成绩考核表如表 4-4 所示。

**表 4-4 实训课业成绩考核表** 课业名称:《销售经理述职报告》

| 课业评估指标(分) | 课业评估标准 | 分项成绩 |
|---|---|---|
| 1. 销售经理职责和任务∑30 | (1) 职责描述<br>(2) 主要工作任务描述 | |
| 2. 工作计划完成情况及原因∑20 | (1) 工作计划完成情况描述<br>(2) 原因分析 | |
| 3. 存在问题及原因∑20 | (1) 问题分析<br>(2) 原因分析 | |
| 4. 计划调整和改进措施∑10 | (1) 措施的针对性<br>(2) 措施的客观性 | |
| 5. 述职报告的规范性∑30 | (1) 格式的规范性<br>(2) 内容的完整性和科学性<br>(3) 结构的合理性<br>(4) 文理的通顺性 | |
| 总成绩∑100(分) | | |
| 教师评语 | | 签名:<br>年 月 日 |
| 学生意见 | | 签名:<br>年 月 日 |

**思考练习**

　　这是一家在业界、在客户中享有良好声誉的公司,由于其特殊的行业性质和本公司的战略定位,"销售"成为其主体业务,因此,销售人员的激励与保留成为公司的主要内容。

　　以前,同很多公司一样,这家公司的销售人员主要是拿销售提成,在公司成立之初,销售提成的方式确实非常有效,公司业务很快打开,但是,随着公司本身的力量增强,公司品牌、资源在销售中占的比重越来越大,所以,单纯销售提成的弊端逐渐显露出来,主要表现在以下几个方面。

　　(1) 部分业务员坐吃老本,斗志低迷,使公司丧失很多潜在客户

　　这部分业务员大都加入公司两年以上,过去业绩还不错,手中有几个比较好的客户资源,仅靠这几家客户的提成,就可以维持体面的生活,所以就不再费力开发新客户。这对于公司来说,是一笔不小的损失,因为这些业务员经验比较丰富,能力也相对较高,如果他们去开发新客户,比新业务员的成功率要高,但是在公司里,开发新客户的大多是新业务员,无形之中,公司就失去了许多潜在客户,失去了扩大市场占有率的机会。

　　(2) 业务员推广新产品的积极性不高,新产品推广非常困难

　　由于新产品的知名度不高,客户不容易接受,业务员不愿意花费精力去推广新产品,而宁愿在成熟产品中多多努力,以弥补新产品推广不利的损失,但是新产品是公司发展的新的增长点,对公司至关重要,推广不力将对以后的发展产生很大的影响。

　　(3) 部门、业务员之间相互"争单",损害公司整体利益

　　在销售过程中,很多时候需要两个部门,或者同一个部门的业务员互相配合,协同作战,但是,由于奖金是根据最后的销售业绩来提成,所以,部门之间、业务员之间往往互相隐瞒客户资料,以更多的折扣争夺客户,甚至宁愿将获利点让给其他竞争对手,以保证自己的提成不会被同事分掉,这样公司一方面在客户处的信誉受到影响;另一方面,直接损失了很多利润。

　　(4) 技术上很难实现的"公平",挫伤了业务员的积极性,造成人才流失

　　为了"公平",部门、业务员协同作战签的单,要在部门之间、业务人员之间根据贡献大小分割提成,而贡献大小又往往不能完全准确地衡量,让双方都无可挑剔,总是会有一方不满意,甚至双方都不满意,挫伤了很多人的积极性,这也是造成上面"争单"的原因之一。

　　(5) 业务部门主管兼有两种角色,奖金不易确定

　　业务部门的主管同时又是公司的骨干员工,他们既有销售任务,又要进行部门管理,在单纯的销售提成的奖金方案之下,没有人想去做主管,没有人想在销售以外投入更多的精力。

　　**小思考:**结合我们学习的激励方法,如果你是该公司的销售总经理,该如何解决现在面临的难题?

# 项目 五

*Xiangmu wu*

## 分销渠道设计、管理与维护

**知识目标**

了解销售渠道设计要素;了解销售渠道主要模式;熟悉各种销售模式的优缺点;掌握有效运作销售网络的条件;了解管理经销商的主要方法。

**技能目标**

能介绍销售渠道设计要素和模式;能制订并介绍销售渠道开发计划;能介绍销售渠道有效运作的条件;能介绍经销商管理的主要方法;能收集经销商的相关信息。

**训练路径**

案例分析;实地调查。

**教学建议**

结合市场营销学课程回顾有关销售渠道知识;建议不同学习小组选择不同行业、性质、规模的企业进行渠道设计;提前布置学习任务,必要时可指定各小组选择某类企业。

 **学习任务 5.1　分销渠道设计与开发**

## ○ 成果展示与分析

### 安踏分销渠道构建的四个阶段

对于渠道网络体系的建设,安踏在不同时期,采取了不同的策略和重点。主要分为四个阶段:第一阶段是"遍地开花"式的代理制时代;第二阶段是"网络精耕"的销售体系革新时代;第三阶段是自建网络体系的专卖店直营时代;第四阶段是运动文化大卖场时代。

**1. 代理制时代**

第一阶段,1991—1999 年的 8 年期间,可称为"粗放造网"阶段。经过几年的苦心经营,安踏拓展了 2 000 多个专营点,专营店柜的布点密度相当大。1999 年,安踏的销售额提升了35%,赢得了很大的市场面,尤其在华北、西北及广东等地区形成了优势市场,为 1999 年进行品牌建设打下了坚实的基础。

**2. 销售体系革新时代**

第二阶段,2000 年年底—2003 年年底的 3 年期间,进入"网络精耕"的销售体系革新时代。推进销售体系革新的策略包括两个方面:其一,进行硬终端升级;其二,推出"订货证"制度,提升渠道质量。

(1) 硬终端升级运动

2001 年年初对整个销售体系进行了全面完善,推进新一轮销售体系改革。

一是从流通批发、专柜迅速转为代理商和专卖店经营,且以分级经营的加盟模式进行合作。良好的渠道质量为专卖模式推广提供了坚实的基础。

二是淘汰一批名不副实的专卖店,整改单门面店为双门面、三门面的专卖店,强势提升网点形象和强化网点布局。

三是在主要商业街强化多门店经营布局,使之走精品化、专业化的路线。

(2) 推出"订货证"制度,提升渠道质量

1999 年年底,安踏推出了"订货证"制度。订货证,是给经销商发放的代理资格证;为经销商设立一道经营安踏的"门槛"。"订货证"制度使经销商承担了一定的压力,承担了一定的进货风险。安踏对渠道商许下承诺:经销商赚钱就是安踏赚钱,经销商的库存就是安踏的库存。由于长期以来,国内经销商的品牌意识尚处于模糊状态,在自己既得利益与品牌管理之间存在诸多跨不过去的坎,因此,经销商的行为时常左右着企业的意志。尽管安踏以前也有一揽子市场管理的规章制度,但对经销商都没有带来太大的约束力。这道门槛的设立使安踏与经销商的博弈中赢得了一定的主动权,为以后的渠道整顿提升渠道质量,做了铺垫,通过品牌的成功来化解了上述风险。由孔令辉代言广告而产生的效果,使进货风险几乎不存在。"订货证"不仅增强了对经销商的凝聚力,还提升了渠道的开发速度和渠道的质量。

**3. 直营时代**

第三阶段为 2003 年年底—2005 年年底,"渠道回购"行动,进入自建网络体系的专卖店直营时代。直营时代主要包括两个方面。

(1) 网络回购,掌握渠道操作自主权,进行良性管理

其实,从 2001 年就开始了"网络回购"行动,2003 年大力推广,截至 2005 年年底,安踏已经控制了 40%的终端。而这 40%的自营店,占据了公司 60%的销售额。同时,为了加强品牌建设,树立良好的品牌形象,安踏投入巨额资金,以建设 200 个左右的旗舰店。值得一提的是,安踏的网点扩张和淘汰是同时进行的。这表明安踏的网点扩张已经进入到成熟阶段,已经不再是简单地扩大销售业绩,而是将品牌建设、市场影响、销售业绩和长远发展有机地结合在一起。

(2) 与渠道商共创顾客价值

安踏在渠道经营上必须找到经销商的利益驱动点,才有可能共同为顾客创造价值。凭借品牌知名度来提升进货价格指标,经销商是不欢迎的。如何通过长远的发展规划来实现企业的利益呢?新的想法出现了:与其提高进货的价格门槛,不如把管理的重担交给经销商,让经销商融入安踏的品牌管理模式中。从店员的培训到对消费者的服务,从专营点的装修到 VI 视觉系统的执行,以有形的利益回报来换取品牌无形资产的增值。制造商一体化的结合得到进一步的巩固和加深。

### 4. 大卖场时代

第四阶段为 2006 年至今,安踏在全国范围内构建品牌旗舰店,以及推进运动用品零售城建设,进入运动文化大卖场时代。

资料来源:王君玉. 安踏:销售体系与渠道建设的全透视. http://www.aliqq.com.cn/brand/ppguancha/137804.html

分销渠道建设与管理是销售经理最主要的职责之一,不同企业、不同产品以及企业发展的不同历史时期有不同的渠道模式和结构,分销渠道管理的重点也有很大的区别。分销渠道是指某种货物和劳务从生产者向消费者移动时取得这种货物和劳务的所有权或帮助转移其所有权的所有企业和个人。它主要包括商人中间商、代理中间商,以及处于渠道起点和终点的生产者与消费者。从不同角度可将分销渠道分为直接渠道和间接渠道、长渠道和短渠道、宽渠道与窄渠道以及单一渠道与多渠道等类型。

## ● 知识储备

### 5.1.1　分销渠道模式

由于个人消费者与生产性团体用户消费的主要商品不同,消费目的与购买特点等具有差异性,客观上使企业的销售渠道构成两种基本模式:企业对生产性团体用户的销售渠道模式和企业对个人消费者销售渠道模式。

根据有无中间商参与交换活动,可以将上述两种模式中的所有通道,归纳为两种最基本的分销渠道类型:直接分销渠道与间接分销渠道。间接分销渠道又分为长渠道与短渠道。

#### 1. 直接分销渠道与间接分销渠道

直接分销渠道是指生产者将产品直接供应给消费者或用户,没有中间商介入。直接分销渠道的形式是:

生产者→用户

直接分销渠道是工业品分销的主要类型。例如大型设备、专用工具及技术复杂的需要提供专门服务的产品,都采用直接分销渠道,消费品中有部分也采用直接分销类型,如鲜活商品等。

| 小案例 | TCL 的自建渠道 |
|---|---|

TCL 是自建渠道的先驱,起初自建渠道只是为了摆脱中间商的要挟和牵制,实现对分销渠道的控制,可以说达到了预期目的。但运作起来以后发现,自建渠道的运营费用相当高,人力、物力的投入也相当高,还要承担复杂而艰巨的销售管理任务,这使厂商产生得不偿失和力不从心之感。TCL 从 2001 年起就开始着手渠道改革,进行"渠道瘦身",精减销售管理机构和人员,重视与各地经销商的协作,并且将其销售机构建成一个独立的销售平台,代理飞利浦及东芝产品销售,实现其部分渠道的资源,以此渡过了渠道模式的难关。

间接分销渠道是指生产者利用中间商将商品供应给消费者或用户,中间商介入交换活动。间接分销渠道的典型形式是:

生产者→批发商→零售商→个人消费者(少数为团体用户)

**2. 长渠道与短渠道**

分销渠道的长短一般是按通过流通环节的多少来划分,具体包括以下四层:

第一层:零级渠道

制造商→消费者。

第二层:一级渠道

制造商→零售商→消费者。

第三层:二级渠道

制造商→批发商→零售商→消费者,多见于消费品分销。

制造商→代理商→零售商→消费者,多见于消费品分销。

第四层:三级渠道

制造商→代理商→批发商→零售商→消费者。

可见,零级渠道最短,三级渠道最长。

**3. 宽渠道与窄渠道**

渠道宽窄取决于渠道的每个环节中使用同类型中间商数目的多少。企业使用的同类中间商多,产品在市场上的分销面广,称为宽渠道。如一般的日用消费品(毛巾、牙刷、开水瓶等),由多家批发商经销,又转卖给更多的零售商,能大量地接触消费者,大批量地销售产品。企业使用的同类中间商少,分销渠道窄,称为窄渠道,它一般适用于专业性强的产品,或贵重耐用的消费品,由一家中间商统包,几家经销。它使生产企业容易控制分销,但市场分销面受到限制。

**4. 单渠道与多渠道**

当企业全部产品都由自己直接所设的门市部销售,或全部交给批发商经销,称之为单渠道。多渠道则可能是在本地采用直接渠道,在外地则采用间接渠道;在有些地区独家经销,在另外一些地区多家分销;对消费品市场用长渠道,对工业品市场则采用短渠道等。

## 5.1.2　分销渠道设计

分销渠道模式只是提供了企业渠道设计的模板,在实际的渠道建设中需要企业根据渠道的建设目标和考虑各种限制因素科学、细致地进行渠道设计。具体包括以下内容。

**1. 建立渠道目标**

分销渠道设计是一个系统工程,当企业具体进行分销设计时,首先就是要建立渠道目标。渠道目标的确定一般是以分析目标顾客对服务的要求为基础的。

(1) 分析目标顾客对服务的要求

在设计分销渠道时,营销人员必须要了解目标顾客对服务的要求,即人们在购买产品时所期望的服务类型和水平。如果企业不能满足这些服务,就需要通过中间商来满足。分销渠道应满足以下服务要求。

① 批量大小。批量是分销渠道在分销过程中提供给顾客的单位数量。

② 等候时间。即分销渠道的顾客购买产品等待收到货物的平均时间。顾客通常喜欢快速的交货渠道。

③ 空间便利程度。即分销渠道为顾客购买产品所提供的方便程度。

④ 产品多样化程度。即分销渠道所提供商品的品种的丰富程度。

⑤ 服务支持。即分销渠道提供的附加服务,如信贷、交货、安装、维修等。

（2）建立渠道经营目标

有效的渠道设计首先要决定达到什么目标,进入哪个市场。渠道经营因产品特性不同而不同。具体渠道建设目标见表 5-1。

表 5-1　渠道建设目标

| 序号 | 目　标 | 操 作 说 明 |
|---|---|---|
| 1 | 顺畅 | 最基本的功能,与产品的特点有关 |
| 2 | 增大流量 | 追求铺货率,广泛布局,多路并进 |
| 3 | 便利 | 应最大限度地贴近消费者,广设网点,灵活经营 |
| 4 | 开拓市场 | 先依靠中间商,待站稳脚跟后,再组建自己的网络 |
| 5 | 提供市场占有率 | 渠道维护至关重要 |
| 6 | 扩大品牌知名度 | 争取和维护客户对品牌的信任度与忠诚度 |
| 7 | 经济性 | 考虑渠道的建设成本、维护成本及收益 |
| 8 | 市场覆盖面和密度 | 广泛分销和密集分销 |
| 9 | 控制渠道 | 厂家应注重自身实力的培养,依靠管理、资金、经验、品牌或所有权来掌握渠道主动权 |

## 2. 确定渠道长度和宽度

（1）确定分销渠道长度

渠道长度选择受市场因素、产品因素、企业自身因素和中间商因素的影响。

市场因素。主要表现为潜在顾客的规模、地理分散程度、顾客集中程度、交易准备期长短、顾客地位和平均订购数量等方面对渠道长度产生的影响。

产品因素。主要表现为产品体积、易腐蚀（腐烂）性、产品单位价值、产品标准化程度、技术特性和毛利率等对渠道长度的影响。

企业自身因素。企业的规模、财务能力、控制愿望、管理专长和顾客知识等方面也影响企业渠道的选择。

中间商因素。表现为在区域市场上能否选择到理想的中间商、选择中间商的成本以及中间商向顾客提供服务的能力等对渠道选择的影响。

（2）确定分销渠道的宽度

不同宽度分销渠道的比较见表 5-2。

表 5-2　不同宽度分销渠道的比较

| 分销类型 | 优　点 | 缺　点 |
|---|---|---|
| 独家分销 | 市场竞争程度低;厂家与经销商关系较为密切;适用于特殊品的分销 | 因缺乏竞争,顾客的满意度可能会受到影响;经销商对厂家的反控制能力强 |
| 密集分销 | 市场覆盖率高;比较适合便利品分销 | 市场竞争激烈,渠道管理成本较高;厂家的营销意图不易实现 |
| 选择性分销 | 比密集分销能取得经销商更大的支持;同时比独家分销能够给消费者带来更大方便 | 难以确定经销商区域重叠的程度 |

### 3. 明确渠道成员的职责与分配渠道任务

（1）明确渠道成员的职责

分销渠道成员的职责主要包括：推销、渠道支持、物流、产品修正、售后服务以及风险承担。

（2）分配渠道任务

从制造商的角度出发，在渠道成员中分配任务的主要标准是：降低分销成本；增加市场份额、销售额和利润；分销投资的风险最低化和收益最优化；满足消费者对产品技术信息、产品差异、产品调整以及售后服务的要求；保持对市场信息的了解。

同时，在渠道成员之间分配渠道任务时，需要考虑以下因素：渠道成员是否愿意承担相关的分销渠道职能；不同的渠道成员所提供的相应职能服务的质量；制造商希望与顾客接触的程度；渠道设计的实用性等。

### 4. 选择渠道成员

（1）渠道成员评估和选择标准

① 信用和财务状况，这是制造商选择渠道成员首要考虑的因素。需要收集的信用与财务信息调查事项包括：注册资金、实际投入资金是否宽裕；必备的经营设施（仓储、运输、营业场所）能否承受目前的业务；给厂家付款的方式；资金周转率、利润率；银行贷款能力；税务是否守法；欠账、放账的程度。

② 销售实力。判断渠道成员销售实力的方法很多，可以从资金实力、库房面积、配送能力、知名度、员工的数量和素质等方面加以评价。

③ 产品线。制造商通常考虑渠道成员产品线的四个方面：竞争性产品、相容性产品、补充性产品以及代理产品线的质量。制造商通常愿意选择那些销售与自己产品相容或具有补充性产品的渠道成员作为合作伙伴，而不愿意选择那些销售与自己产品具有竞争性的渠道成员作为合作伙伴，因为大多数制造商认为在前者情况下渠道成员能够为消费者提供更为全面的产品组合。从代理产品线的质量这个角度来看，大多数制造商都愿意选择那些能够销售与其产品质量相近或更好的渠道成员作为合作伙伴。

④ 声誉，就是"口碑"效应。大多数制造商都回避与当地市场没有良好声誉的渠道成员建立合作关系。在当今市场上，声誉又往往与渠道成员的信用及财务状况紧密相关。信用及财务状况良好的渠道成员，往往也是具有良好声誉的渠道成员，它们更容易获得制造商的青睐而被选择。

⑤ 市场覆盖范围。渠道成员销售能力所能覆盖的制造商预期的地理范围称为市场覆盖范围。制造商总是希望被选择的渠道成员拥有最大的市场覆盖范围，但同时希望被选中的渠道成员之间只有很小的重叠范围，理想的情况是没有重叠的范围。

⑥ 销售绩效，从制造商角度往往被完全看做是市场份额。制造商总是关心被选择的渠道成员是否能够完成其所期望的市场份额。

⑦ 管理的连续性。制造商应该关注渠道成员的管理阶层任职是否具有连续性。如果渠道成员的管理阶层经常发生变动，则被制造商选择的机会将大大降低。

其他如管理能力、态度和规模等也是制造商评估和选择渠道成员重要标准。

某通信公司渠道经销商资格标准见表 5-3。

表 5-3　某通信公司渠道经销商资格标准

| 项目 | 指标 | 具体要求 |
|---|---|---|
| 资格要求 | 合法性 | 合法有效的营业执照、税务登记证、组织机构代码证、银行开户许可证、法人身份证 |
| | 业内经验 | 具有分销产品销售经验和良好业绩,具有较强的业务理解力和良好的服务能力,能够为最终用户提供有竞争力的解决方案 |
| | 资金 | 注册资金 50 万元以上 |
| | 服务资质 | 具备二级服务资质(行业标准) |
| | 销售人员要求 | 具有渠道管理相关工作经验两年以上 |
| | 财务及经营状况 | 财务状况良好,无不良经营记录和债务,须提供:经过合法会计师事务所审计的上一年度的资产负债表、损益表、现金流量表 |
| 运作平台要求 | 支持系统 | 与本公司商务要求相符合的基于局域网和广域网的互联网接入手段和帮工设备、人员,可以妥善管理本公司统一给予的商务信息,能够随时访问本公司的相关网站和通过各种手段与本公司业务人员保持良好沟通 |
| | 物流平台 | 具备仓储、授权区域方位内各地市间可互相配送的能力;具备存储记录系统,能对货物流向进行实时检索和统计 |
| 业务要求 | 销售目标承诺 | 承诺年度进货额不低于 50 万元 |
| | 订单管理 | (1)项目订单,必须按照本公司项目订单通知单的要求从一级渠道进货;<br>(2)分销订单,按返销价格从一级渠道进货,按照用户指导价格自行销售 |
| | 信息反馈 | 按本公司的信息反馈制度提供分产品、分区域的销售信息及需求流动预测 |
| 渠道管理基本要求 | | 能够按照本公司的要求积极拓展经销渠道,提升本公司品牌,并能对经销渠道进行规范化管理,不得有跨区或跨行业销售、低价扰乱市场秩序等违反本公司渠道原则的行为 |
| 发展与机会 | | 考核期 6 个月,不能达到要求者,降级处理 |

(2)渠道成员选择策略

通常情况下,制造商可以根据自身的具体情况,结合对潜在渠道成员的评估结果确定选择策略。

① 两步走策略。对于那些刚进入某行业的制造商或者刚进入某一个区域市场的制造商来说,由于其产品在该行业或该区域市场上有一个熟悉与适应的过程,因此在渠道成员的选择上,就不必恪守一步到位的原则,而通常采取分阶段选择不同渠道成员的策略。

第一阶段,在渠道建立初期,通常可以接受一些基本符合制造商选择标准甚至低于选择标准的渠道成员的合作,这样可以迅速在该行业或该区域市场建立起渠道体系,尽快启动市场。

第二阶段,当制造商的产品在该行业或区域市场上逐步树立起形象,制造商的影响力增强后,再通过严格考核以选择符合制造商标准的渠道成员作为制造商的长期合作伙伴,进而淘汰那些不符合制造商选择标准的渠道成员。

采用分阶段选择策略的好处是上手快,容易启动市场。不足之处是处理不当,容易造成制造商"过河拆桥"的感觉,甚至引发渠道动荡。为此,制造商在建立渠道体系之初,就应该与渠道成员有明确的说明,并加强对渠道成员的辅导,争取让渠道成员尽快成长起来,以符合制造商的选择标准。

② 亦步亦趋策略。该策略主要适用于市场的进攻者。市场进攻者通常是仅次于市场领导者的一些制造商。它们在选择渠道成员的时候,通常以市场领导者的渠道作为参照或目标。在这种情况下,渠道成员的选择,在很大程度上受市场竞争结构的影响。

通常情况下,分销渠道起到的是"物以类聚"的作用。将同类产品聚集起来销售,既是市场专业化发展的趋势,又能满足消费者对比挑选的现实需求。另一方面,居于市场领导者的制造商的渠道成员通常也是市场中居于领导地位的渠道成员,因此,他们通常具有丰富的分销经验和强大的分销能力。对于市场进攻者来说,选择市场领导者制造商的渠道成员作为自己的渠道成员,不仅能够与市场领导者展开竞争,同时还能迅速提升自身的产品形象、品牌形象等。

采取针锋相对选择策略的好处是紧逼市场领导者制造商,容易打开市场,提升形象;不足之处是容易受制于居于市场领导者地位的渠道成员。通常情况下,居于市场领导地位的渠道成员对于处于市场进攻者的制造商拥有更大的话语权,而后者为了争取到与处于市场领导者地位的制造商的同台竞争,往往愿意接受一些相对较为苛刻的代理条件。

③ 逆向拉动选择策略。该策略往往为那些踏踏实实耕耘市场的市场追随者制造商所选择。市场追随者制造商相比于刚刚进入市场的制造商来说,对市场竞争状况有更详细的了解,对消费者需求有更清晰的把握。但同时,市场追随者制造商又缺乏像市场进攻者制造商那样紧贴市场领导者制造商展开竞争的资源。因此,另辟蹊径选择渠道成员开拓市场就成了他们矢志不渝的追求。

市场追随者制造商往往重视消费者的感受,通过刺激消费者,由消费者拉动市场,进而拉动终端渠道与之合作,从而帮助其逐步建立起整套的渠道体系。随着渠道向扁平化方向发展,越来越多的制造商开始尝试或选择逆向拉动来构建其渠道体系。

采取逆向拉动选择策略的好处是对渠道成员的话语权较强,对消费者的影响深入;不足之处是制造商前期对消费者市场的培育投入较大,周期较长,处理不好,容易将实力并不雄厚的市场追随者制造商拉入泥潭。

随着市场竞争的加剧与渠道关系的复杂化,制造商选择渠道成员的策略也在不断发生变化。单一的选择策略越来越少,更多的情况是,制造商根据市场、行业、产品及竞争特点等采用不同的策略组合来新建、调整或重构渠道体系。

## 5.1.3　分销渠道评估

分销渠道评估标准有 3 个:经济性、可控性和适应性,其中最重要的是经济标准。

**1. 经济性的标准评估**

主要是比较每个方案可能达到的销售额及费用水平。

(1) 比较由本企业推销人员直接推销与使用销售代理商哪种方式销售额水平更高。

(2) 比较由本企业设立销售网点直接销售所花费用与使用销售代理商所花费用,看哪种方式支出的费用更大。

企业对上述情况进行权衡,从中选择最佳分销方式。

**2. 可控性标准评估**

一般来说，随着分销渠道的加长，企业对渠道的控制能力会逐渐减弱。企业对较短渠道的控制则比较容易些，因此必须进行全面比较、权衡，选择最优方案。

**3. 适应性标准评估**

如果制造商同所选择的中间商的合约时间长，而在此期间，其他销售方法如直接邮购更有效，但生产企业不能随便解除合同，这样企业选择分销渠道便缺乏灵活性。因此，生产企业必须考虑选择策略的灵活性，不签订时间过长的合约，除非在经济或控制方面具有十分优越的条件。

## ◉ 任务演练

### 分销渠道建设方案设计

**实训目的**：帮助学生学会针对某企业区域市场撰写渠道建设设计方案并展示。

**实训方法**：根据教师所提供的分销渠道建设方案案例模板模仿撰写。

**实训组织**：组成学习小组，每组 5～6 人，推选一名组长。

**实训结果**：各小组上交渠道建设设计方案并进行课堂展示。

# 学习任务 5.2　分销渠道控制

## ◉ 成果展示与分析

### 中国汽车的 4S 模式

中国最早的汽车销售是由国营的汽车销售公司垄断的。到了 20 世纪 90 年代中期，汽车厂商开始建立自己的销售渠道，并逐渐形成以下 4 种汽车分销渠道模式。

（1）总代理制。渠道模式可表述为：厂商、总代理、区域代理、最终用户。进口汽车主要采用这种模式，如奔驰、宝马等。

（2）区域代理制。渠道模式可表述为：厂商、区域总代理、下级代理商、最终用户。这种模式与 IT 渠道的区域代理制基本一致，是汽车渠道最早采用的模式，目前使用这种模式的厂商已较少。

（3）特许经销制。渠道模式可表述为：厂商、特许经销商、最终用户。区域代理制试行一段时间后，汽车厂商逐渐发现很难对经销商的经销行为进行规范，市场价格体系混乱。后来汽车销售逐渐向特许经销制转变。

（4）品牌专卖制。渠道模式可表述为：厂商、专卖店、最终用户。品牌专卖店是从 1999 年发展起来的渠道模式，主要以"三位一体"（包括整车销售、零配件供应、售后服务）专卖店和"四位一体"（包括整车销售、零配件供应、售后服务、信息反馈）专卖店为表现形式。

特许经销制和品牌专卖制是目前汽车分销的主流形式。二者之间也存在一些差别。

首先，对经销商要求不同。特许经销制下，厂商一般只考察申请特许经销的经销商的地理位置、销售能力等，不管它的硬件条件如何。但在品牌专卖制下厂商不仅注重专卖店的位置和销售，同时对专卖店的硬件条件有严格的规定，有的甚至对店铺装修材料的采购地点都有明确的规定。

其次，管理力度不同。厂商对特许经销商的销售管理和培训方面支持较少；而在品牌专卖制下，厂商对专卖店有严格的管理，在店面管理、销售管理、员工培训等方面都有统一的规定。如"四位一体"的专卖店——4S店，由厂商制定相应的经营标准，包括整车销售标准、零配件供应标准、售后服务标准、信息反馈标准等。

最后，经营品牌数量不同。特许经销商经营汽车的品牌可以多一些，厂商对此不能进行控制；而品牌专卖制下只能经营厂商制定的某个汽车品牌。

目前受到普遍青睐的品牌专卖制模式是4S店模式，因为它更加紧密地加强了经销商与厂商之间的联系，并能提供更多的服务和价值。有资料表明，在整个汽车销售利润的构成中，整车销售、配件、维修的比例为 2：1：4. 维修服务的赢利是汽车销售利润的主要来源，对专卖店的重要性也是显而易见的。

资料来源：郑锐洪. 分销渠道管理. 大连：大连理工大学出版社，2007

改革开放以来，中国企业的分销渠道经历了多次根本性的变革，特别是连锁经营业态的迅速兴起，挑战了传统生产制造商的领导地位，使得生产制造商与经销商、零售商之间的关系变得更加微妙、复杂，并使得厂商之间利益和地位的冲突越发尖锐和突出，这种冲突是利益的冲突，是控制权的争夺。研究和掌握渠道控制手段与策略对渠道的所有成员都是至关重要的问题。

## ◉ 知识储备

在目前市场竞争异常激烈的情况下，制造商与经销商之间始终存在一种"控制与反控制"的竞争，比如分销渠道中出现了"厂家自建渠道"和"商家自营品牌"的现象，其实质是渠道成员之间实力和利益的竞争。要想有效地控制分销渠道，对制造商而言，一方面要增强自己的实力，靠实力说话；另一方面要正确认识厂商之间的关系实质，通过利益协调和沟通来达到控制渠道的目的；更重要的是制造商必须与时俱进，通过创新渠道来有效控制渠道。如娃哈哈的"联销体"模式，格力的"区域股份制销售公司"模式，宝洁的"助销"模式以及商务通的"区域独家代理"模式，都是有效的渠道控制创新模式。

### 5.2.1 渠道控制力

对制造商来说渠道控制力表现为各种渠道权利，包括经济力、专家力、奖赏力、产权力、品牌力和关系力。

**1. 经济力**

经济力是一种综合实力，是制造商控制分销渠道的最根本的力量。制造商拥有强大的经济力，必然会在与经销商的控制与反控制关系中占据支配地位。经济力主要表现在以下几个方面。

（1）质量和服务：是参与竞争和控制渠道的基础。

（2）规模经济：直接的结果就是创造了低成本的优势。

（3）产品线：产品种类多、产品线宽度广、深度大、相关性强，都有利于企业控制销售。

（4）融资能力：扩大规模、研发产品和市场扩张的保障。

（5）广告力度：由此提高产品力和品牌力，增加消费者的信任度和忠诚度。

### 2. 专家力

谁更专业，谁就更有发言权。制造商了解渠道规律，掌握了市场开拓、产品推介、现场促销、公共关系等技巧，就可以有效地控制渠道销售。如在中间商对产品不了解或营销技能不足的情况下，制造商可以组织培训或现场指导，或派遣职业经理进行助销，获得控制力。

### 3. 奖赏力

奖赏是对工作成绩的正面肯定，有能力奖赏并善于奖赏可以提高对渠道成员的控制力。制造商可以根据自己的能力，选择使用诸如折扣、铺货、培训、设奖、提升地位、续签合同等方式，提高渠道成员的积极性，达到控制渠道的目的。

### 4. 产权力

很多企业为了控制上游原材料供应及下游的销售，往往以产权为纽带实行纵向一体化战略，形成"供—产—销"价值链。企业可以通过合资、控股、参股、连锁等形式来整合渠道，获得控制权。制造商可以发挥特约经营权和独家经营权等产权力，制约渠道。

### 5. 品牌力

品牌是企业的一项无形资产，是企业经济力的延伸。品牌，从表面上看不过是产品的牌子，是卖者给自己的产品规定的商业名称，通常由文字、标志、符号、图案和颜色等要素组合而成。但从深层次来说，有没有品牌，有没有好的品牌，意义是不一样的。品牌力的本质是：它表明卖者对交付给买者的产品特征、利益和服务的持续承诺，也体现了许多消费者在亲身购买、比较和实际享用中对厂家产品和服务的一种信任。

### 6. 关系力

在中国，拥有良好的人际关系无疑会提升企业在渠道中的地位。企业需要经过长期的努力，凭借自己的声誉，与供货商、批发商和零售商建立密切的合作关系，以此去影响渠道成员的决策。

---

## 5.2.2　提高渠道控制力的途径

---

我们已经知道渠道控制力就是一种渠道权力，厂商可以通过以下方式提高渠道控制力。

### 1. 拥有优质产品（品牌）

拥有优质产品（品牌）是提高渠道控制力的根本。对制造商来说，拥有了优质的产品和品牌，就掌握了控制渠道的最有力武器。优质产品和品牌本身就是吸引渠道成员的利润源。

所以,制造商必须不断进行产品创新和品牌建设,以提升产品力和品牌力。这属于一种专家的权力。

### 2. 提供良好的服务

服务是价值的一部分,良好的服务是让顾客满意,形成顾客信任、偏好和忠诚的必要条件,也是企业持续发展的基础。售前服务体现在产品设计中;售中服务是销售过程中与顾客面对面的服务,它直接决定顾客的满意度;售后服务实现的是顾客购买价值的增值,它是决定顾客忠诚度的主要原因。拥有良好的服务,能对上下游企业具有强烈的吸引力和影响力。这是一种感召的权力。

### 3. 增强企业实力

渠道控制最终取决于企业的实力,而企业的生产规模和市场规模是实力的最终体现。谁的实力强,谁就拥有渠道发言权;谁的规模大,谁就可以修改和制定政策、决策。这属于渠道的强制力。

### 4. 支持中间商发展

厂商通过人、财、物、广告、技术等资源的投入,支持中间商的发展,典型的是宝洁推行的"助销"制度。具体的做法是:向中间商派出专业的销售代表,协助中间商进行营销策划、市场开拓、队伍培训、营业推广以及市场管理,同时提供必要的市场费用的支持。其主要目的在于通过帮助中间商,进而影响中间商,达到控制中间商和终端的效果。该方式的主要特点是:通过输出培训、参与策划以控制理念,实现文化控制;通过参与市场开发和管理,实现过程控制。

### 5. 有效地激励

渠道激励实质上是渠道利益的再分配,它是利用对渠道资源的掌握及分配,来调节渠道成员之间的关系。激励包括物质激励和精神激励,如授予独家经营权、提供专业培训、参与公司决策、额外价格优惠、年终销售返利、市场费用支持以及提供产品赊销等,都属于有效的激励手段。

厂商如果拥有了这些资源,就会获得强大的支配渠道、调节渠道关系的合法权利,这是一种最有效的权力。厂商应该合理、有效地使用这些资源,但切忌不可滥用这种权力,应兼顾个体和全局、现在和将来,还要考虑成本和效益的因素。厂商应根据自己的战略目标、资源状况、产品特点、竞争态势等做出适宜的选择。

### ○ 任务演练

#### 分销渠道控制情况调查

**调查目的:**帮助学生体会和了解企业在实际渠道控制中的方法与手段。

**调查方法:**课余时间找一家在行业里具有一定规模和实力的企业进行调研访谈,了解该企业是通过什么手段和方法对渠道成员进行控制的。

**调查组织:**组成学习小组,每组5~6人,推选一名组长。

调查结果：各小组上交调查报告并进行课堂展示。

 **学习任务5.3　分销渠道冲突处理**

## ◎ 成果展示与分析

### 两个经典渠道冲突案例

**1. 济南七商场联合拒售长虹彩电**

1998年3月，乍暖还寒，济南商界被一颗重磅炸弹掀起了一阵轩然大波，七家大商场联合拒售长虹彩电。

至于事情原因，商场和厂家各有各的说法。商场说，长虹产品质量差、售后服务跟不上，严重影响了商场声誉，拖累了商场的收益；长虹说，我们产品的质量和服务是全国一流的，有很高的市场占有率。

事件真正的原因是长虹对济南地区的各个经销商的"政策"不同，其销售政策使这七家商场只能享受到微利。商家与长虹交涉未果，所以出现了这一连串行为。

尽管长虹及时采取了应对措施，但其品牌受到了严重损害：很多消费者听信了商家关于事实真相的说法，在持续近一个月的时间里不去购买长虹彩电。

长虹与济南七家商场的纷争，在销售活动中并不罕见。对于厂家而言，伴随着商场渠道地位的上升，在合作的同时，矛盾也随之而来。双方都有一肚子怨气，遇到事儿就互相指责，都能找到一大堆对方的"不是"。究其原因，不外乎以下几点：涉及的是最敏感又最复杂的利益关系；市场越来越难做；厂家和商家在各项费用飙升的同时，经营风险急剧增加；厂家和商家都抱着将风险转嫁给对方的念头。如此种种，厂家和商家怎能不短兵相接？厂家和商家之间的冲突主要表现在：一些商家抓住厂家指望借助其金字招牌扩大销售的心理，对厂家实行迫其供货、卖不掉就退货的代销方式，对进店的供货商索要各种赞助费、保证金、店庆费、促销费等名目繁多的费用。商家普遍拖欠厂家的资金，尤其是大商场，往往以货款要挟厂家，迫使厂家不得不就范。厂家在忍受"店大欺人"的同时，采取"两条腿走路"的策略：一方面，依托商家打开市场；另一方面，着手营造自己的销售网络，一旦羽翼丰满，则断然抛开商家，切断合作关系。

**2. 天津十大商场联合抵制北京国美公司天津公司开业事件**

1999年8月，天津十大商场联合抵制北京国美公司天津公司开业。长虹、康佳、TCL等七家国内彩电企业以极其矛盾的心态卷入其中，同各大商场签订了一项被戏称为"卖身契"的会议纪要。

与会各电视机生产厂家天津分公司或办事处不再与国美电器公司发生业务往来，各厂家有责任采取果断措施，坚决制止北京或其他地区货源流入天津。

由于国美电器公司尚有部分库存，或由于制止不力使得其他地区货源继续流入天津，厂家同意以国美在公众媒体上的广告价格作为十大商场的零售价，厂家以此价格下浮3%，作为对十大商场的供价。

十大商场承诺,对于履行以上内容的厂家,将竭尽全力保证其销售总量和市场占有率不因此而下降,并且在最短的时间内,按厂家的销售政策恢复市场秩序。

十大商场之所以采取联合抵制行动,关键是害怕国美电器公司一贯的低价策略会对天津市场产生重大冲击。事件的发生,正是应了"同行是冤家"的古训。随着商场竞争的日益激烈,大商场逐渐进入"微利"时代。为维持市场份额,各大商场不得不进行"价格自律",划分"势力范围",以免两败俱伤。新进入者若不遵守既定的"行业规则",打破平衡,势必会遭到扼杀。商场与商场之间的"恶斗",对厂家是极其不利的,增大了进入市场的难度。一旦卷入,有可能大大损害厂家声誉,增大了谈判的难度,增加了销售成本,减少了销售利润。

资料来源:朱玉童. 渠道冲突的基本类型. http://www.emkt.com.cn/article/147/14753.html

如果渠道设计不合理或者旧有渠道结构在新市场条件下不能良好运作,渠道成员会因此产生不满情绪、激烈对抗,甚至出现消极怠工、渠道中的各个环节独立运作、各自为政等不良后果。这种冲突和矛盾使厂商痛苦、困惑,也会形成不同的态度和做法,有的听任冲突,有的害怕冲突,有的能够有效利用冲突。

冲突是渠道运作的常态,不少企业对渠道冲突往往重视不够,缺乏相应的渠道冲突协调机制。对渠道冲突认识不深,往往会消极防范或仓促应对,导致更多的矛盾产生。因此应早做准备,对冲突的来龙去脉、基本类型及活动特点认真地研究,思考如何规避或有效利用冲突。

## ● 知识储备

### 5.3.1 认识渠道冲突

渠道冲突是指渠道成员之间因为利益关系产生的各种矛盾和不协调。例如,冷战、要挟、拖欠、讲条件、窜货、价格混乱等。

分销渠道冲突只是利益冲突。商界推崇没有永远的敌人,只有永远的利益。各种各样的渠道冲突最终归结为一点,那就是利益的分配和对利益的追求。例如,厂商与经销商冲突的原因见表5-4。

表5-4 厂商与经销商冲突的原因

| 厂商的想法 | 经销商的想法 |
| --- | --- |
| 利用经销商的资金和库存 | 较长的回款期限 |
| 与经销商的长期合作关系 | 厂商的市场支持 |
| 充分利用经销商的网络 | 厂商的人员支持 |
| 经销商的运输与服务能力 | 厂商的运输服务支持 |
| 经销商承受较高的售价 | 较大的赢利空间 |
| 经销商关注本企业的品牌 | 能否独家经销 |

渠道冲突在实际中具体表现为以下几种类型。

**1. 价格问题**

各级渠道价差常常是渠道冲突的诱因。厂商常抱怨分销商的销售价格过高或过低,从而影响其产品形象与定位;而分销商抱怨厂商给自己的价格无利可图。折扣是渠道政策中比较常用的一种,厂商总是希望尽可能地实现自己的利润目标,只给分销商较低的折扣率;而分销商也要求利润最大化,因而要求厂商给予更优惠的条件和更高的折扣率。双方互相提出各自要求,冲突由此产生。

### 2. 存货水平

由于季节性原因,厂商产品的销售往往存在淡旺季的问题。在旺季时,分销商往往要求大量供货,提供供货保证,缩短供货周期,以防止产品的"脱销";而在淡季时,厂商往往要求分销商多囤货,但此时分销商则不愿意投入资金进行大量存货,而希望将资金投入其他热销产品的经营中,以获取更大的利润。厂商与分销商之间的冲突也由此产生。

### 3. 销售回款

在渠道管理中,厂商往往希望分销商尽快回款,以加快资金的周转,同时缓解厂商的资金压力;而分销商则希望尽量延期付款,最好等到下一级分销商回款之后再付款,以使自己承担的风险最低。通常的情况是,厂商的分销商都是在支付定金或完全靠信用的基础上,现行提货,待货物售出后,再付清全部货款;但分销商通常又以同样的方式将货物转让给其他分销商,以此类推,构成了一个很长的回款链,使货款很难及时付清。而且一旦回款链中的某一环节出现了问题,都会把风险转移给厂商,从而使厂商蒙受损失。

### 4. 经营竞品

一方面,厂商显然不希望其分销商同时经营竞争企业同样的产品或产品线;另一方面,分销商却常常希望经营多条产品线,以扩大自己的经营规模,避免受制于厂商。

### 5. 渠道调整

由于市场环境的变化或者厂商分销目标的调整,厂商有时不得不对分销系统进行调整,如对渠道成员进行增加、减少或者更换。增加渠道成员可能会引起现有成员的不满,而减少渠道成员则可能导致渠道忠诚度的降低,从而诱发渠道冲突。

### 6. 渠道控制与反控制

分销渠道中,渠道控制权将最终取决于渠道成员实力的大小。实力相对较大的一方将能够获得对整个渠道的控制权,而处于被控制的一方又会千方百计地增强自身的渠道权力来与之对抗。由于渠道控制与反控制长期存在,决定了渠道冲突的不断出现。

---

## 5.3.2　渠道冲突的处理方法

渠道冲突的处理方法多种多样,大多数渠道中解决问题的方法都或多或少地依赖于权力或影响力。具体包括以下 5 种方法。

### 1. 沟通

同一渠道的成员之间往往由于各自的特殊情况而缺乏相互了解,及时进行沟通有时也难以消除误会。解决方法之一就是成员之间相互派遣管理人员到对方企业工作一段时间,让有关人员亲身体验对方的特殊性。不少厂商的经理经常到经销商那里"蹲点考察",亲身体验经销商的经营方式、管理者的思维方式等。经销商也可以派出自己的管理人员到厂商的销售部门去工作一段时间。当这些人员回来后,就会根据亲身体验,从对方的角度出发考虑有关合作的问题。

**2. 劝说**

从本质上说,劝说是为存在冲突的渠道成员提供沟通机会,强调通过劝说来影响其行为不仅能信息共享,也能减少因职能分工引起的冲突。劝说可以帮助渠道成员解决有关各自的领域、功能和对顾客不同理解的问题。劝说的重要性在于使各自履行自己曾经做出的关于共同目标的承诺。

**3. 谈判**

谈判的目标在于停止成员间的冲突。妥协也许会避免冲突爆发,但不能解决导致冲突的根本原因。只要压力继续存在,终究会导致冲突再次发生。其实,谈判是渠道成员讨价还价的一种方法。在谈判过程中,每个成员会放弃一些东西,从而避免冲突发生。但利用谈判或劝说要看成员的沟通能力。

**4. 诉讼**

冲突有时需要通过政府来解决,诉诸法律就是借助外力来解决问题。对于这种方法的采用也意味着渠道中的影响力没有发挥作用,也会使双方关系彻底走向对立面。

**5. 退出**

当冲突不可协调时,退出是一种可选择的或者说是明智的方法。当然,从现有渠道退出意味着中断与某个或某些渠道成员的合同关系,由此会产生一些负面影响。

## ◉ 任务演练

### 分销渠道冲突案例收集

**实训目的:** 帮助学生体验渠道冲突和矛盾的种种表现。

**实训方法:** 利用图书馆和网络收集渠道冲突的有关资料与案例。

**实训组织:** 组成学习小组,每组5~6人,推选一名组长。

**实训结果:** 各小组整理出一个典型渠道冲突案例并进行课堂展示。

 **学习任务 5.4　分销渠道调整**

## ◉ 成果展示与分析

### 海尔分销渠道的调整和完善

海尔的分销渠道一直围绕着直接的零售终端,并随着加强对零售终端的控制而变化。海尔的分销渠道先后经历 4 个阶段的大调整。

第一阶段(1984—1997年):这一阶段海尔逐步建立以零售为主的销售渠道,同时也形成了一些销售大户。之所以采用这一分销渠道,一方面是缘于海尔的品牌意识和服务观念;另一方面是海尔虽然没有刻意扶植大户,但在发展的过程中需要依靠大户迅速铺货。

第二阶段(1997年):这一阶段海尔开始在二级、三级城市建设专卖店,目的是要在二级、三级以及其以下地区建立自己的零售终端网络,培养品牌忠诚度。

第三阶段(1998—1999年):这一阶段海尔开始抑制大户,其原因是1998年海尔的销售额急剧增长,价格出现了混乱。抑制大户是为了控制价格,同时也为了保护专卖店的发展,并逐渐以专卖店的网络取代大户的网络。

第四阶段(2000年至今):这一阶段海尔公司的组织结构发生了巨大变化,各地营销中心整合为工贸公司。这样调整之后,可以充分利用资源、提高效率,工贸公司可以分担集团营销成本。同时,市场操作更为灵活,对市场的反应更为迅速。

资料来源:郑锐洪. 分销渠道管理. 大连:大连理工大学出版社,2007

建立分销渠道的目的是发挥渠道的功能,实现销售增长。然而,随着营销环境的变化、竞争对手新营销策略的出台、企业自身资源条件的变化等,都会使企业改变现有的分销渠道策略。因而对分销渠道的调整和完善是必不可少的。

## ● 知识储备

分销渠道的调整与完善,一般是在对分销渠道进行评估的基础上来实施的。例如,某家具制造商以往只是通过特许经销商销售其产品,当市场占有率降低以后,该制造商才发现竞争者已经采取了许多创新措施,如:主要品牌通过折扣商店销售;更多的主要家具通过大型邮购商店出售;建筑企业直接向制造商大量采购;越来越多的经销商和竞争者采取挨家挨户访问的方式。该家具制造商必须正视这种变化并重新考虑自己的分销渠道,面对竞争对手的挑战必须调整原有的分销渠道。

### 5.4.1 调整分销渠道的原因

调整分销渠道具体包括以下原因。

#### 1. 现有分销渠道未达到发展的总体要求

现有分销渠道在设计上有误,中间商选择不当、管理不足,都会促使厂家进行渠道调整。如:经销商发生了无可挽回的财务危机;经销商在可接受的时间内无法完成销量和网络建设目标以致影响全盘生意的实施;经销商的合作态度极差,以致无法进行下一步工作;经销商间的冲突无法调解且调整后影响长期生意。

#### 2. 内外部环境发生了变化

当初设计的分销渠道在当时的实际环境中是比较科学的,但企业所处的环境是多变的,在新的环境下,原有的分销渠道就有了调整的必要。因此,企业要定期地、经常地对影响分销渠道的各种因素进行检测、检查和分析。另外,企业若能准确预测和把握某些影响分销渠道变化的因素,则应提前对分销渠道实施调整。

**小思考**:影响企业分销渠道的因素有哪些?

### 3. 企业的发展战略发生了变化

任何分销渠道的设计都围绕着企业的发展战略,企业的发展战略发生了变化,自然也会要求调整分销渠道。

## 5.4.2　调整分销渠道的步骤与方法

### 1. 分销渠道调整的步骤

(1) 分析分销渠道调整的原因,确定这些问题是否是分销渠道调整的必然要求。

(2) 在对分销渠道选择的限制因素研究的基础上重新制定分销渠道目标。

(3) 对现有分销渠道进行评估。如果通过加强管理能够达到新分销渠道目标,则无须建立新分销渠道;反之,则考虑建立新分销渠道的成本与收益。

(4) 分销渠道的调整与改进。企业分销渠道的调整可以从 3 个层次着手。从经营层次看,分销渠道的调整可能涉及增加或删减或剔除某些特定的渠道;从特定市场的规划层次看,其改变也可能涉及增加或删减或剔除某些特定的渠道;从企业系统规划层次看,其改变可能涉及所有市场经营的新方法。

### 2. 分销渠道调整的方法

(1) 调整渠道成员

分销渠道调整的最低层次是对渠道成员的调整,具体包括以下内容。

① 功能调整。即重新分配分销渠道成员所应执行的功能,使之最大限度地发挥自身潜力,从而提高整个渠道的效率。

② 素质调整。即通过提高分销渠道成员的素质和能力来提高分销渠道的效率。素质调整可用培训的方式提高分销渠道的素质水平,也可以采取辅助的方式改善分销渠道成员的素质水平。

③ 数量调整。即增减分销渠道成员的数量以提高分销渠道的效率,具体表现为渠道宽度和长度的调整。

(2) 增减分销渠道

市场环境的变化常常使厂商认识到,只变动渠道成员是不够的,厂商必须要考虑所使用的所有分销渠道能否长期有效地适用于产品目标市场。这是因为,企业分销渠道静止不变时,某一重要地区的购买类型、市场形势往往处于迅速变化中。针对这种情况,可增加或减少某些分销渠道。这是分销渠道调整的较高层次,具体可采用两种方法:一种是对某个分销渠道的目标市场重新定位,现有分销渠道不能将企业产品有效送至目标市场时,首先要考虑的不是将这个分销渠道剔除,而是考虑能否将它用于其他目标市场;另一种是对某个目标市场的分销渠道重新选定,倘若已有的分销渠道不能很好地连接目标市场,就应考虑选择新的分销渠道来占领目标市场。

(3) 调整渠道系统

由于企业自身条件、市场条件、产品条件的变化,原有分销渠道模式已经制约了企业的发展,就有必要对整个分销渠道系统做根本的、实质性的调整。这种调整涉及面广、影响大、执行困难,不仅要突破厂商已有渠道本身的惯性,而且由于涉及利益调整,会遭到某些渠道成员的强烈抵制。这是分销渠道调整的最高层次,应谨慎行事,谋划周全。厂商一般在两种情况下才会对现有渠道模式进行根本调整的决策:一是由于企业整体战略和策略的调整而引起的渠道模式及结构的不适应;二是原有的渠道模式和结构发生重大问题时,无力纠正并无法继续使用。

### 5.4.3　分销渠道调整的方向和措施

为了适应市场变化的需要,整个渠道系统或部分渠道必须随时在评估的基础上加以调整和完善。当然,这种调整和完善是相互的:一方面,要尊重经销商的选择;另一方面,厂商可以和经销商按股份制原则结成更紧密的关系。

在调整过程中,要注意处理好企业内部营销人员和经销商之间的感情与利益关系,防止出现较大的负面影响,尤其要注意避免负激励,将经销商推向竞争对手的情况。由于经销商在分销过程中不可忽视的作用决定了厂商必须充分考虑经销商的利益,以谋求长久的合作。

厂商在调整与完善自身分销渠道的过程中,可以从以下方向采取措施。

**1. 关注顾客满意度**

面对不满的顾客,企业应找出使顾客满意的关键驱动因素,投资于那些给顾客带来实际效益而成本较低的渠道。戴尔正是由于有了从缺乏计算机知识的经销商处购买计算机的不愉快经历后,创造了计算机直销法,开创了个人计算机的神话。

**2. 开发新渠道**

新兴的分销渠道会带来全新的顾客期望,并且会重新定义成本和服务标准。如在消费品行业,仓储式大型超市重新划定了规模和价格关系,从而获得了传统零售不可比拟的优势。所以厂商应定期全面评估现有的可替换的渠道,以开发利用新渠道,服务新的细分市场。

**3. 填补市场空白**

各个分销渠道趋向于服务各个不同的细分市场,如果厂商没有使用其中一种分销渠道,便可能错过整个细分市场。所以厂商可在不冲击主要旧渠道的基础上引进新渠道,填补市场空白。

**4. 重组渠道**

成功的厂商往往在提高内部管理水平的同时,也积极维护整个分销系统的竞争力。由于渠道成本受规模成本影响,企业可通过鼓励经销商整合来加强网络系统,取得成本优势。此外,那些向优秀经销商提供优惠政策的渠道优化重组法也可以提升整个渠道的经济性。

### ◉ 任务演练

#### 分销渠道调整案例收集

**实训目的**:帮助学生体验理解分销渠道不是一成不变的,应随着企业内外部环境的变化而做出适当的调整。

**实训方法**:利用图书馆和网络收集渠道调整的有关资料和案例。

实训组织:组成学习小组,每组5~6人,推选一名组长。

实训结果:各小组整理出一个典型渠道调整案例并进行课堂展示。

## ✔ 重点概括

分销渠道建设与管理是销售经理最主要的职责之一,不同企业、不同产品以及企业发展的不同历史时期有着不同的渠道模式和结构,分销渠道管理的重点也有很大的区别。

分销渠道设计是渠道建设与管理的基础,它是一个系统工程。在实际建设中需要综合考虑各种影响因素,严格按照明确渠道建设目标、确定渠道模式结构、分配渠道任务和选择渠道成员的分销渠道建设程序进行分销渠道设计,同时还应注意客观地对所设计或者已有的渠道进行科学的评估。

不论是生产制造商还是中间商都希望在渠道链条中居于主导地位,而能否争取到主导位置则取决于自己对渠道的控制力。对于销售经理来说,必须充分认识影响渠道控制力的各种因素,掌握并灵活应用增强自身渠道控制力的各种手段和途径。

因渠道设计和决策或者现有渠道不适应新的发生了变化的环境都会导致渠道成员产生不满情绪,形成与厂商的冲突和矛盾,直接影响渠道的持续稳定。如何以正确的态度对待冲突、全面认识导致冲突的原因、有效地解决渠道冲突是渠道管理又一必须长期关注的工作和任务。

建立分销渠道的目的是为了发挥渠道的功能,实现销售增长。然而,随着营销环境的变化、竞争对手新营销策略的出台、企业自身资源条件的变化等,都会使企业改变现有的分销渠道策略。因而对分销渠道的调整和完善是必不可少的。

## ✔ 综合实训

实训项目:客户联谊会活动方案设计。

实训内容:你所负责的区域市场本年度取得了辉煌的成绩,公司建议可采取各种形式答谢客户,请以小组的形式设计客户联谊会活动方案并对活动方案进行说明和展示。

实训成绩:任课教师(领导)根据各小组的方案以及方案展示情况进行评分(见表5-5)。

附:客户联谊会活动方案模板

一、策划背景

二、活动方式

1. 活动目的:

2. 活动主题:

3. 活动时间:

4. 活动地点:

5. 参加人员:

三、活动内容

四、前期准备

1. 内部组织:

2. 外部联系:

五、费用预算

1. 物品费用:(计　元)。

2. 人员费用:(计　元)。

3. 晚餐费用:(计　元)。

4. 费用合计:(计　元)。

六、注意事项

表5-5　实训课业成绩考核表　　　课业名称:《客户联谊会组织方案》

| 课业评估指标(分) | 课业评估标准 | 分项成绩 |
|---|---|---|
| 1. 活动背景∑30 | (1) 客户现状分析<br>(2) 客户需求分析 | |
| 2. 活动内容∑20 | (1) 客户联谊<br>(2) 客户激励 | |
| 3. 活动方式∑20 | (1) 活动主题<br>(2) 活动时间与地点<br>(3) 参加人员 | |
| 4. 费用预算∑10 | 各种费用安排合理有据 | |
| 5. 方案的规范性∑20 | (1) 格式的规范性<br>(2) 内容的完整性、科学性<br>(3) 结构的合理性<br>(4) 文理的通顺性 | |
| 总成绩∑100(分) | | |

| 教师评语 | | 签名:<br>年　月　日 |
|---|---|---|
| 学生意见 | | 签名:<br>年　月　日 |

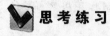 **思考练习**

## 冲突处理技能训练

在销售经理的成长过程中,经常会遇到许多需要避免或化解冲突的情形。许多销售经理就是通过总结自己的人生经验,确立起自己处理工作冲突的办法。一个合格的销售经理要能够面对不同的冲突情况,采取不同的处理办法。

充分了解工作冲突的性质及其产生原因,以及能够采取十分恰当的方法来避免或解决冲突,对于任何负有管理责任的人来说都是非常重要的。

该项训练的目的是帮助销售经理分析工作中面临冲突的性质,产生这些冲突的主要原因,以及如何处理这些冲突等。

该项活动分成三部分：A 部分要求每个学员根据个人的情况做单独回答；在 B 部分中，要求同其他小组学员一起讨论工作冲突问题，并一起"分享"自己在 A 部分中的观点；最后，再单独完成 C 部分。

**A 部分**

结合表 5-6 完成下列工作。注意在这一步中，不要与他人进行讨论。

在 I 栏中，列举出自己的工作学习中经常打交道的"人"或"人的类型"。

在 II 栏中，填写自己易与什么样的人发生什么样的冲突。你觉得产生这些冲突的原因是什么？如果你觉得你与某些人没有（或不会）发生冲突，这一栏中的相应位置可以不用填写。

在 III 栏中，写出你处理该项冲突采取的各种措施，冲突的另一方采取的措施，其他与冲突"无关"的人采取的措施等（越具体越好）。

在 IV 栏中，针对每一种冲突分析受益、受损情况。你受益了？与你冲突的另一方受益了？冲突双方都受益了？双方都受损了？

表 5-6　工作冲突分析研究表

| I．你工作中常打交道的人（或"人的类型"） | |
| --- | --- |
| II．冲突情况（包括冲突的内容及产生冲突的原因） | |
| III．冲突的处理办法 | |
| IV．冲突的利弊分析（受益/受损分析） | |

**B 部分**

小组成员共同完成下列题目：

以小组的形式，总结、分析冲突产生的主要原因。首先要对所有小组成员在表 5-6 中第 II 栏填写的内容进行必要的概括总结；然后比较小组成员在工作冲突经历上的相同之处与不同之处。

通过小组讨论，找出处理冲突的主要措施。要具体说明冲突双方应该做些什么？其他相关人员应该做些什么？

通过小组讨论，更重要的是明确如何才能避免类似冲突的发生，而不是冲突发生后再想办法去处理。谈谈你的亲身感受。

最后，通过对 A 部分的分析，进一步讨论工作冲突的利弊情况。它有哪些积极影响，有哪些消极作用？

**C 部分**

该部分须由学员单独完成。首先请回答下面这个问题。

对冲突进行分析和研究后，如果你在今后工作中再遇到类似的冲突，你能保证比过去处理得更好一些吗？

如果回答"能"，继续回答下面的问题"1"，如果回答"不能"，请回答下面的问题"2"。

针对你觉得"今后若遇到类似的冲突，你会处理得更好"的工作冲突，回答下列问题。

(1)"我"真正理解这些冲突产生的原因吗？

(2)"我"和其他人应采取什么措施来防止这些冲突发生？

（3）如果这些冲突发生了，"我"和其他人又该采取什么解决办法？（回答得越具体越好。）

分析你所处的工作环境，分析其他员工之间及你与其他员工之间可能产生的各种冲突情况。尽量寻求一些具体措施，以避免或有效处理这些工作冲突。

选择一个所发生的生活或工作中的一个冲突，谈谈原先你是如何认识以及如何处理冲突的，经过以上训练后，你又是如何重新认识的？你现在希望选择的处理方式是什么？

# 项目六

*Xiangmu liu*

# 货品管理

**知识目标**

掌握订单管理、发货管理、退货管理的主要内容;了解终端管理的常见问题;掌握终端管理的主要内容;正确认识和理解窜货的含义;了解窜货的原因和治理窜货的方法。

**技能目标**

能介绍订单报价和订单管理的流程;能介绍发货的流程;能介绍退货的流程和管理要点;能分析终端管理的问题并能提供相应的解决方案;能分析窜货的原因并能提供解决问题的对策。

**训练路径**

实地调查;案例分析。

**教学建议**

理论课做简要介绍;必要时结合合作企业进行流程认知;提前通知,准备好资料并提出训练要求。

 学习任务6.1 订单、发货和退货管理

## ● 成果展示与分析

### 日本7-11的货品管理

日本7-11便利连锁店(以下简称日本7-11)于1973年创立,至1975年已发展到近100家店铺,稳定的供货厂商有70多家。但此时有这样一些问题:首先,各加盟店在通过电话向供货厂家订货时,一旦碰到电话占线或线路问题,只能等待,眼睁睁地看着时间流逝,错失市场机遇;其次,由于电话订货的口头性和随意性,往往造成订货差错或失误;最后,厂家接到订货电话后,还要填写订货单、发货单、商品书等各种单据,再进行配送,手续极其烦琐。因此,这种传统的、落后的订货方式已成为限制企业发展壮大的一个瓶颈。

1978年上半年,日本7-11对订货管理做了第一次改革。它们按商品划分,做成不同的订货卡片,发给各店铺老板。店铺老板在需要订货时,分别在不同的订货卡片上填写订货数量,然后贴在当天的订货单上,每天有专人将这些订货单收回交给地区管理人员。地区管理人员再将这些订货单输入到总部的计算机中进行分类,然后把每一种商品集中起来向生产厂家发出订货单,或者是由生产厂家派人到 7-11 总部来取订单。这样做大大降低了电话口头订货的失误,也缩短了订货时间。

初步的改革虽然在一定程度上提高了订货效率,但仍然存在不合理之处,这就是每天要派专人到各店铺收集订货单并交给地区管理人员。这种劳动不但浪费时间和人力,更重要的是不利于及早向各店铺供货和补货,影响了商店的经营效益。为此,日本 7-11 在 1978 年下半年对供货管理进行了第二次改革。具体做法是:各店铺老板用扫描器对含有订货品种、订货数量、生产企业等信息的条形码进行扫描,将信息输入终端,并通过电话线把数据传输到 7-11 总部的主机上。总部对各店铺传送来的订货信息进行汇总,做成商品订单,邮寄给生产厂家或由生产厂家派人到总部来取。这次改革使各店铺与总部之间的订货作业实现了自动化、网络化,大大提高了作业效率。

1979 年,日本政府解除了禁止企业之间建立网络的规定,这为 7-11 进一步改进订货管理创造了必要条件。日本 7-11 委托日本野村计算机系统公司开发了专用信息网络,该网络将全国市场划分为 5 个地区管理部,每个部配备 NEC-N4700 计算机。各加盟店通过电话线将订货信息传输给地区管理部;地区管理部汇总本地区的订货信息后通过专用回线(LAN)传输给7-11总部;总部在进行汇总后将订货信息通过信息网络直接传送给各生产厂家,从而使全部订货业务实现了网络化。这样一来,日本 7-11 总部再也没有必要把商品订单邮寄给生产厂家,或等待各生产厂家派人到 7-11 总部将订单取回,大大缩短了订货时间,增强了加盟店的市场快速反应能力,从而为 7-11 便利店的迅速发展创造了一个重要的条件。

1981 年以后,日本 7-11 的销售额和利润额增长速度开始放慢,主要原因是各加盟店盲目订货,造成库存商品积压。为了解决这个问题,7-11 导入了 POS 机系统,具体做法是:每个店铺设有两台 POS 机,都带有扫描装置,它可以用来记录销售数据。POS 机数据每周在7-11总部汇总一次,总部对销售数据进行分析,分析内容包括店铺商品库存一览表、各种商品的销售额、利润额、销售动向等。总部将这些内容打印出来,各店铺派专人去取,为下一周各店铺进货决策提供参考。如此一来,各店铺进货有了针对性,减少了盲目性,库存积压商品大为减少,为畅销商品的快进快出创造了条件。

20 世纪 80 年代中期,日本 7-11 的 POS 机系统又暴露出了新的问题,主要是 POS 机数据分析内容各店要派专人去取,延误了时间;另外,对 POS 机数据进行分析需要将近一周的时间,而一周以前的销售数据对各店经营的指导作用无疑已经大为降低。为了解决这个问题,日本7-11引进了更先进的双向 POS 机。双向 POS 机由总部的一台主 POS 机和两台子 POS 机组成,主 POS 机与各店铺 POS 机实现了联网,各店 POS 机上得到的销售数据立刻能在总部的主POS 机上反映出来;另外,主 POS 机与各店铺的 POS 机能够双向沟通,及时把总部对销售数据的分析内容传送给各分店,从而提高了对各店铺进货管理的指导能力。

日本 7-11 经过一次次对订货管理的渐进式改革,销售业绩明显提高。1974 年它的销售额为 7 亿日元,到 1980 年达到 1 536 亿日元,1999 年竟达到 19 640 亿日元,26 年间销售额增长倍数为 2 805 倍。之所以能取得如此业绩,不断深化对订货管理的改革力度是一个重要的原因。

资料来源:马绝尘. 日本 7-11 便利连锁店的订货管理. http://www.lingshou.com/www/7-eleven/7-eleven_operation/06111332234.html

订单管理是销售管理的一项重要内容,订单管理效率的高低直接影响了销售业绩,越来越多的企业开始关注订单管理,并通过订单管理的不断改革来提高销量,案例中的日本著名零售商 7－11 便是如此。早在 20 世纪 70 年代,7－11 便开始进行订单管理改革,每次的改革都提高了效率,增加了销量。从 7－11 的改革中也可以看到,随着电子信息技术的不断发展,订单管理也随之逐步信息化,企业对订单管理的改革也会一直持续下去。

## ● 知识储备

### 6.1.1 订单管理

订单是联系客户与公司的纽带,处理订单就是跟客户打交道。订单管理是客户关系管理的有效延伸,能更好地把个性化、差异化服务有机地融入客户管理中去,能推动经济效益和客户满意度的提升。订单供货的目的,是品牌能让客户自由选择,货源安排做到公开透明,产品能更加适应和满足消费者的需要。

订单管理流程是指企业日常运作中整个"订单到现金"循环中的主要职能,包括收到并验证订单、将订单分解为几个部件、生产这些部件、组装部件后发货、开具发票、收到货款。这些活动有些是手工执行的,有些是自动执行的,涉及多个系统。一般来说,订单管理流程分为两大类:"存货生产方式"的订单管理流程和"订货生产方式"的订单管理流程。

**1. "存货生产方式"的订单管理流程**

存货生产方式是在市场预测的基础上组织生产,产品有一定的库存。交货期限在这里不是主要的,其关键是控制好投入量和产出量,以防止产品积压和脱销。因此,市场调查与预测对存货生产企业来说十分重要,销售职能的业务工作范围也较广。市场营销不仅是这类企业的基本职能,而且是日常生产经营管理的"龙头"。

多数企业的订单管理流程属于存货生产方式,它是指依靠市场预测来确定订单的需求量,从而决定产品的生产量的产销方式。采用该方式,重点在于销售预测的能力和准确性。营业部要借销售预测的判断,将尽可能的销售量给生产部门,生产部门根据该预测值来安排采购与生产工作。在实际作业时,每个月的实际销售量会与预测销售量有所出入。根据销售资料分析,研究何种产品会畅销、滞销,双方再召开产销协调会以定期检讨。必须迅速、精确地把对销售分析,转为未来预测的销售量,再交由生产部门加以生产。由此可见营销部门在存货生产方式中扮演着重要角色。

公司可作年度营业预算,即在前一年的 10 月份左右,做下一年的销售预算,决定出各个月份的产品销售量,再决定各期的生产预算、原料采购预算、人工成本预算、制造费用预算及销售费用预算。有了年度的营业预算后,计划部门应随时注意市场的需求,了解消费者的喜好信息,制定营销策略,同时也告知生产单位有关需求量的预测。企划人员一定要核查生产单位各项产品的库存量,若有较多的产品,有必要做促销活动来吸引消费者,扩大销售量,使库存货品能流通。

**2. "订货生产方式"的订单管理流程**

订货生产方式是根据用户提出的具体订货要求后,才开始组织生产,进行设计、供应、制造、出厂等工作。生产出来的成品在品种规格、数量、质量和交货期等方面是各不相同的,并按合同规定按时向用户交货,成品库存甚少。因此,生产管理的重点是抓"交货期",按"期"组织生产过程各环节的衔接平衡,保证如期实现。著名企业戴尔公司采用的就是这种订单管理流程。订货生产方式订单管理流程包括以下步骤。

(1) 业务单位在同意客户订单之前,必须获得生产部门的确认。该项基本原则是订货生产方式承接订单,与存货生产方式的营运方式大不相同。

(2) 业务单位获得客户的订单样品和询价单价,并将样品交由研究设计部门设计打样。

(3) 业务部根据制作完成的产品样品,与生产部门讨论制造流程及可能需要的生产日程后,拟定样品成本分析报告,呈报总经理核准。

(4) 业务部将制作完成的产品样品及设计图样交与客户,由其认可并商议交货期,此为产品特性获得客户同意的确认行动。

(5) 客户同意交期,并同意接受制成的样品,则由业务单位准备报价工作。

(6) 客户若不接受样品,则由设计部门依据客户意见,再予以修改。

(7) 若客户不同意交期,则由业务部与生产部及实际生产作业单位研究后,再与客户洽谈。制定交货期,必须协调客户需求与工厂生产能力。

(8) 客户同意样品及交货期后,业务部门根据样品成本分析报告,再加计运费、保险费、各项费用及预期利润,订出售价,并列表呈报总经理核准。

(9) 总经理同意并签准后,由业务部负责向客户报价。

(10) 若客户接受报价,业务部接到客户正式订单后,首先检查订单的各项条件齐全与否,订单内容是否清楚,若有涂改应盖章注记。

实行订货生产方式的订单管理流程时,生产单位应翔实地提供每月的标准产量和生产计划,供业务单位确实了解与掌握厂内生产负荷状况,作为接单依据。而业务单位在与客户谈判时,亦应考虑公司目前的生产状况及未来负荷情形,尽量争取最有利条件,避免现场生产变动过于剧烈,影响现场作业士气。

由业务部门统筹负责订单的汇整与编排作业,并定期开会,以订单的重要性与紧迫性决定交货优先顺序,避免每位业务员到现场催促。因为这不仅会打乱生产流程,而且会使现场作业人员无所适从。生产单位排定生产计划后,应依平均插单的多寡预留部分生产能力,并在生产计划表上体现出来,以便参考,避免紧急插单带来换线频繁的困扰。产销协调会议应每周至少召开一次,由总经理或厂长主持,参加人员为生产主管、营销主管、仓库主任和现场主管。在会议中决定订单的详细安排计划,应先由生产主管与仓库主管提出预定的计划以及备料情况,然后经由讨论决定短期内预定投入生产的项目。而经过会议决定的计划安排,应规定现场各班组确实按时完成,不得无故擅自变更。

为使计划能顺利执行,应于每日下班前或后召开生产检讨会,将当日生产数量及异常现象予以检讨,以决定加班时间、人手调派或外包措施。此外,亦可针对次日生产订单的备料及其他准备事宜先做协调。

## 6.1.2　发货管理

发货就是商品交运,是指企业将生产的产品交到客户手中的过程。对发货进行管理,就是保证将公司产品能及时、准确、安全、经济地运送到目的地,这将直接影响顾客满意度,决定了货款能否按时全额收回。一般来说,发货管理的流程包括以下步骤。

**1. 出库业务管理**

(1) 根据客户服务科开出的商品划码单,按其所列的商品名称、规格、数量和时间、地点等项目,组织商品出库配货、复检、提货、发货、清理、销账等作业。

(2) 详细核对出库凭证,若发现错误或有疑问,要及时同有关部门联系,核对无误后,迅速备齐货品,同时要调整账卡,核销存货,并同有关单证交核对员进行一次复核。

(3) 复核无误后通知打包组长提货,打包组长依据提货填写打包记录,凭提货联签字确认提货,运交打包员进行运输包装。

(4) 仓库员凭提货联处理计算机数据。

**2. 运输管理**

(1) 打包人员对出库商品进行复核装箱、封包、填写店名,并按划分片区存放包装的货品。

(2) 发货员复核整理打包记录,填写发货清单,在外包装上详细写明发货地址、电话及取货人,并通知装车发货。

(3) 核单员依据发货清单核对件数,记录货物装车过磅重量,与司机办理交接手续,复印发货清单递交储运中心主任。

(4) 司机按公司规定的运输路线与运输方式,办理托运手续,取回运单及有关凭证,交储运科长审核签字报销。

(5) 发生运输事故后,及时向承运单位提出索赔。

## 6.1.3　退货管理

退货管理指运送业对货件退回的管理,例如收货人拒收的货件、不明货件等,成为库存货件。另外指收货人向供货商要求退货。运送业替供货商向收货人取货,再加以处理,以后再配送给收货人或送回供货商。退货为逆向物流的一种。退货确实影响了企业利润,但也应该看到,良好规范的退货制度也是企业提供给客户的一种服务,有助于提高企业的竞争力。

对于退货的解决办法主要有:派员修理、返工、就地调拨、退换、减价、赔偿、补偿、退货等,根据产生的原因和实际情况分别对待。但当即不必明确答复,待向授权的领导报告、批准后再向客户做出明确的答复和相应的安排。

在与客户协商处理的同时,应查明发生退货的责任应由谁承担,并根据退货损失程度,确定相关责任者的经济责任承担额度。对属于客户自身责任造成的退货,应坚持原则、耐心向客户做出解释。如客户要求帮助,应提出和落实费用负担问题,而后应予以提供切实的帮助。对属于厂家责任造成的退货,除应向客户致歉外,还应将退货返回,入库另放,安排检测返工。

在退货过程中,必须坚持按有关程序规定与有关手续办事,不能造成混乱。应定期对退货问题进行分析,从中找出普遍规律,并研究出改进与防范的措施。

不同企业退货管理的流程也各不相同,以某服装企业为例,其退货管理包括以下流程。

（1）客户服务主管递交退货通知单，退货仓主管签字安排司机取回货品。

（2）理货员拆包、整理、点数、记录，与随货清单核对，有误则通知客户服务主管处理；相符则通知质检员把好退货检验关。

（3）检验合格同意退仓，检验员签字确认，然后理货员分别整理运送到整烫车间整烫，整烫后随退仓清单整理运达仓库。

（4）检验不合格填写退货异常情况反馈表，递送客户服务主管，客户服务主管将表呈报总经理审批，同时征求客户意见。

（5）客户同意货品随单入次品库，客户不同意货品返回客户。

（6）仓库主管通知商务部开单入账。

## ◉ 任务演练

### 企业订单、发货与退货管理情况调查

**调查目的**：对现实企业在订单、发货和退货管理方面有一个初步和感性的认识和了解；能够根据掌握的资料绘制订单、发货与退货流程图；能够根据所学知识对实际情况进行分析，找出其中存在的问题。

**调查方法**：访谈调查、资料搜集。

**调查组织**：按每组5~6人组成学习小组，每组深入一家企业走访调查，完成调查报告。

**调查结果**：各小组撰写调查报告，派代表进行课堂发言。

 **学习任务6.2  终端管理**

## ◉ 成果展示与分析

### 可口可乐的"金字塔"计划

没有终端的支持，再好的产品也不会自动进入到消费者手中。可口可乐把自身围绕着终端的那些可以控制和影响的基础工作，所建立起来的一系列运作规范，执行标准和管理考核系统，称之为"金字塔计划"。"金字塔计划"是可口可乐的销售队伍所运用的一种系统的终端管理模式，被喻为可口可乐制胜终端的营销"秘籍"。可口可乐把100多年来在业务经营中被证实是行之有效的各种实践，通过简化并浓缩成了"金字塔计划"的若干模块，其中产品质量为"金字塔计划"的基础，其次是铺货率、品牌/包装、零售价格管理、产品陈列、冷饮管理、广告用品和促销活动等。

**金字塔第一层：产品质量**

可口可乐认为：产品质量是组成"金字塔"塔基的第一部分，也是"金字塔"中最重要的一部分，没有产品质量一切都无从谈起。产品质量是可口可乐公司的生命线，销售人员是维护产品质量的最后一道防线。所以，在零售终端上，要确保可口可乐产品最新鲜、最完美地展现在消费者面前。

### 金字塔第二层:铺货率

"买得到"是可口可乐的基本策略之一,"随手可得"是可口可乐的铺货目标。可口可乐认为:假如在某一个终端内,因为没有消费者所需要的品牌/包装产品,在失去这一次销售机会的同时也大大降低了消费者对本品牌的忠诚度。因此,铺货并随时随地向消费者提供他们所需的品牌和包装是可口可乐公司实现一切市场目标的基础。

### 金字塔第三层:品牌/包装

品牌/包装是可口可乐营销"金字塔"的第三层塔基。因为消费者在不同的分销渠道,其饮用习惯和购买心理是不同的。所以可口可乐会根据不同分销渠道的特点,以及消费者在渠道的购买特征,来制定在某一特定渠道的品牌/包装决策。

### 金字塔第四层:零售价格管理

正是由于"买得起"是可口可乐的基本价格策略,"物超所值"是其价格策略的目标。所以可口可乐的销售人员对终端零售价格的控制是其工作中的重要环节。要确保零售价格的稳定、统一、具有竞争力,销售人员要做到以下几点。

(1) 在终端所有售卖的产品,必须要有明显的价格标示。

(2) 宣传介绍公司的建议零售价格。

(3) 及时向销售主管反映价格问题,并提出建设性的解决办法。

### 金字塔第五层:产品陈列

在终端,可口可乐产品陈列包括以下 8 项基本原则。

(1) 同类产品集中摆放。可口可乐公司的产品分为几大类:碳酸饮料、水饮料、果汁饮料、茶饮料。这样就要求每一类的产品均与同类在一起陈列,不能跨类别陈列。

(2) 同一品牌垂直陈列,包装由轻到重。可口可乐与可口可乐垂直对齐陈列,雪碧同雪碧对齐、芬达与芬达对齐,其他品牌以此类推,同时按包装容量的大小,由轻到重摆放。

(3) 同一包装平行陈列。同种材质的包装平行陈列,不可混合排放。例如 PET 只能同PET 共同陈列,而不允许和 CAN 摆放在一起。

(4) 中文商标面向消费者。有促销图案的包装,中文商标和促销图案间隔摆放面向消费者。

(5) 产品需陈列在终端最明显的位置,消费者最易见到的地方。

(6) 终端内,在饮料区以外至少有一个多点陈列。即跨区陈列,以提高被购买的比率和消费者购物的方便性。

(7) 要有明显的价格标识。

(8) 做到产品循环,先进先出。过期产品须立即收回。

通过实施标准化的产品陈列,可以影响消费者更多地购买可口可乐产品,塑造良好的终端形象,并且杜绝断货,加快存货周转,提高客户的销售业绩,从而产生一举数得的益处。

### 金字塔第六层:冷饮管理

可口可乐公司准备了多种冷饮设备供客户使用,从而确保消费者在终端上购买到冰冻的可口可乐产品。

1. 冷饮设备的类型及特点

可口可乐公司的冷饮设备主要包括:玻璃门展示柜、水冷柜(水循环制冷)、保温箱、现调机四类。

2. 冷饮设备的投放

（1）选择合适的客户。

（2）冷饮设备的摆放。

（3）不同分销渠道的设备投放类型。

3. 冷饮设备的生动化管理

销售人员对摆放在公司冷饮设备内的产品,也必须按照可口可乐公司的生动化标准进行产品陈列。

**金字塔第七层:广告用品**

可口可乐在终端的广告用品主要包括:商标(品牌贴纸)、海报、价格牌、促销牌、冷饮设备贴纸,以及餐牌等。在终端内充分合理地利用广告用品,正确地向消费者传递产品信息,可以有效地刺激消费者的购买欲望,从而建立品牌的良好形象。

**金字塔第八层:促销活动**

可口可乐公司要求销售人员要帮助客户把消费者拉到售点内,终端促销活动的正确实施是终端管理非常重要的一环,因此销售人员在终端内执行促销活动时要遵守以下基本原则。

（1）促销开始之前:要与终端客户沟通,并确认促销活动的各项细节,以保证活动实施;保证所有促销品牌和包装按时铺货上架和陈列;向促销员说明促销活动的方法、时间和奖励办法等。

（2）促销活动实施期间:必须明确标示产品价格,且显眼醒目;及时向销售主管反馈促销执行情况和存在的问题;正确传达促销信息,广告用品必须根据要求张贴、摆放、悬挂在终端客流最大且显眼的位置;扩大产品陈列空间,占据终端客流量最大的有利位置。

（3）促销活动结束后:评估活动效果,总结经验教训。

资料来源:李铁钢,李铁君. 卓越的终端管理:解密可口可乐的"金字塔计划". http://www.qikan.com.cn/Article/xssc/xssc200402/xssc20040213.html

企业终端执行层面的工作与整体终端管理系统之间的关系,其实就类似于古埃及的金字塔一样,即终端管理系统是以一个又一个坚固的基础,一层一层向上堆砌而成的。这每一层的基础就相当于终端执行中的各个环节,而由每一层基础组合起来后所构成的金字塔塔身就是企业的终端管理系统,终端执行中的各个环节与终端管理系统之间是相辅相成,互为支撑的。试想如果哪个企业拥有了一个像金字塔那样牢固、坚硬的终端管理系统,那么其产品在终端的地位自然就稳如磐石、坚不可摧了。

在可口可乐"金字塔计划"里面的终端执行要素(塔基)是按由下至上、从重要到次要、从基础到复杂的顺序排列而成的。所有的这些要素也都是互相关联、互相依存的,销售人员在工作中只有做好了金字塔下层的工作,那么上层的工作才会有效果。例如:产品质量不好(金字塔第一层要素),就无法很好地铺货(金字塔第二层要素),无法很好地铺货消费者在终端内自然也就不会买到适合自己的品牌/包装(金字塔第三层要素)。同理,我们的内资企业在终端实战中,也只有做好终端管理中的执行细节,整个终端管理系统才会发挥出无与伦比威力,企业的产品也才会在终端凸显超越对手的竞争优势。因此,也只有在充分认识到并有效处理好终端管理和终端执行之间的正确关系时,才会真正构建起属于自己的坚固而结实的营销"金字塔"。

## 知识储备

产品成功销售的过程实际上是一个创造需求、满足需求的过程。而这一过程中的最后一环,也恰恰是最重要的一环,都是在直接能够接触到消费者的零售终端内发生的。产品在终端的表现如何,又在一定程度上取决于企业终端管理体系的运作是否通畅。也就是说终端执行是基础,只有基础夯实,终端管理系统方可牢固、稳健。终端工作的好坏,影响商品被顾客接受的程度、销售目标的完成。因此,对终端的规范和管理是销售工作中最基础的工作内容,也是销售最基本的体现。一般来说,终端管理主要体现在两个环节:对终端人员的管理和对终端网络的管理。

### 6.2.1 终端人员管理

由于销售工作的特殊性,终端工作人员 70% 以上的工作是在办公室以外进行的,因此,企业对终端工作人员的有效管理是零售终端管理中的首要环节。企业对终端工作人员的管理表现在以下几个方面。

**1. 报表管理**

运用工作报表追踪终端人员的工作情况,是规范终端工作人员行为的一种行之有效的方法。严格的报表制度,可以使终端工作人员产生压力,督促他们克服惰性,使终端人员做事有目标、有计划、有规则。主要报表有:工作日报表、周报表、月总结表、竞争产品调查表、终端岗位职责量化考评表、样品及礼品派送记录表、终端分级汇总表等。

**2. 终端人员的培养和锻炼**

一方面加强在线培训,增强终端工作人员的责任感和成就感,放手让其独立工作;另一方面给予其理论和实践的指导,发现问题及时解决,使终端工作人员的业务水平不断提高,以适应更高的工作要求。同时可以增进主管人员对终端人员各方面工作情况的了解,对制订培训计划和增加团队稳定性也有不可忽视的作用。

**3. 终端监督**

管理者要定期、不定期地走访市场,对市场情况做客观的记录、评估,并公布结果。终端市场检查的结果,直接反映了终端人员的工作情况。同时,建立、健全竞争激励机制,对于成绩一般的人员,主管一方面要帮助他们改进工作方法,另一方面要督促他们更加努力地工作;对那些完全丧失工作热情、应付工作的人员,要坚决辞退;对于成绩突出的人员,要充分肯定成绩并鼓励他们向更高的目标冲击。

**4. 终端协调**

企业对终端工作人员所反映的问题,一定要给予高度重视,摸清情况后尽力解决,这样既可体现终端人员的价值,增强归属感、认同感,又可提高其工作积极性,同时鼓励他们更深入全面地思考问题,培养自信心。

企业拥有一套完善的终端人员管理制度,并通过它来约束终端工作人员的行为,终端管理的首要环节才能有保证。

## 6.2.2 终端网络管理

除了企业对终端人员的管理外,终端工作人员对终端网络的管理是终端管理最核心最重要的内容。下面从终端网络管理的步骤和内容来进行阐述。

**1. 终端网络管理的步骤**

终端工作人员对终端网络的管理可采取以下 3 个步骤。

(1)终端分级。根据各终端所处位置、营业面积、社区经济条件、营业额、知名度等情况,把个人所管辖区域内的零售终端进行分级。各方面条件最好的为 A 类终端,至少要占终端总数的五分之一,作为工作重点;条件一般的为 B 类终端,至少要占终端总数的三分之一,作为工作次重点;其余为 C 类终端。

(2)合理确定拜访周期。根据终端类别设置拜访周期,突出重要的少数,提高工作效率。A 类终端每周至少拜访一次,B 类终端每两周至少拜访一次,C 类终端每月至少拜访一次。

(3)明确目标、具体任务。单纯的终端工作不像商业销售工作那样,可以根据销售量和回款额的多少来直观地评价,但这并不说明终端工作就没有标准可循。一个优秀的终端工作人员,应该明确自己的工作目标。例如:每天拜访多少家终端,每家的产品陈列要做到何种水平,各类终端产品铺货率要达到多少等。每日总结自己的工作,评价目标完成情况,不断积累经验,提高工作能力。

**2. 终端网络管理的内容**

终端人员对终端网络管理大致包括 7 项内容:产品铺货、产品陈列、终端促销、价格控制、通路理顺、客情关系和报表反馈。

(1)产品铺货

无论是批发经销企业还是生产厂家的终端工作人员,都要把产品铺货工作放到首位,因为产品放在仓库永远没有展示在店头所得到的销售机会多。特别是通过中间商向终端铺货的厂家,其终端工作人员在工作中,更要重视产品铺货率,不能因为自己不直接和终端发生商业关系而忽视产品铺货情况。只有保证了较高的终端铺货率,产品销量的持续稳定增长才能得到保障。

(2)产品陈列

在固定陈列空间里,使本企业每一种产品都能取得尽可能大的销量和广告效果,这是产品陈列工作的最终目的。零售终端工作人员在每一个零售终端都要合理利用货架空间,在保持店堂整体陈列协调的前提下,向店员提出自己的陈列建议,并尽述其优点和可以给店家带来的利益,得到允许后,要立即帮助终端营业员进行货位调整,用自己认真负责的工作态度和饱满的工作热情感染对方。如果对方有异议,先把他同意的部分加以调整,没有完成的目标可在以后的拜访中逐步达成。

（3）终端促销

终端促销可分为软、硬两种。硬终端方面，终端工作人员应充分利用公司设计和各种POP招贴，展板以及条幅，来营造卖场氛围，以吸引消费者购买，使消费者购买时本企业的产品在同类产品中成为首选。终端工作人员在放置宣传工具时，应先征得终端同意，并争取他们的全力支持，以避免本企业的宣传工具被其他同行掩盖。如果好的位置已被其他同行占用，并且终端不支持替换，可先找稍次的位置放下，以后加强和终端的沟通，寻找机会调整。能够长期放置的宣传工具，放好之后要定期维护，注意保持展板、条幅等宣传品的统一、整洁，以维护企业形象。宣传品应与货架上的产品摆放协调，要有整体感。终端工作人员要珍惜企业精心设计的POP工具，合理利用，亲手张贴或悬挂，放置在醒目的位置，并尽量和货架上的产品陈列相呼应，以达到完美的招示效果。用于阶段性促销的POP工具，促销活动结束后必须换掉，以免误导消费者，引起不必要的纠纷。软终端方面，应与营业员沟通，对他们的支持表示感谢。尽可能让营业员更多地了解并掌握本企业的产品知识，可适当给予物质上的刺激、进行一些比赛。在节日之际或适当时机送一些小礼品，以加深双方关系。这对终端布置的维护也会有所帮助。

（4）价格控制

在每次终端拜访过程中，终端工作人员都要注意企业产品售价的变动情况，如果遇到反常的价格变动，要及时追查原因。监督企业产品市场价格的稳定情况，是终端工作不可缺少的一项内容。

（5）通路理顺

维持顺畅、稳定的销售通路，是销售活动顺利进行的一项基本保障。消费品经营便利，中间商数量众多，通路混乱现象经常发生。区域之间窜货、倒货乃至假货横行等问题的出现，不但危及销售通路中各环节的利益，而且直接削弱了企业对市场的控制能力，因此必须理顺各终端的进货渠道。对于没有从经销商处进货的零售终端，要向他们言明利害，使他们充分意识到，从非正规渠道流入的货物，因得不到厂家售后服务、易出现劣质产品等问题从而带来损失。

（6）客情关系

与各零售终端客户之间保持良好的客情关系，是终端工作人员顺利完成各项终端工作的基本保证。长期维持良好的客情关系，能使本企业的产品得到更多的推荐机会，同时可以在客户心目中保持一种良好的企业、产品、个人形象。在零售终端，营业员的推荐对产品的销售起着举足轻重的作用，因此终端人员在与营业员进行交流和沟通时，要对他们的支持表示感谢。寻找机会巧妙运用小礼品，对加深客情关系很有益处。

（7）报表反馈

报表是企业了解员工工作情况和终端市场信息的有效工具，同时，精心准确地填制工作报表，也是销售人员培养良好工作习惯、避免工作杂乱无章、提高工作效率的有效方法。工作报表包括工作日报表、工作周报表、月计划和总结等，要根据实际情况填报，工作中遇到的问题要及时记录并向主管反馈。主管要求定期填报或临时填报的、用于反映终端市场信息的特殊报表，终端工作人员一定要按时、准确填写，不得编造，以防止因信息不实而误导企业决策，并及时通过互联网传达给企业。

## ◯ 任务演练

### 终端管理案例分析

**实训目的**：熟悉终端人员管理和终端网络管理的内容；能够对现实企业的具体终端管理情况进行分析。

**实训方法**：案例分析、课堂讨论。

**实训组织**：搜集一些终端管理案例，按每组5～6人组成学习小组，分组分析讨论案例，总结案例中企业终端管理的成功与不足之处。

**实训结果**：各小组撰写案例分析报告并派代表进行课堂发言。

 **学习任务6.3 窜货管理**

## ◯ 成果展示与分析

### 泸州老窖的窜货难题

泸州是全国最重要的三大蒸馏原酒酿造基地（另两地即四川宜宾和贵州遵义）之一，全国一多半蒸馏原酒都产自这三个地方，所以不仅是泸州老窖人，就是所有的泸州人对历次白酒大战以及白酒大战所带来的窜货风云都相当熟悉。

由于经历过窜货带来的痛楚，所以在如何打击窜货的问题上，泸州老窖更强调彻底性，强调技术系统的重要性。按他们自己的话说：我们就是要做好老鼠夹子！你能窜，我就能逮！

老鼠夹子如何做？最重要的就是构建物流码系统。简单来讲，从产品生产开始，生产线上就设置了几道工序，为每瓶酒、每个包装盒、每个包装箱贴上（或激光打上）物流码（标）。瓶标、盒标、箱标有固定的对应关系，知道瓶标就可以知道盒标、箱标。在产品出库的时候，扫描器扫描下每瓶酒流向的经销商信息。如果发生窜货，被窜货地区经销商只要卖一瓶酒，通过GPS查询系统查询物流码数据库，窜货经销商的所有信息就会一览无余。

还有一种办法比较简单，就是针对不同区域市场使用不同颜色的包装箱。比如：四川市场销售的泸州老窖用红色的包装箱，在贵州市场则用蓝色包装箱。这样，四川的专供产品到了贵州就很容易被发现了。

设置这套系统的目的，一方面是为泸州老窖本身的营销管理服务；另一方面是为一级经销商服务。因为一级经销商也面临着对二级经销商的管理问题：一级经销商如果不能很好地管理下面的经销商，他也会承担相应的责任。

这套系统也正面临升级。从技术方面看，困难在于：一是如何进一步与生产线结合；二是如何与ERP系统结合。现在，这两项工作都已经纳入泸州老窖信息化改造工作的议事日程，其中与ERP系统的结合在2006年下半年完成。记者参观了泸州老窖国窖1573产品生产线，很明显，加入编码岗位以后，生产速度有所下降，编码的自动化程度也需要进一步提高。

此外，泸州老窖还有专门的市场监察机构——市场管理部，该部门隶属于销售总公司，共有 60 多名专职监察人员。

审货一经发现,泸州老窖的处罚措施可谓双管齐下。因为泸州老窖是名酒,所以有实力严格选择经销商。为防止审货,目前,泸州老窖选择的经销商都倾向于终端型。更重要的是,泸州老窖与经销商的合作是采取先款后货,并预先缴纳一定保证金的方式,所以经销商一旦违反泸州老窖的销售政策就必须受罚。对经销商的处罚采取如下几种方式:一是取消对经销商的促销支持;二是令其以当地零售价格回购被审产品;三是在保证金里扣除审货金额 5～10 倍的罚款;四是若发现三次审货,则终止与该经销商的合作。

至于对区域营销经理的处罚,泸州老窖从经济处罚、行政处罚到解除合同,视情节轻重各不相同。在前几年白酒大战的时候,泸州老窖区域营销经理因审货受到处罚的不在少数。这几年,随着营销政策和管理工具的不断完善,加上市场也渐趋理性,因营销经理自身原因导致的审货已经越来越少。

资料来源:萧三匝. 泸州老窖:"做好老鼠夹子"解决恶性审货问题. http://manage.org.cn/observe/200603/28670_2.html

审货作为市场经济体制下诞生的一种市场行为,其本身有着较为深刻的市场意义。对于每一个经营企业来讲,其自身的市场经营行为始终会与审货伴随。厂家为了维持区域市场的良性发展,总是千方百计地避免市场审货行为的出现。而经销商则在利益的驱使下,会想尽办法去实施审货。这两个矛盾体的存在,使得厂商之间的关系很微妙,但这是不可避免的。如果厂家在市场管控方面的措施得力,有效规避了审货行为的发生,自然发展得到保障,占据上风;如果厂家实力不济,或者市场操作手法苍白,则会导致较为严重的市场审货行为出现,迫使产品或市场迅速走向死亡。在审货行为发生的时候,我们许多企业谈审货色变,似乎审货之患猛于虎,唯恐避之不及,又恨不得永久铲除。其实大可不必,发生审货的产品或区域往往都是销量较好的,但是同时也应该看到,审货行为的产生可能导致整体产品线价格体系的瓦解,以及强势区域销售秩序的混乱,从而使企业整个市场经营行为的失败。因此,对于恶行审货事件而言,企业的行动力和措施才是企业今后发展的根本。案例中泸州老窖通过构建防审货系统以及制定有效的处罚制度来解决审货问题,是其在实践中不断摸索出的有效途径,可以为其他企业提供借鉴。

## ● 知识储备

审货也称"倒货"、"冲货"等,是指营销网络中的某个渠道成员受利益驱使,为获得非正常利润,以低于正常价格向授权以外的地区倾销产品的行为,也就是产品跨区销售。审货是渠道冲突的一种典型表现形式,通常会造成市场价格混乱,使其他渠道成员对产品失去信心,消费者对品牌失去信任。

### 6.3.1 审货的类型

按审货的不同动机目的和审货对市场的不同影响,可将审货分为 3 类:自然性审货、良性审货和恶性审货。

**1. 自然性审货**

自然性审货是指经销商在获取正常利润的同时,无意中向自己辖区以外的市场倾销产品的行为。这种窜货在市场上是不可避免的,只要有市场的分割就会有该类窜货。它主要表现为相邻辖区的边界附近互相窜货,或是在流通型市场上,产品随物流走向而倾销到其他地区。这种形式的窜货,如果货量大,该区域的通路价格体系就会受到影响,从而使通路的利润下降,影响二级批发商的积极性,严重时可发展为二级批发商之间的恶性窜货。

**2. 良性窜货**

良性窜货是指企业在市场开发初期,有意或无意地选中了流通性较强的市场中的经销商,使其产品流向非重要经营区域或空白市场的现象。在市场的开发初期,良性窜货对企业是有好处的。一方面,在空白市场上企业无须投入,就提高了其知名度;另一方面,企业不但可以增加销售量,还可以节省运输成本。只是在具体操作中,企业应注意,由于由此而形成的空白市场上的通路价格体系处于自然形态,因此企业在重点经营该市场区域时应对其再进行整合。

**3. 恶性窜货**

恶性窜货是指为获取非正常利润,经销商蓄意向自己辖区以外的市场倾销产品的行为。经销商向辖区以外倾销产品最常用的方法是降价销售,主要是以低于厂家规定的价格向非辖区销货。恶性窜货给企业造成的危害是巨大的,它扰乱企业整个经销网络的价格体系,易引发价格战,降低通路利润;使得经销商对产品失去信心,丧失积极性并最终放弃经销该企业的产品;混乱的价格将导致企业的产品、品牌失去消费者的信任与支持。

## 6.3.2　窜货的成因

窜货的成因很多,有来自经销商方面的,有来自制造商方面的,某一窜货现象的产生往往也是多个因素共同导致的结果。窜货的成因归纳起来有以下几点。

**1. 利益的驱动**

在商场上,利益似乎是任何行为的原动力,产品在销售渠道内的利润过高导致部分代理商愿意在更低的毛利水平上扩大销量,以追求利润最大化。有时候表面上看到窜货利润并不高,有些平进平出甚至略带亏损,但是年终的销售返点才是窜货的根本目的。目前在很多行业中,经销差价能弥补正常经营费用就算不错,代理商真正所获取的利润则来自生产商的年底返利。而返利一般都和销量直接挂钩,往往还是递进式的。例如,100万元的销售返点是2%,200万元就是3%,部分大型客户还有桌下承诺。这种贸易条款导致的结果就是落后者采取主动出击的方法来扩大销量,为了不受市场领先者的反击,区域间的窜货成为最隐蔽和最有效的方法。

**2. 管理制度有漏洞**

有些企业根本没有制定窜货方面的管理制度,对代理商、经销商以及业务员没有严格的规定,没有奖惩措施。待事情出现时无法可依,只好将事就事。对窜货的客户处理不严,姑息纵容,警告一下,批评一下,象征性地罚款了事,更有甚者助纣为虐,企业的这种态度间接鼓励了经销商的窜货。许多企业,业务员的收入始终是与销售业绩挂钩的,于是有时为了多拿奖金,一些业务员或企业派驻代理商的业务代表,会鼓动代理商违规操作,向其他地区发货。

### 3. 激励不当

如今,几乎所有的企业在与经销商的合作上,都有"年终奖励"这一款。这是鼓励经销商完成年度经销目标量、遵循厂家各类销售政策、规范有序地运作市场的一种比较有实际意义的奖励措施,并且许多经销商就是看在"年终奖励"的丰厚红包上,才去拼打市场的。年终奖励运用得当,的确可以起到激励经销商的作用,可一旦用不好,很可能成为越区销售的诱发剂。通常,厂家与经销商在签署年度目标时,往往会以完成多少销量,奖励多少百分比来提取利润回报,超额越多年终奖励的折扣就越高。于是,原先制定好的价格体系被这一年终折扣拉开了空间,导致那些以做量为根本,只赚取年终奖励就够的经销商为了博取这个百分比的级差,开始不择手段地"向外侵略"。有些销量大的经销商,往往会以平价进出,甚至倒贴差价,去打击那些希望有些利润的小经销商。

### 4. 代理选择有误

代理选择有误的含义有两个:一是在独家代理与多家代理商上选择不当。一般来说,厂家采取独家代理制,即在某一个区域市场内只寻找一家合作的经销商或代理商,比较容易掌控,保证市场规范有序。然而,许多厂家因利益驱使而不顾市场规范,只要愿拿钱来买他的货,就可以成为在当地的经销商。致使"一女嫁二夫"甚至"一女嫁多夫"的现象比比皆是。这样,厂家根本无法控制经销商,也就无法控制市场,企业的短期行为必然导致产品的越区销售。二是对代理商或经销商的资格审查不严,使一些不合格、缺乏信用的经销商滥竽充数,只要能赚钱,他们什么事都敢做,跨区销售也就不在话下了。

### 5. 销售区域划分不合理

厂家销售网络规划失误,客户布局不合理,经销商之间距离过近,使窜货者除去运费之后,还有利润空间,这也成为窜货的一个漏洞。例如,当 A 区的客户从 B 区的进货加上运费后的进价依然比当地低,他当然愿从 B 区购货,从而产生了窜货现象。这样不仅搞乱了 B 区的产品市场秩序,形成了 B 区市场在虚假繁荣中的萎缩和退化,给竞争品牌以乘虚而入的机会,而且 A 区的批发市场销售出现了真空,最终损害了整个品牌的形象,使畅销品变得滞销,从而使代理商陷入一个恶性的循环。

---

## 6.3.3　治理窜货的对策

---

面对如此纷繁复杂的窜货之乱,企业该如何是好?俗话说,没有一剂良药可以包治百病,解决窜货问题也要根据不同的市场和渠道现状以及产生窜货的原因对症下药。

### 1. 建立合理的价格体系,防止分销渠道中价差过大而产生窜货的行为

确定合理的价格体系是防止窜货的重要手段,一般可以从纵横两个方面来确立,从横向来看,注意不同区域间价格差别的合理性;从纵向来看,这主要是针对三级分销定价的企业而言的。为了从价格体系上控制窜货,保护经销商的利益,娃哈哈实行级差价格体系管理制度,构建级差利润分配结构。娃哈哈为每一级经销商制定了灵活而又严明的价格,根据区域的不同情况,分别制定了总经销价、一批价、二批价、三批价和零售价,在销售的各个环节上形成严格合理的价差梯度,使每一层次、每一环节的经销商都能通过销售产品取得相应的利

润,保证各个环节有序的利益分配,从而在价格上堵住了窜货的源头。

### 2. 完善契约化约束机制

制造商应在与代理商的合同中明确加入"禁止跨区销售"的条款及违反该条款的惩罚措施,或要求代理商交纳市场保证金,将经销商的销售活动严格限定在自己的市场区域之内。九阳公司与经销商合作伊始,公司就在合同中订立"君子协定"对乱价和窜货严加防范。没有销量奖励和折扣,从根本上取消经销商窜货的利益动机。

### 3. 合理划分销售区域,防止代理商之间恶性竞争

保持区域内经销商密度合理,经销能力和经销区域均衡,让窜货没有寄生环境,是防止窜货的重要手段。一般要做好如下几方面的工作:第一,建立合理的分销渠道区域划分体系,保持每一个经销区域经销商密度合理,防止整体竞争激烈,产品供过于求,引起窜货;第二,保持经销区域布局合理,避免经销区域重合,部分区域竞争激烈而向其他区域窜货;第三,保持经销区域均衡,按不同实力规模划分经销区域,下派销售任务,对于新经销商,要不断考察和调整,防止对其片面判断。

### 4. 改进激励及促销措施

从激励经销商的角度讲,销售奖励可以刺激经销商的进货力度。但单纯以销售量作为奖励和推广费用分配标准,容易引发窜货的恶果已是不争的事实。所以,应采用多项指标对经销商进行综合考评,比如价格控制、销量增长率、销售赢利率等。甚至可以把是否窜货也作为奖励的一个考核依据。此外,返利最好勿用现金,促销费用也应尽量控制在厂商手中为宜。百事可乐公司对返利政策的规定细分为五个部分:年扣、季度奖励、年度奖励、专卖奖励和下年度支持奖励。除年扣为"明返"外(在合同中明确规定为 1%),其余四项奖励为"暗返"。事前无约定的执行标准,事后才告知经销商。由于事前的"杀价"空间较小,经销商如果以低价抛售造成的损失和风险,厂家不会予以考虑,并且建立联合小组不定期检查。

### 5. 外包装区域差别化

厂方可以对销往不同地区的产品在外包装上进行区别,用以识别和控制窜货。比如每件商品或不同批次的商品给予不同编码、销往不同地区的产品外包装上印刷不同的条形码、通过文字标识以及采用不同颜色的商标等。华帝通过在产品包装上贴上标签,打上"发往某地"字样,接着在外包装上留一小洞、将标签塞入、之后用先进的喷码设备为每台产品配四个不同的编码,录入计算机存档,最主要的编码放在产品最里面。任何地方一台产品,只要输入一条编码,就能立即查出货源、何时出厂、发往何地、何人负责,使窜货行为被消灭于无形。

### 6. 加强营销队伍的建设与管理

严格营销人员招聘、选拔和培训制度,挑选真正符合要求的人员,并提供完善的培训。在企业中营造一种有利于人才发展的文化氛围,企业应尊重人才、理解人才、关心人才,并制定人才成长的各项政策。应制定合理的绩效评估和赏罚制度,真正做到奖勤罚懒、奖优罚劣。此外,企业应建立良好的淘汰机制。

### 7. 成立专门机构，严防窜货

厂家要设立专门的市场稽查部门，派专人在各个区域市场进行产品监察，对该区域市场内的发货渠道，各经销商的进货来源、进货价格、库存量、销售量、销售价格等了解清楚，随时向厂家报告，这样一旦发生窜货，市场稽查就可以发现异常，使厂家能在最短时间内对窜货做出反应。对公司的内部人员，包括区域市场销售经理及业务员进行监督，可采用双回路管理办法，即督导线与执行线分开，督导线在暗，执行线在明，督导线人员由厂家直接控制，对执行线情况随时上报，并且督导线人员也要定期更换，避免其与销售人员沆瀣一气，欺骗企业。娃哈哈专门成立了一个反窜货机构，巡回全国，严厉稽查经销商的窜货和市场价格，严格保护各地经销商的利益。市场巡视人员经常性地检查巡视各地市场，及时发现问题并会同企业各相关部门及时解决。由于有市场巡视员的经常检查，经销商也不敢贸然窜货。

## ◯ 任务演练

### 窜货管理案例分析

**实训目的**：熟悉窜货的类型、成因以及治理对策；能够对现实企业的具体窜货现象进行分析并制定相应对策。

**实训方法**：案例分析、课堂讨论。

**实训组织**：搜集一些窜货管理案例，按每组 5~6 人组成学习小组，分组分析讨论案例，对窜货现象进行分析并制定相应对策。

**实训结果**：各小组撰写案例分析报告并派代表进行课堂发言。

**实训参考资料**：某快速消费品企业湖北销售分公司在年终接到一些地级市经销商的投诉，反映沙市经销商多次窜货到他们区域。分公司经过调查，拿到了其窜货的证据，却对如何处罚该经销商感到为难。

(1) 按照合同，可以扣除其一个季度的返利。但对于快速消费品的大经销商来说，经销利润比较薄，在本已获利不大的基础上，如执行合同扣除返利则有可能将其推到竞争对手的行列。

(2) 如果不对窜货的经销商进行处罚，仅仅加大对被窜货区域的促销力度。由于经销商之间长时期的龃龉，结怨已深，这么做很可能引发经销商之间的窜货报复大战，使市场秩序更加混乱。

(3) 有一个全国性的大品牌正在湖北做大力推广，对该公司销量有所影响，总公司要求加大促销力度，防止经销商"跳槽"，抵制竞品的市场蚕食。

(4) 如执行合同扣除返利该经销商很可能加盟竞品经销行列，窜货的经销商通路能力很强，而该公司一时找不到适合的经销商更换，那样调整期销量会大受影响，也给竞品留下市场空当。

(5) 该公司返利是依据销量递进的，销量越大返利越高，中小城市经销商意见很大，扬言也要窜货来冲销量。

该公司应该怎样处理这起窜货事件呢？

##  重点概括

订单管理是销售管理的一项重要内容,订单管理效率的高低直接影响了销售业绩。订单管理流程分为两大类:"存货生产方式"的订单管理流程和"订货生产方式"的订单管理流程。发货就是商品交运,是指企业将生产的产品交到客户手中的过程。退货管理指运送业对货件退回的管理或者为收货人向供货商要求退货。退货为逆向物流的一种。对于退货的解决办法主要有:派员修理、返工、就地调拨、退换、减价、赔偿、补偿、退货等,根据产生的原因和实际情况分别对待。

终端管理是销售工作中最基础的工作内容,也是销售力最基本的体现。一般来说,终端管理主要体现在两个环节:对终端人员的管理和对终端网络的管理。企业对终端工作人员的管理表现在报表管理、终端人员的培养和锻炼、终端监督、终端协调这几个方面。终端工作人员对终端网络管理则大致包括产品铺货、产品陈列、POP 促销、价格控制、通路理顺、客情关系、报表反馈七项内容。

窜货也称"倒货"、"冲货"等,也就是产品跨区销售,是渠道冲突的一种典型表现形式,按窜货的不同动机目的和窜货对市场的不同影响,可将窜货分为自然性窜货、良性窜货和恶性窜货 3 种类型。窜货的成因很多,主要有利益的驱动、管理制度有漏洞、激励不当、代理选择有误、销售区域划分不合理等。针对不同的窜货现象,可以采取以下一些对策:建立合理的价格体系、完善契约化约束机制、合理划分销售区域、改进激励及促销措施、外包装区域差别化、加强营销队伍的建设与管理、成立专门机构等。

## 综合实训

实训项目:拟定防止窜货的协议。

实训目的:通过拟定协议帮助学生熟悉窜货管理知识,增强防止窜货的意识,初步掌握有效防止和处理窜货的手段。

实训内容:模拟公司的相关行业、环境、资料,利用业余时间起草一份厂商之间防止窜货的约束条款协议书,设定其中的处罚条例和奖励条例,注意可操作性。

实训结果:撰写防止窜货协议。

相关内容填入表 6-1。

表 6-1　实训课业成绩考核表　　　　课业名称:《防止窜货协议书》

| 课业评估指标(分) | 课业评估标准 | 分项成绩 |
| --- | --- | --- |
| 1. 协议的合法性∑20 | (1) 协议目的合法、清晰、明确<br>(2) 双方权利义务表达真实完整 | |
| 2. 协议的专业性∑60 | (1) 体例严谨<br>(2) 内容齐全<br>(3) 用词准确<br>(4) 表述有序 | |
| 3. 协议的可操作性∑20 | 是否有利于操作 | |
| 总成绩∑100(分) | | |

续表

| 课业评估指标（分） | 课业评估标准 | 分项成绩 |
|---|---|---|
| 教师评语 | | 签名：<br>年　月　日 |
| 学生意见 | | 签名：<br>年　月　日 |

 **思考练习**

测试　你如何激励他人？

思考一下你在日常事务中当别人需要你的激励时，你的做法（填入表 6-2）。评估尺度如下：

1＝非常不同意；2＝不同意；3＝稍有不同意；4＝基本同意；5＝比较同意；6＝非常同意

表 6-2　测试表

| 项　　目 | 得　　分 |
|---|---|
| 1. 在处理绩效问题时，我总是最先要弄清楚这是由于缺乏激励，还是由于缺乏能力所导致的 | |
| 2. 我总是为所期望的绩效设立一个明确的标准 | |
| 3. 我总是主动提供培训和信息，而不是亲自去完成任务 | |
| 4. 我能够坦诚并直接地提供绩效反馈，并且评估改进的机会 | |
| 5. 我利用多种奖励方式以达到出色的绩效 | |
| 6. 当需要教导时，我给出具体的改进建议 | |
| 7. 我对所分派的任务进行设计，以使它们具有趣味性和挑战性 | |
| 8. 我尽力提供给每个人价值相符的报酬 | |
| 9. 我确保人们能感受到公平和平等的待遇 | |
| 10. 我确保人们能够得到关于工作绩效的及时反馈 | |
| 11. 在采取任何挽救或惩戒行动之前，我会仔细地诊断拙劣绩效的原因 | |
| 12. 我总是帮助人们确立富于挑战性的、具体的、有时限的绩效目标 | |
| 13. 重新分派或解雇一个绩效拙劣的人，仅仅是我最后诉诸的方法 | |
| 14. 只要有可能，我就会确保高绩效与有价值的报酬相联系 | |
| 15. 当努力低于期望或能力水平时，我总会进行惩戒 | |
| 16. 我力图结合或轮换任务（工作），从而使人们能够使用多种技能 | |
| 17. 为了达到团体的相互支持，我力图安排一个人在团队中与其他人一起工作 | |
| 18. 我确保人们能够使用现实的标准去衡量公平性 | |
| 19. 对于富有意义的成就，我能够立即给予表扬或其他的认可方式 | |
| 20. 我总是要确定一个人是否具有必要的资源和支持来完成一项工作 | |
| 合　　计 | |

根据得分自我剖析：＿＿＿＿＿＿＿＿＿＿＿＿＿＿＿＿＿＿＿＿＿＿＿。

# 项目七

*Xiangmu qi*

# 回款管理

## 知识目标

明确回款率是销售业绩的重要指标;掌握客户信用调查与客户信用评价方法;熟悉企业信用管理政策;掌握在实际工作中运用各种讨债技巧。

## 技能目标

能介绍客户信用调查和信用评价方法;能介绍和讲解企业信用政策;能介绍应收账款的处理方法;能介绍回款技巧。

## 训练路径

案例分析;角色扮演;专业讲座。

## 教学建议

理论课在多媒体教室进行,案例分析和角色扮演课在实训室进行;采用讲授与案例分析相结合的教学方式,案例分析可采用小组讨论的方式进行;提前通知,准备好资料并提出训练要求。

## 学习任务 7.1　客户信用管理

## ◯ 成果展示与分析

### 适时追款,杜绝后患

浙江某服装进出口公司和澳洲一家著名的女装进口批发商 7 年来一直保持着良好的贸易合作关系。该澳洲公司在澳洲纺织行业中具有较高的声誉,几年来与中国的贸易一直处于稳定的发展状态。在最近几年中,由于澳洲公司信誉良好、付款及时,浙江公司对于金额大的订单仍旧坚持以即期信用证方式付款,对于小额订单则采用 20% 货前预付,80% 为货后90 天付款方式。由于浙江公司长期对小金额订单放松监督,截至 2005 年 3 月份,澳洲公司累计有 60 万美元货款没有按时支付,有些欠款虽然金额只有几千美元,但拖欠时间却达 3 年之久。

对于这些逾期账款,浙江公司的领导很为难,一方面还想保持与客户的贸易关系;另一方面公司又面临资金周转困难。

为此,浙江公司马上委托资信调查机构对其展开深入的资信调查。通过国际资信调查和深入了解,浙江公司信用调查人员发现澳洲公司正在全力变卖固定资产,近期有被收购的趋向,公司已经处于破产的边缘。浙江公司领导得到报告后,立即决定委托律师对澳洲公司进行追讨。律师协同澳洲追账代理制定了严密的追讨策略:首先,在澳洲法院提出债权清偿申请;其次,对业务负责人展开强大的追讨攻势;最后,律师要求浙江公司派员直接去澳洲当地协调处理。由于浙江公司追讨及时,同时掌握了澳洲公司存货的所在地,因此挽回了 60 万美元的经济损失。浙江公司事后了解到,如果该案晚追讨一个月,追回欠款的可能性几乎为零。

资料来源:佚名.客户信用风险的两个案例.http://njtb.mofcom.gov.cn/aarticle/zhuantdy/200609/20060903068227.html

　　一般而言,国内进出口公司对于新客户的资信、财务状况非常重视,十分关注客户对其他供货商的付款记录和拖欠记录等信息。而在与老客户交易时,由于合作多年,对老客户比较信任,很少去注意了解老客户的经营状况、财务状况是否发生变化,而疏于防范和监督。统计表明,80%的企业拖欠是由老客户造成的。而且,老客户一旦发生拖欠,业务人员往往碍于过去良好合作的原因,不愿意对老客户立即进行追讨,因而错过了最好的追讨时机。当企业醒悟时,其客户的经营状况已经严重恶化,甚至停业、破产。浙江公司的做法是非常值得借鉴的,通过债务专项资信调查,可以较为准确地判断客户的真实拖欠原因,如果不是故意拖欠,根据客户经营发展趋势,可以给予合理的延迟期限。如果发现客户经营状况恶化,正在转移资产,必须立即追讨,挽回极有可能产生的坏账损失。

## ● 知识储备

### 7.1.1　客户信用调查

　　一般大型企业会建立自己的信用管理部门,系统地设计、收集、分析和提出数据资料以及提出客户的资信状的调查研究结果。调研人员首先是对被评估对象的财务报告及公开发布的数据进行仔细分析,同时分析还需要的其他数据,并草拟出一份详细的调查提纲以备与被评估对象的高级管理人员会谈时使用。会谈内容是广泛的,包括被评估对象的财务状况、收入状况、营运状况、竞争地位、未来发展趋势、经济环境及其他与评级相关的方方面面。评估人员还会采取实地调查、个别访问、制作审计工作底稿等深入的方法对被评估对象实施深入调查和取证。

**1. 确定调查的目标与范围**

　　调查的第一步是信用经理根据客户的交易价值、客户的大小、是否新客户以及企业所选用的信用模型认真确定调研的目标及范围。

　　进行信用调查是需要成本的,但客户交易所产生的交易价值是不同的。一般交易额越大、信用额越大,交易的风险也越大,同时所产生的交易赢利也越大。因此,一笔交易其交易额度不同而产生的信用风险决定了采取不同的信用调查的策略。对于交易额非常大的一宗交易,则必须慎重。应对其进行全面的信用调查和深入的信用分析,如果风险大,则应相应在结算方式和债权保障上采取相应的措施,以避免信用风险。

此外,客户的规模大小也是确定信用调查必须考虑的一个主要因素。客户是企业的利润来源,也是产生信用风险的根本原因。对企业而言,客户的规模大小不同,产生的信用风险也不同,因此,客户的信用风险越大,企业就越需得到客户全面系统的信息,相应地必须进行全面深入的调查;相反,客户的信用风险越小,企业所需要的信息相对较少,所需要的资信调研也越少。一般来说,对于小规模客户来说,主要调查他们的商业资信证明书、一线销售人员的内部评价报告、企业与客户的交易经验等;对于中等规模的客户来说,主要调查标准信用报告、银行资信证明书、一线销售人员的内部评价报告、企业与客户的交易经验等;对于大规模客户来说,主要调查综合信用报告、银行资信证明书、一线销售人员的内部评价报告、企业与客户的交易经验等。

**2. 资信调查的内容**

如果企业未能在收集各种有关客户的信用信息方面做出必要努力,当对方的财务状况变差时,企业将无从应对以至付出惨重代价。因此,在债务人的信用档案中具体应当保存以下 3 种书面材料。

(1) 基本信息。该部分通常记录的是编制客户档案所需的内容,主要有:对债务身份的鉴定,具体包括其名称、公司的形式(是独资、合伙还是股份制);债务人的住所;债务人的财产所在地;抵押物的市值;债务的形式(发票、对账单、本票)等。

(2) 信贷资料。这其中应该尽量包含所有可能导致支付困难事项的说明,主要包括:信用申请表、担保合同、与经销商或是发行人签订的合同、销售合同、保证书和其他书面材料说明(如利息费用、律师费和收款费用;累计赊销额;债务人的簿记和书面记录;管辖权和诉讼条款、仲裁条款等);财务信息(来源于其他信用评价结构的信用报告、经审计和未经审计的财务报表等);信用经理和销售人员保存的一些原始单据和商业信函;账户交易的发票和结算证明。

(3) 来源于其他渠道的信息。除了以上详细列出的信息之外,其他各种各样的信息如从银行、其他债权人或是竞争对手处获得的信息也应该包含在内。

**3. 资信调查的方式**

资信调查的方式主要包括以下几种。

(1) 通过金融机构(银行)进行调查。一般由业务经理提出委托申请,由业务银行协助调查,可信度比较高,所需费用少,但很难掌握客户的全部资产情况及具体细节,且因客户的业务银行不同所花调查时间会较长。

(2) 利用专业资信调查机构进行调查。这种方式能够在短期内完成调查,经费支出较大,但能满足委托方的要求。调查人员的素质和能力对调查结果影响很大,所以应选择声誉高、能力强的资信调查机构。

(3) 通过客户或行业组织进行调查。这种方式可以进行深入具体的调查,但会受地域性限制,难以把握整体信息,并且难辨真伪。

(4) 实地调查。企业根据需要实地调查走访客户收集整理取得资料。在信用调查中,通过实地走访客户,对已有客户的资料进行核实是非常必要的。

(5) 其他方式。如通过财税部门、消费者协会、工商管理部门、企业的上级主管部门、证券交易部门等了解客户的信用状况;询问同事或委托同事了解客户的信用状况,或从本企业的派出机构、新闻媒体的报道中获取客户的有关信用情况；此外，书籍、报纸、杂志等也可提供有关客户的信用情况。

**4. 调查结果的处理**

（1）调查完成后编写客户信用调查报告。因为对客户的管理是一个动态的过程，所以要定期写成书面的"客户信用调查报告"，及时报告给主管领导。平时还要进行口头的日常报告和紧急报告。

（2）信用状况突变时要特殊处理。业务员如发现自己所负责的客户信用状况发生了变化，应直接向上级报告，按"紧急报告"处理。采取对策必须有上级的明确指示，不得擅自处理。

## 7.1.2　评定客户信用等级

**1. 客户信用评价的方法**

在搜集好客户的信用资料后，要对这些资料进行分析，并对客户的信用状况进行评价。信用评价的方法很多，这里主要介绍目前在国外企业信用管理工作中应用得较为普遍的信用分析工具——特征分析模型。所谓特征分析，就是将影响客户的各种因素（特征）进行考察研究，从而做出信用状况的判断。

（1）特征分析模型选择的分析指标

该模型一共使用三组指标，共计 18 项。

第一组：客户自身特征。该类因素主要反映那些有关客户表面、外在的、客观的特点，包括表面印象、组织管理、产品与市场、市场竞争性、经营状况和发展前景六项指标。

第二组：客户优先性特征。该类因素主要是指企业在挑选客户时需要优先考虑的因素，体现与该客户交易的价值，该类因素具有较强的主观性。包括交易利润率、交易条件、对市场吸引力的影响、对市场竞争力的影响、担保条件和可替代性六项指标。

第三组：信用及财务特征。该类因素主要是指能够直接反映客户信用状况和财务状况的因素，包括付款记录、银行信用、获利能力、资产负债表评估、偿债能力、资本总额六项指标。

（2）特征分析模型的计算

该模型的分析计算共分为 4 个步骤。

第一步：根据预先制定的评分标准，在 1～10 范围内，对上述各项指标评分。客户公司的某项指标情况越好，分数就应给得越高。采用 10 分制，高分为 8～10 分；中分为 4～7 分；低分为 1～3 分，如果某项指标没有取得信息，则给 0 分。

第二步：根据预先给每项指标设定的权数，用权数乘以 10，计算出每一项指标的最大评分值，再将这些最大评分值相加，得到全部的最大可能值。

第三步：用每一项指标的评分乘以该项指标的权数，得出每一项的加权评分值。然后将这些加数评分值相加，得到全部加权评分值。

第四步：将全部加权评分值与全部最大可能值相比，得出百分比。该百分比即表示对该客户的综合分析结果。百分比越高表示该客户的信用程度越高，越具有交易价值。

某公司的客户信用特征分析如表 7-1 所示。

表 7-1　某公司的客户信用特征分析

| 评价指标 | 自身特征 | | | | | | 优先特征 | | | | | | 信用特征 | | | | | | 总计 |
|---|---|---|---|---|---|---|---|---|---|---|---|---|---|---|---|---|---|---|---|
| | 表面印象 | 组织管理 | 产品与市场 | 市场竞争性 | 经营状况 | 发展前景 | 交易利润率 | 交易条件 | 对市场吸引力的影响 | 对市场竞争力的影响 | 担保条件 | 可替代性 | 付款记录 | 银行信用 | 获利能力 | 资产负债表评估 | 偿债能力 | 资本总额 | |
| 分值 | 3 | 5 | 8 | 4 | 5 | 8 | 7 | 6 | 5 | 3 | 4 | 8 | 9 | 7 | 5 | 6 | 7 | 8 | |
| 权数 | 2 | 4 | 7 | 5 | 5 | 3 | 5 | 4 | 4 | 4 | 9 | 4 | 8 | 8 | 6 | 7 | 9 | 7 | |
| 加权评分 | 6 | 20 | 56 | 20 | 25 | 24 | 35 | 24 | 20 | 12 | 36 | 32 | 72 | 56 | 30 | 42 | 63 | 56 | 626 |
| 最大可能值 | 20 | 40 | 70 | 50 | 50 | 30 | 50 | 40 | 40 | 30 | 90 | 40 | 80 | 80 | 60 | 70 | 90 | 70 | 1 000 |
| 百分比% | 58 | | | | | | 54 | | | | | | 70 | | | | | | 63 |

在表 7-1 的总计栏中,最终的百分比约为 63%,代表对于某项交易的支持态度。对于特征分类模型的最终百分比可以进行以下归类,见表 7-2。

表 7-2　对某公司进行的信用评定及可以采取的措施

| 评估值 | 等级 | 信用评定 | 建议提供的信用限额 |
|---|---|---|---|
| 86～100 | CA1 | 极佳:可以给予优惠的结算方式 | 大额 |
| 61～85 | CA2 | 优良:可以迅速地给予信用核定 | 较大 |
| 46～60 | CA3 | 一般:可以正常地进行信用核定 | 适中 |
| 31～45 | CA4 | 稍差:需要进行信用监控 | 小量(需定期核定) |
| 16～30 | CA5 | 较差:需要适当地寻求担保 | 尽量不提供信用额度或极小量 |
| 0～15 | CA6 | 极差:不应与其交易 | 根本不应提供信用额度 |

## 2. 客户信用等级分类

客户信用等级分类的目的在于确定企业对客户的授信额度,控制企业的销售风险。信用评价等级一般按国际通行的"四等十级制"评价标准,将客户信用等级分为 AAA、AA、A、BBB、BB、B、CCC、CC、C、D。

(1) 等级优良的客户

该类客户一般实力雄厚、规模较大、赢利水平较高。短期债务的支付能力和长期债务的偿还能力较强、企业经营处于良性循环状态。该类客户的长期交易前景非常好,且信誉优良,可以放心地与之交易,信用额度不用受太大的限制。

AAA 级:即 3A 级,企业的信用程度高、债务风险小。该类企业具有优秀的信用记录,经营状况佳,赢利能力强,发展前景广阔,不确定性因素对其企业经营与发展的影响极小。

AA 级:即 2A 级,企业的信用程度较高,债务风险较小。该类企业具有优良的信用记录,经营状况较佳,赢利能力较强,发展前景较为广阔,不确定性因素对其经营与发展的影响很小。

（2）信用一般的客户

该类客户赢利水平一般，短期债务支付能力和长期债务偿还能力一般，经营处于良性循环状态。但未来经营与发展易受内外部不确定因素的影响，从而使赢利能力和偿债能力产生较大波动。该类客户具有较大的交易价值，没有太大的缺点，也不存在破产征兆，可以与之交易，可以适当地超过信用限额进行交易。

A 级：企业的信用程度良好，在正常情况下偿还债务没有问题。该类企业具有良好的信用记录，经营处于良性循环状态，但是可能存在一些影响其未来经营与发展的不确定因素，进而削弱其赢利能力和偿债能力。

BBB 级：即 3B 级，企业的信用程度一般，偿还债务的能力一般。该类企业的信用记录正常，但其经营状况、赢利水平及未来发展易受不确定因素的影响较大，偿债能力有波动。

（3）信用较差的客户

该类客户赢利水平相对较低，短期债务支付能力和长期债务偿还能力相对较差，经营状况较差，但促使客户经营与发展走向良性循环的内外部因素较多。该类客户一般对企业吸引力较低，其交易价值带有偶然性，一般是新客户或交易时间不长的客户，企业占有的信息不全面。企业与该类客户进行交易时不宜以信用支付方式，一旦需要与其交易，应严格限制于信用限额之内，而且可能会寻求一些额外的担保。

BB 级：即 2B 级，企业信用程度较差，偿债能力不足。该类企业有较多不良信用记录，未来前景不明朗，含有投机性因素。

B 级：企业的信用程度差，偿债能力较弱。

（4）信用差的客户

该类客户赢利水平较低，短期债务支付能力和长期债务偿还能力较差，经营状况较差，促使客户经营与发展走向良性循环的内外部因素较少。该类客户信用差，很多信息难以收集，交易价值很小。与该类客户交易的可能性很小。

CCC 级：即 3C 级，企业信用很差，几乎没有偿债能力。

CC 级：即 2C 级，企业信用极差，没有偿债能力。

C 级：企业无信用。

D 级：企业已濒临破产，无信用可言。

## 7.1.3 制定企业信用政策

企业的信用管理部门对客户信用状况进行了分析和评级，接下来就要制定相应的信用政策，作为企业销售部门向客户发放信用的依据。

### 1. 信用标准

信用标准是指当采取赊销手段销货的企业对客户授信时，对客户资信情况进行要求的最低标准；信用标准的设置会直接影响对客户信用申请的审批，所以根据本企业自身的资金情况和当时的市场环境，确定适宜的信用标准是企业制定信用政策过程中的重要一环。

例如，一般来说，对于信用等级优良的客户采取宽松的信用政策，信用额度不受太多的限制。这样也是为了建立良好的客户关系，与客户保持经常性的联系与沟通；对于信用一般的客户来说，在信用上应做适当的控制，基本上应以信用限额为准，超过信用限额不宜太大；

对于信用较差的客户来说,在信用管理上应较为严格,应对其核定的信用限额打一些折扣,对该类客户的调查了解应当更加仔细;而对于信用差的客户来讲,企业应尽量避免与之进行交易,即使进行交易,也应以现金结算的方式为主,不应采取信用形式。

### 2. 信用额度

信用额度是在信用条件下,企业授予客户的赊销限额。信用额度在一定程度上代表了企业的实力,反映其资金能力和对客户所承担的机会成本及坏账风险的承受能力。信用额度是企业进行赊销控制的一项重要指标,原则上,赊销客户的应收账款余额不应超过我们给予客户的信用额度。但在实际工作中常常难以准确地确定具体客户的信用额度。

### 3. 信用期限

信用期限是指企业允许客户从购货到支付货款的时间间隔。企业产品销售量与信用期限之间存在一定的依存关系,确定信用期限是信用管理的重要环节,确定信用期限的标准是让企业赢得更多的利润。信用期限通过两个方面对企业的赢利能力产生影响:一是信用期限会影响企业的成本,信用期限越长,企业背负的成本就越大,否则就相反;二是信用期限影响企业在市场上的竞争力,企业给予的信用期限越长,客户购买商品时所付出的代价就越低,产品在市场上就越有竞争力,企业赢得的市场份额就会越大。因此最佳信用期限决定于这两者的平衡。

在信用期限管理上,一般采用以下几种方式:月结、季结、押批结。另外银行承兑汇票也是发放信用的一种方式,使用银行担保的付款方式,这种信用方式在现在的经营活动中越来越多见。

### 4. 收账政策

收账政策是指当客户违反信用条件,拖欠甚至拒付账款时所采取的收账策略与措施。即企业采取哪种合理的方法最大限度地收回被拖欠的账款。信用一旦发放,就要实施监控,企业可在销售结算系统中设立信用管理员,用来防止超额和超限信用的发生。

当账款为客户拖欠或拒付时,企业首先应分析现有的信用标准及信用审批制度是否存在漏洞,然后重新对违约客户的资信等级进行调查、评价。对于信用品质恶劣的客户应当从信用名单中排除,对其所拖欠的款项可先通过信函、电话或者派人前往等方式进行催收,并提出警告。当这些措施无效时,则可以通过法律渠道进行裁决。为了提高诉讼效果,可以与其他经常被客户拖欠或拒付账款的企业联合向法院起诉,以增强该客户信用品质不佳的证据力;对于信用记录一向正常的客户,在去电、去函基础上,可以派人与客户直接协商,彼此沟通意见,达成谅解妥协,这样既可密切相互间关系,又有利于较为理想地解决账款拖欠问题,并且一旦将来彼此关系置换时,也有一个缓冲的余地。当然如果双方无法取得谅解,也只能诉诸法律进行最后裁决。

## ◯ 任务演练

### 客户企业经营状况调查

**调查目的**:了解某个企业的经营状况;尽可能多地获得该企业地经营信息。

**调查方法**:企业走访、案头资料收集。

**调查组织**:组成学习小组,每组 5~6 人,推选一名组长。

调查结果：各小组根据调查资料撰写调查报告并派代表进行课堂发言。

 **学习任务 7.2　应收账款管理**

## ◉ 成果展示与分析

### 一次成功的回款追讨

　　1997年7月到1998年3月，广东某进出口公司共计向马来西亚某集团出口陶瓷、陶器价值56万美元，合同约定的付款方式为货后90天。马来西亚某集团是华人在当地开办的一家中型贸易公司，在广东公司所有的发货中，公司的账龄分析表明，前期小批量的货款基本全部收回，虽然每次客户付款都有所延迟，只有最后一批货款30万美元一直没有收回。马来西亚某集团提出的延迟原因为：马来西亚1997年遭受厄尔尼诺自然灾害的影响，大水中断了很多交通干线，工农业全面减产；受亚洲金融危机的冲击，马来西亚银行加紧银根收缩，暂停许多贷款业务；马来西亚银行利息猛增，当地货币的抵押贷款年息达45%，透支利息高达70%左右；市场全面下滑，库存商品积压严重；社会治安状况恶化，公司的零售店遭到匪徒抢劫。1998年年底，广东公司专门抽出人员前去马来西亚追讨货款，在长达4天的协调中，马来西亚某集团一再强调目前资金周转困难，银行存款不足也无法获得贷款额度。最后，马来西亚某集团先行支付了5万美元的现金，余下25万美元则开具了9张远期支票，到1999年5月，经过两个月的密集传真追讨，广东公司和马来西亚某集团再次签订了一份还款计划书，其中规定该集团分期付款的时间和金额，必须在1999年年底以前付清所有欠款和利息。

　　1999年9月，在马来西亚某集团连续3次没有按时付款的情况下，广东公司决定将该案转交给国内一家在国家工商总局注册的大型专业机构处理。专业机构受理后，采取了如下追讨措施：首先，深入调查马来西亚某集团的资产情况，调查表明该集团的经营状况平稳，在银行户头上确实没有存款，但其公司负责人由于在马来西亚经商多年，家底殷实，在马来西亚当地拥有多处房产；然后，马来西亚追账员和协作律师对该集团实施强烈追讨，并向银行、法律部门公布其开具空头支票和拖欠的事实，通过行业协会、商会、华侨组织施加舆论压力。在专业机构的压力下，该集团终于同意以负责人本人的房产作为抵押，从银行获得贷款来分3次付清货款。1999年12月，专业机构已经成功地收回了5万美元，余下的20万美元将在专业机构的监督下支付。

　　资料来源：宋智勇. 信用销售管理实务[M]. 第一版. 广州：广东经济出版社.2002

## ◉ 知识储备

　　应收账款是企业销售产品或者提供劳务而产生的待收回款项。应收账款管理的目标就是要保证应收账款的流动性，使企业的效益和价值得到最大限度的提高，即追求最好的流动性和效益性。应收账款虽然具有比库存更好的流动性，但它毕竟不能用来直接使用或对外进行支付，因此，应收账款的管理应该加强流动性管理，促使应收账款能够尽快收回，实现应收账款向现金的快速和足额的转换。

## 7.2.1 制度监督

企业对应收账款进行跟踪监控是取得回款的有效方法,而要使各种回款方法得以有效实施,就必须建立一套严格的监控程序和制度。一般来说,企业的应收账款监控制度应包括以下 3 个方面的内容。

### 1. 应收账款监控系统

企业应建立应收账款监控系统,有专人负责客户的监控工作,制定监控客户的时间表,使监控客户的工作能够高效而有序地进行。与信用销售客户交易合同一签订,客户立即进入该系统,被列为监控对象。对客户不但有完整的账龄记录,而且对其定期进行账龄分析。客户的反馈信息能够及时地被记录下来,记录内容进入监控系统,可以随时查阅。

### 2. 内部沟通与监控制度

企业应当建立内部的沟通与监控机制,就是使客户的信用信息和付款信息能够高效率在内部不同部门之间传递的机制,保证各相关部门和人员不因为内部信息沟通不畅而贻误向客户及时收款的时机。具体解决方式有两种:第一种,对于有信用管理系统的企业来讲,可以设计客户付款自动预警功能和客户投诉处理系统。把各阶段的职能划分清楚,分配给具体部门甚至具体人员。由此某一客户应收账款即将到期时,系统会自动提示相应业务人员,并可按条件打印付款提醒函。第二种,对于没有信用管理系统的企业来讲,可以通过定期召开内部催收应收账款会议的方式来沟通客户付款信息。可以规定财务部门和销售部门每周开一次会议,对近期应收账款情况进行沟通,以便业务人员及时跟踪客户付款。

### 3. 客户联系和反馈制度

保持与客户的定期联系,规范联系的方式和内容,这样既能提高工作效率又让客户能够理解,同时,客户会感觉到对方是一个管理严格的公司。

此外,对客户的各种反馈及时采取应对措施,在具体的应对措施和应对程序方面尽可能有较为详细的规定,使监控人员能及时发现情况并采取有效措施。

## 7.2.2 客户监督

对客户的监督最重要的是建立区分客户、按照账龄顺序的管理机制。它包括对账龄的记录和分析,实行分级管理,对逾期应收账款进行预警,进行逾期应收账款催缴等方面的内容。

### 1. 账龄记录和分析

账龄是指应收账款发生时间的长短,持有一笔应收账款的时间越长,表明客户占用企业资金的时间就越长,如果这笔款项变成逾期应收账款,产生坏账损失的可能性也就越大,因此企业应当对账龄进行记录和分析来加强管理,这样做还可以考核企业收款工作的效果。

账龄有两种记录方法:一种是从发货时开始计算,一般企业的赊销业务都属于这种情况;另外一种是从逾期开始计算,一些经常以分期付款方式销售的企业可以采用这种方式。

一般来说,应收账款一产生,企业就应当对每笔应收账款的"账龄"进行记录,对公司全部客户的付款信息,包括每笔应收账款产少、应收日期,余额及账龄的长短等记录建档,即按客户付款时间的长短,填制账龄记录表(见表7-3)。在账龄记录表中,可以直观地获得每个客户在不同时间段内的付款情况,包括应付金额、应付时间、已付金额、支付时间、未付金额、拖欠时间等具体的付款汇总信息。

表 7-3　账龄记录表

| 客户 | 合同编号 | 日期 | 应收日期 | 发票号 | 金额 | 信用期内 | 逾期天 | 逾期月 | 逾期年 |
|------|----------|------|----------|--------|------|----------|--------|--------|--------|
| A |  |  |  |  |  |  |  |  |  |
| B |  |  |  |  |  |  |  |  |  |

通过对应收账款的记录和分析,企业可以随时掌握应收账款的平均账龄,以及其质量情况,这样就可以发现信用管理工作的问题所在,找出工作的重点方向。此外,企业可以通过阅读行业分析报告和公开统计数字,将该指标与行业平均值和主要竞争对手的相应指标进行比较,了解自身在市场竞争中的地位。

**2. 按照账龄进行分级管理**

企业管理应收账款,可以根据客户的账龄长短,对应收账款采用分级管理的方法。其主要思想是按照应收账款是否逾期和逾期时间的长短进行分类,并将不同类型的应收账款分别配属不同部门进行管理,采取有针对性的策略,见表7-4。

表 7-4　应收账款分类管理表

| 账　龄 | 分类等级 | 负责部门 | 策　略 |
|--------|----------|----------|--------|
| 信用期内早期 | 未到期应收账款 | 销售业务部门 | 沟通 |
| 信用期内晚期 | 预警期应收账款 | | 提醒 |
| 信用期结束 | 到期应收账款 | | 通知收款 |
| 逾期2个月之内 | 早期逾期应收账款 | | 礼节性催收 |
| 逾期2~3个月 | 最后通牒期应收账款 | 信用部门 | 加紧催收 |
| 逾期3~6个月 | 专门追账 | | 严厉催收 |
| 逾期6~12个月 | 诉讼期应收账款 | 法律部门 | 诉讼手段 |

## 7.2.3　销售人员监督

加强应收账款管理,除了要做好制度监督和对客户的监督之外,还要做好对销售人员的监督管理。主要通过以下两个方面进行监管。

一要加强对销售人员的原则性教育。在实际销售管理过程中,销售人员如何处理企业与客户的关系是一个重要课题。销售人员在同客户维持良好关系的同时,一定要加强他们的原则性教育,销售人员要不折不如地执行企业制定的销售政策,尤其是应收账款管理政策。

二是要加强销售人员的回款意识。作为一名销售人员应养成良好的习惯:货款回收期限前一周,电话通知或拜访负责人,预先通知其结款日期;期限前三天再明确结款日期,如果自己不能如约,应通知对方自己的某一位同事会前往处理,如果对方不能如约,应建议对方授权其他人跟进此款;在结款日一定按时前往拜访。

## ◉ 任务演练

### 企业应收账款管理制度调查

**调查目的**：了解各个企业对于应收账款是如何进行管理与监督的。

**调查方法**：企业走访、问卷调查、案头资料收集。

**调查组织**：组成学习小组，每组5～6人，推选一名组长。

**调查结果**：各小组根据调查资料撰写调查报告并派代表进行课堂发言。

 **学习任务7.3　回款技巧和策略**

## ◉ 成果展示与分析

### 掌握了资金流就掌控了企业命运

读完研究生之后的史玉柱决心辞职创业。1989年8月2日，他利用《计算机世界》先打广告后收钱的时间差，用全部的4 000元做了一个8 400元的广告："M-6401，历史性的突破"。一个月后，4 000元广告已换来10万元回报；4个月后，新的广告投入又为他赚回100万元。史玉柱用这第一桶金创办了"巨人"公司。

1991年7月，"巨人"实施战略转移，总部由深圳迁往珠海，1994年年初，巨人大厦动土。这座最初计划建18层的大厦，在众人热捧和领导鼓励中被不断加高，最后升为70层，号称当时中国第一高楼，投资也从2亿元增加到12亿元。

同样是1994年，史玉柱开始把一部分注意力转向了保健品，"脑黄金"项目开始起步。1995年，巨人发动"三大战役"，把12种保健品、10种药品、十几款软件一起推向市场，投放广告1个亿。

但到了1996年，巨人大厦资金告急，史玉柱决定将保健品方面的全部资金调往巨人大厦，保健品业务因资金"抽血"过量，再加上管理不善，迅速盛极而衰。巨人集团危机四伏。"脑黄金"的销售额达到过5.6亿元，但由于各地的经销商均采取赊销政策，导致资金不能回流，"脑黄金"的"烂账"就有3亿多元。

1997年年初巨人大厦未按期完工，各方债主纷纷上门，巨人现金流彻底断裂，媒体"地毯式"报道巨人财务危机。随着"巨人倒下"，负债2.5亿元的史玉柱黯然离开了广东。

1998年，山穷水尽的史玉柱找朋友借了50万元，开始运作"脑白金"。他把江阴作为东山再起的根据地。江阴是江苏省的一个县级市，地处苏南，购买力强，离上海、南京都很近。在江阴启动，投入的广告成本不会超过10万元，而10万元在上海不够做一个版的广告费用。

"脑白金"在江阴市场的正式启动以大赠送形式进行的，首先向社区老人赠送"脑白金"，一批批地送，前后送了10多万元的产品，慢慢地形成了回头客，不少老人拿着"脑白金"的空盒跑到药店去买，越买不到，老人们问得越起劲。

正当药店为只见空盒不见经销商上门的"脑白金"而犯愁时，"脑白金"的广告"闪亮登场"了，与以往不同的是，"款到提货"一开始就成了"脑白金"销售的市场规矩。

1998年5月,史玉柱把赚到的钱投入无锡市场的启动。他先打"脑白金"的销售广告,然后谈经销商,同样要求一手交钱,一手交货,开始时经销商不接受。但史玉柱一边谈,一边不停地打广告。慢慢地也就有经销商开始付款提货了。

第二个月,史玉柱在无锡又赚了十几万元,史玉柱拿着它去启动下一个城市。所有的城市都遵循同样的原则:款到提货。几个月里,南京、常熟、常州以及东北的吉林,全部成了"脑白金"的早期根据地。星星之火,开始燎原。到1998年年底,史玉柱已经拿下了全国1/3的市场,月销售额近千万元。2000年,公司创造了13亿元的销售奇迹,成为保健品的状元,并在全国拥有200多个销售点的庞大销售网络,规模超过了鼎盛时期的巨人。

"时刻担心公司明天会破产"的史玉柱,如今手握100多亿元可随时变现的资产。"手上有现金,睡觉踏实。"坐在记者面前的史玉柱,露出一个开心的笑容。

资料来源:佚名. 网络富豪谁主天下? 福布斯新榜出炉. http://info. ceo. hc362. com/2008/09/12071165282-2. shtml

这是市场营销与现金流之间关系的一个经典案例。"赊销"是企业销售推广过程中普遍存在的一种现象。"赊销"可以帮助企业迅速地占领市场,扩大市场份额。但同时也带来致命的危机,就是一旦资金不能回笼,现金流很容易断裂。在1997年之前的巨人集团,营业额不能说不好,但却由于烂账太多,导致整个公司的轰然崩塌;而1997年之后的巨人,能够迅速地东山再起,创造营销史上的奇迹,其中一个最根本的原因就是史玉柱把"现金"牢牢地掌握在了自己的手里。

## ◯ 知识储备

### 7.3.1　预防欠款

一般来说,"防患于未然"比事后采取的补救措施更加有效,在应收账款管理中,企业在应收账款到期前就应加强监管,保证应收账款的及时收回,从而有效地预防欠款。信用管理部门对未到期应收账款的管理主要包括以下几个方面。

#### 1. 及时与客户沟通

客户接触率与成功回收率是成正比的,经常与客户接触,多进行沟通,被拖欠货款的机会就小得多。此外,在大量拖欠货款的案例中,产生纠纷的原因主要表现在客户错误理解信用销售条款、货物质量、包装、运输、交货期、结算方式以及合同的漏洞等。销货企业的信用管理部门如果能够及时与客户沟通,了解到客户的抱怨和要求,及时协调有关部门采取补救措施,减少纠纷向拖欠货款的方向发展。在时间安排方面,一定要在销货之后,主动联系购货客户的验货部门或使用单位,确认客户是否满意,或者是否达到合同要求。

#### 2. 做好对应收账款的监督控制

做好应收账款的跟踪监控,尽早发现客户的经营或产权发生的各种重大变化,及时结清货款。应收账款一旦形成,企业就必须考虑如何按期足额收回的问题。这样,赊销企业就有必要在收款之前,对该项应收账款的运行过程进行追踪分析,重点要放在赊销商品的变现方面。企业要对赊销企业今后的经营情况、偿付能力进行追踪分析,及时了解客户现金的持有量与调剂程度能否满足兑现的需要。将那些挂账金额大、挂账时间长、经营状况差的客户的欠款作为考察的重点,以防患于未然。通过各种信息渠道动态跟踪客户,可以及时了解客户企业经营状况和产权状况的变化,并及早采取相应对策,甚至通过保理商的服务及时处理合同。

### 3. 及时提示客户付款

从应收账款管理的实践来看,客户的付款行为一般分为以下几类。

(1) 收到货很快付款。

(2) 快到期才付款。

(3) 被提醒后付款。

(4) 受到强力催款压力后才付款。

(5) 死赖着不付款。

其中第二类和第三类客户占客户总数的绝大多数。销货企业的信用管理部门应该在货款到期前的 5 个工作日通知客户企业的会计部门即将到期货款的到期时间和金额,让客户企业的会计安排资金,将应付货款及时调入准备开出付款支票的银行账户内。销货企业可以通过电话或传真等形式通知客户企业的会计或者有关负责人,并注意措辞。

## 7.3.2 回款困难原因分析

应收销货款的发生是企业采取信用销售方式的必然结果。企业之所以来取信用销售方式而不是现金销售,其主要原因在于企业希望依靠信用销售的方式为客户提供一些资金方便以扩大产品销售量。但在现实的销售中,往往由于回款困难而造成销货企业自身成本的增加,给自己带来压力。究其回款困难的原因,主要包括外部和内部两个方面。

### 1. 回款困难的外部原因

(1) 企业间存在贸易纠纷

由于对合同中的某些条款,如货物质量、数量等方面的分歧产生纠纷,导致货款迟付或拒付。贸易纠纷主要包括:货物买卖纠纷(包括品质与数量纠纷)、货物运输纠纷、保险纠纷、代理纠纷、售后服务纠纷等。

实践表明,大量的货款拖欠案件中,有相当的一部分是由于上述纠纷产生的。而这些纠纷往往是因为买卖双方没有及时沟通造成的。如果与客户以合作的、非敌对性的态度进行沟通,及时了解客户的反映、要求和意愿,做出相应的决策,及时解决可能产生的纠纷;这样,就为要求客户按时付款扫清了障碍,维护了与客户良好的业务关系。

(2) 客户经营不善,无力偿还货款

这是目前我国国内企业间相互拖欠的最主要原因。造成企业经营不善的原因有很多,其中主要的原因有:企业产权关系不明确,经营者并不承担相应的责任;企业缺乏长远的发展战略;企业成本控制不力;企业管理机构设置混乱、层次繁多;市场发生变化,产品卖不出去或价格降低导致资金无法回笼;企业经营过于多样化,摊子铺得过大等。

(3) 故意占用销货企业的资金

除上述几种原因之外,目前企业间的"三角债"是困扰企业经营发展的一个重要原因。其中在采用托收承付方面,由于银行监督不力,给许多企业造成可乘之机,卖方强制买方接受不符合合同约定的商品,买方也可以不讲信用,任意拖欠货款。此外,中国有些企业拖欠货款属于习惯性拖欠,而并非蓄意赖账不还。因此,对这类客户从赊销过程一开始,直到货款到期日,保持与客户联系、提醒、催促付款,会使客户感觉到债权人的压力。如果客户不是经营困难或到了破产的边缘,又没有别的特殊原因,一般轻易地不会推迟付款。当然,也存在一些信用恶劣的企业利用合同票据以及预付定金、延期付款等方式进行长期拖欠,最后达到部分或全部占有对方货物、货款的目的的现象。所有的这些因素,都导致销货企业的资金无法收回。

**2. 回款困难的内部原因**

一般来说,企业回款困难的内部原因主要是指由于内部信用管理不善,导致外部资金回收困难。目前企业被拖欠资金的内部管理原因主要包括以下几个方面。

(1) 客户信息不全、不真实。

(2) 没有准确判断客户的信用状况。

(3) 没有准确判断客户信用的变化情况。

(4) 财务部门与销售部门之间缺少有效的沟通。

(5) 企业内部业务人员与客户勾结。

(6) 没有正确地选择结算方式和结算条件。

(7) 企业内部资金和项目审批不严格。

(8) 对应收账款监控不严。

(9) 对拖欠款缺少有效的追讨手段。

(10) 企业缺少科学的信用管理制度。

## 7.3.3　回款技巧

### 1. 回款的方式

实践当中,当客户出现拖欠货款后,用什么手段进行追讨,往往是一较难处理的问题,企业主要应从追账的有效性、时间、成本(费用)等方面进行权衡,找出最佳处理方案。

(1) 企业自行催收

企业自行催收是指企业自行组织力量进行催收。常用方法有通信催收和上门催收。通信催收类似于前面提到的以电话、信函、传真、电子邮件等方式对账款的催收。上门收账可以给对方以更大的压力,并且可以进一步实地了解客户的态度和企业的现状,为调整催收策略做准备。

企业自行催收因熟悉债务人的需要能较好地处理与客户的关系,但该点也是造成欠债的因素。这种方式所产生的费用如能马上收回、费用是最少的,但如计算机会成本,边际利润、商誉等费用就很高。

(2) 委托代理机构催收

如果催收一段时间以后没有实质性的效果,企业面对客户的各种借口,常常面临一种两难的困境:一方面,由于客户的一再拖欠,企业的自行催收已没有太大的作用;另一方面,如果诉诸法律,则可能由于费用太高,程序复杂、漫长,判决结果的执行有困难,大多数企业不愿采用这种方法,而且法律方式最具敌对性,造成自身与债务人关系恶化的可能性最大,也不利于以后的合作和发展。在这种情况下,企业可以委托专业机构代为催收,这些机构包括律师事务所、会计师事务所、追账公司等专业机构。

（3）法律诉讼或仲裁

企业信用管理部门有时会将极少数情节恶劣或有重大纠纷的欠款客户送上法庭，但做出这样的决定应该慎之又慎。通常只有在下列条件下企业信用管理部门才会向上级打报告，申请对客户的法律诉讼，主要包括：逾期应收账款额度相当大、企业信用管理部门屡次催账不能取得成功、追账机构不接受此案或没有取得明显效果、但经过诊断后发现欠款客户仍然有还款能力。这里要注意的是，对欠款客户诉诸法律是将企业扯入经济纠纷案件，必须由法人或法人委托的代表出面；以后不能再向被告客户企业恢复购销关系了。

三种收账方式优缺点比较见表 7-5。

表 7-5　三种收账方式的优缺点比较

| 收账方式 | 自行催收 | 委托代理机构催收 | 法律诉讼或仲裁 |
| --- | --- | --- | --- |
| 效果 | 前期效果较好,时间越长效果越差 | 中期效果较好 | 后期效果较好 |
| 效率 | 一般 | 较高 | 较低 |
| 维护客户关系 | 最好 | 中等 | 最差 |
| 追账时间 | 不确定 | 较好 | 较差 |
| 所花费用 | 如能尽快收回,费用较少,但机会成本和其他间接费用较高 | 在双方签订代理协议时定好费用 | 法律费用较高 |

## 2. 各种回款技巧

（1）电话催款的技巧

第一：事前做好准备工作

为了使收账电话达到无懈可击的程度，为了不让对方有搪塞的借口，准备好相关资料是非常重要的第一步。

第二：在合适的时间打电话给关键的联系人

必须要找关键的联系人。如果对方是正规的大企业并且管理规范，应与指定付款联系人或财务部门联系。

第三：以专业的口吻应答

与客户交谈时，业务员应做好下列心理准备：记住自己是基于工作上的原因与这个客户通电话，而不是造成他的不方便或是妨碍他的日常作息。同时，应该以专业的语气与客户交谈，因为客户会以他对你在电话中的交谈技巧来对你及你的公司做出评价。

第四：掌握整个谈话局面

要切记你打电话的目的，不要在谈话中迷失了自己打电话的重点：将账款顺利回收。在与客户谈话的过程中，不要让谈话离题太远，或是彼此的谈话暧昧，这样会让你事倍功半，无法达到目的——回收账款。

第五：适时给谈话对象适当的回应

由于客户无法通过电话线看到业务员的表情，如果业务员无法给予他适当的回应，或业务员只是沉默以对，客户可能会认为你并不在乎是否回收或何时回收这笔账款，应让客户清楚自己回收这笔账款的决心。

与客户通电话时,要使自己成为一个好的聆听者并带有一种友好的声调,始终应保持的态度是:"对您的困境我很遗憾,但我们确实需要你们立即付款,我们已经尽了自己的责任。"

第六:说话要明确

当客户听不到你要表达的意思时,通常不愿浪费时间再与你谈下去。所以,你要明确告知客户,你接通这电话的目的到底是什么。在电话中要坚持自己的意见,不要偏离既定的目标,始终回到要求付款这一目标上,让债务人感觉他必须尽快付款;要有与人合作的态度;要取得对方的明确的兑现承诺;对确定的事项做好记录并得到对方的确认。

(2)信函回款的技巧

收账信是一般企业都会采用的一种收款方式,因为收账信有费用低、较正式的优点。写收账信是一门艺术,如何不让你与客户的关系因收账信而恶化,又可以达到收账的目的,的确不太简单。一封好的收账信应当符合下列原则。

① 地址要具体,收信人要具体到某某人以及某一具体职位。

② 支付货款的金额写在信函的突出位置。

③ 收账信的长度不能超过 1 页,内容应直截了当。如果问题较复杂,则可以通过附件的方式,比如附合同、对账单等。

④ 信中所写的款项数额必须正确。

⑤ 语言要确切、简明、直接、没有套话,使用简短的句子与段落。

⑥ 措辞要谨慎而坚定。要有长远合作考虑,不能想说什么就写什么。不得向对方进行人身攻击,要就事论事,要从有利于合作角度谈问题,但同时信中的措辞要坚决而有力。

⑦ 要有具体人签字并写明职位、电话,以方便客户回话。

⑧ 避免时间段写法,要写具体日期,如 2010 年 10 月 5 日。

⑨ 最后以非常婉转而客观的态度告诉客户,如果未履行付款协议会有什么样的后果。

(3)上门催讨技巧

上门催讨是一种重要的收款手段,亲自拜访也是了解拖欠账款实际情况的最佳途径。有经验的收款人员可以通过面访掌握大量的客户的信息和意图,并通过语言、行为技巧推动收款行动。该种方式一般让债务人说出迟付款的真实理由,并立刻达成某种协议或者就付款做出安排。采用该种方式不单是为了施加压力,也有可能是协调客户关系。

上门面访收账是自行收账方式中最严厉的一种措施,它较有效果,面对面地交涉可以使施加的压力最大。当函件和电话追账无效时,可以采用该种方式,以免债务人随意搪塞。但面访的成本相对较高,对收款人员的要求也较高,它适用于对重点客户和收款困难客户的催款。

上门催收其实就是一种心理对抗,谁在心理对抗中占上风,谁就取得了胜利。对于业务人员来说,第一,坚定的信心。债务人所欠的钱本来就是我的,我一定要拿回来,坚持到底,负责到底,追账到底,直到收回欠款。第二,强调优势心理。债务人是失信者,理亏必然心虚。因此,业务人员要摆好自己的架势。见到欠款户第一句话就得确立自己的优势心态。通常应当强调是"我"支持了你,而且我付出了一定的代价。尤其是对于付账情况不佳的客户,一碰面不必跟他寒暄太久,应赶在他向你表功或诉苦之前,直截了当地告诉他,自己是专程来收款的,让欠款户打消任何拖、赖、推、躲的思想。此外,业务人员还应了解顾客的心理,一般应该掌握以下 5 种客户心理。

① 同情心。业务人员在回收账款的过程中应该学会善于诉苦,不断向客户讲述自己的难处和苦处。因为人皆有同情心,人皆有恻隐之心,通过向客户诉苦来获得客户的同情,很利于货款的回收,能大大缩短收款时间。

② 模仿心。有些客户总是在看到其他人付款之后才肯付款,总感觉自己在别人之前付款就会吃亏。抓住客户的这种模仿心理,在收款的过程中要学会不断地向客户强调:现在只有您没有支付货款,其他客户都已经按时付款了。此时,客户意识到只有自己还没有付款,出于模仿心理,也会跟随支付货款的。

③ 公正心。销售产品之后收回货款是业务人员的责任,拿到商品后支付货款是客户理所当然要尽的义务,这个道理人人皆知。人都有一颗公正心,销售产品之后,售后服务很到位,客户没有什么可以挑剔,他就没有理由延期支付货款了。

④ 自负心。有很多人都认为自己很优秀,有一种自负心理,遇到这种客户,业务人员的态度要卑微一些,要学会赞美对方。多讲一些"同行都夸赞您是最棒的、最好的,都要向您学习"之类的赞美对方的语言。客户心情愉快了,才能顺利地回收货款。

⑤ 自利心。有些客户很自私自利,做生意时总是利字当头,只要对自己有利的事情,他就会去做。利用客户的这种自利心,业务人员应该向客户强调:公司对所有客户都有一个信用评定,如果您能按时支付货款,公司会对您的评价非常高,在未来的交易中,您会获得更多的优惠、更高的折扣、较长的回款期。客户听到会有这么多好处,自然会按时支付货款了。

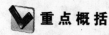 **任务演练**

## 回款技巧训练

*训练目的*:通过角色扮演,了解在回款过程中会遇到哪些问题,并如何解决这些问题。

*训练方法*:角色扮演、课堂讨论。

*训练组织*:组成学习小组,每组5~6人,推选一名组长。

*训练结果*:对所扮演的角色,各个小组讨论、分享。

**重点概括**

企业需要建立自己的信用管理部门,从而系统地设计、收集、分析和提出数据资料以及提出客户的资信状况的调查研究结果。首先要确定调查的目标与范围,并通过金融机构(银行)、专业资信调查机构、客户或行业组织等方式进行调查,调查客户的基本信息、信贷资料等。在搜集好客户的信用资料后,要对这些资料进行分析,并对客户的信用状况进行评价和分级。接下来就要制定相应的信用政策,作为企业销售部门向客户发放信用的依据。

应收账款是企业销售产品或者提供劳务而产生的待收回款项。为促使应收账款能够尽快收回,应做好三个方面的工作:①制度监督;②客户监督;③销售人员监督。

在应收账款管理中,企业在应收账款到期前就应加强监管,主要包括以下几方面的措施:及时与客户沟通;做好对应收账款的监督控制;及时提示客户付款。回款困难的原因主要包括外部原因和内部原因。例如:企业间存在贸易纠纷;客户经营不善,无力偿还货款;故意占用销货企业的资金等。

## 综合实训

实训项目:模拟企业信用管理系统。

实训准备:知识准备,对企业信用管理知识的系统掌握;组织准备,任课教师提前布置实训任务,并进行分组,推选或指定组长,组长负责本小组成员的实训活动。

实训内容:根据班级情况将学生分为 A、B、C、D 等若干组,每个小组为一个"企业",课前由各个小组通过搜集资料,来共同设定本企业的基本信息、详细资料,由教师事先设定好组与组之间的信贷关系(例如,B 组欠 A 组 2 000 万元即将到期;C 组准备向 D 组赊销购买 1 000 万元的货品等),要求债权人企业小组的成员,运用本章知识,完善本"企业"的客户信用管理系统,对客户进行资信调查,并能够通过各种技巧,要回属于本企业的账款;要求债务人企业小组的成员,运用各种手段,刁难债权人企业的收款。上述过程完成后,要求债权人企业与债务人企业小组进行互换,每个小组都能够扮演一次"债权人"和"债务人"。

实训成绩:任课教师依据评分表(见表 7-6)对各个小组进行总体评分(具体分值可由任课教师结合实际确定)。

表 7-6  实训课业成绩考核表  课业名称:《模拟企业信用管理系统》

| 课业评估指标(分) | 课业评估标准 | 分项成绩 |
| --- | --- | --- |
| 1. 债权人基本信息设定情况∑10 | 基本信息齐全 | |
| 2. 债权人企业客户信用管理系统完善情况∑40 | (1) 对客户信息的调查情况<br>(2) 对客户信息的分析情况<br>(3) 本企业的信用政策与制定情况<br>(4) 对债务人企业的回款情况 | |
| 3. 债务人基本信息设定情况∑10 | 基本信息齐全 | |
| 4. 应对债权人要债的情况∑40 | 应对措施 | |
| 总成绩∑100(分) | | |
| 教师评语 | | 签名:<br><br>年　月　日 |
| 学生意见 | | 签名:<br><br>年　月　日 |

## 思考练习

销售经理解决问题能力练习。

学员针对表 7-7 中所列举出的问题,思考可能的解决办法。

表 7-7   问题及解决方法

| 问　　题 | 解决办法 |
|---|---|
| 尽管进行了努力,但销售业绩还是下降。这种情况至少已经持续一个月了 | |
| 你已经犯了错。关于你做出糟糕决定的消息已经传开,并降低了你作为一名销售经理的可信度 | |
| 一些小问题造成的销售下降,如递送人很不礼貌地将订单随便扔在客户门口的台阶上 | |
| 会计在收款的时候言辞尖刻;送货员在包装时很不小心,导致货物在送到时已经破损;尽管收到了客户的 3 个投诉电话,但销售人员并没有回复电话 | |
| 你发现在你的销售人员中存在普遍的冷漠,你怀疑他们缺乏积极性 | |
| 你知道你的员工身上存在某个问题,但每个人都缄口不言 | |
| 你认识到改变是必要的,但你不能通过管理让那些变化成为现实 | |
| 太多的错误、太多的退货、太多的手续或者质量问题正在削减你和你的团队的收入,并因此造成不快和不满 | |
| 很难找到问题真正的原因,但你感觉到士气低迷,几乎没有团队精神,而销售额也处于停滞不前或者滑坡之中 | |

# 项目八

*Xiangmu ba*

## 客户管理

### 知识目标

了解客户关系维护的原理；了解客户筛选的方法；掌握客户培育和培训的相关知识；掌握处理客户投诉的方法及程序。

### 技能目标

能指导日常客户关系维护；能指导对客户的筛选；能介绍新客户培育的方法；能组织客户的培训；能处理客户的投诉。

### 训练路径

角色扮演；情景模拟；案例分析；专业讲座。

### 教学建议

理论课简要介绍客户关系管理知识；采用讲授与实例分析相结合的教学方式，进行教学；提前通知，准备好资料。

 **学习任务 8.1　客户分析**

## ● 成果展示与分析

### 美信的数据库营销

客户关系管理是目前市场营销的有效手段，但目前很多中国企业只是学到了客户关系管理的表面模式，比如说你是一家连锁超市的会员（即拥有会员卡），但你收到了多少关于该连锁超市的促销信息呢？即使了解到了它们的促销政策大多也是通过媒体得知的。可是即使非会员也可以收到，这种宣传方式既浪费了商家的资金，同时也没有让会员感到自己的与众不同。

李小姐曾经在"美信药妆"办理了一张会员卡，这里需要特别提出的是李小姐曾经在连续的两个月内收到它们的两条促销短信。这种方式在国内还很少见，它们的短信频率不会让你感到厌烦，短信内容也很有针对性，因为李小姐曾购买它们的化妆品和日常药品，所以它们的短信内容也是此类的促销政策。自从李小姐没有去该药店购买后，它们已经很久没有给她发信息了。这说明它们的客户档案营销设计是非常科学的。

据李小姐回忆,首先,它们的细分维度有最近一次购买记录,也就是说如果你是在很长时间前购买的,那说明你不是它们的重视顾客,购买也只是图一时的方便或因为它们的促销政策,发展成为它们忠诚顾客的可能性也比较小,经过 2～5 次的试探性发展之后如果仍然不能发展该顾客,那么它们就不会再花费时间和精力在该顾客身上了。

其次,李小姐肯定它们的细分维度有购买频率这一指标。因为李小姐曾在两个月内购买三次该药店的药品,所以它们可以分析出她是有可能被发展成为他们的忠实顾客的,其中的原因可能是因为购买方便,也可能是产品吸引人,还有可能是因为它们的促销政策等。总之李小姐是有发展潜质的,所以才会在后来收到它们的促销短信。

再次,就是购买金额,从李小姐的销售记录来看主要是日常化妆品和一般生活必需药品,不属于它们的重点客户,也就是属一般顾客,所以它们不会花费太多的精力在她身上。可以试想一下,如果李小姐的购买金额比较大,药品属于长期服用药品,那么它们肯定会花费大量的时间和精力在她身上,短信之后甚至会有电话跟进,甚至是上门拜访等。

美信拥有一套强大的客户档案信息管理系统,该系统在美国 MedicineShoppe 药店管理系统的基础上,结合中国药店的经营管理模式进行改造,除具有进销货管理、库存管理、销售分析、毛利分析、时段分析的功能之外,还有美信独特的会员顾客管理系统、顾客用药记录管理系统等。

美信总部将这些数据整理成报表,从商品销售、商品组合、营业额到毛利分析、会员分析等报表中,总部督导员会对报表进行数据分析,找出营业额波动的原因,并提出相应的解决方案。凭借这样高度的信息化,美信才有可能对分散的门店实现紧密的跟踪管理。

资料来源:谢明伟.“美信”一条短信的背后.www.mie168.com/marketing/2007-11/220187.htm 2009-07-13

我们可以把美信的这一营销模式定义为客户关系管理数据库营销,它强大的数据库系统也是为客户关系管理服务的。从最早数据收集开始,就应该详细地记录顾客的各种信息。但只是收集了信息还远远不够,就好比是你买了很多肉、蔬菜但并不意味着你拥有了美味佳肴一样。对于顾客的购买详单、购买动机、购买频率等更要有详细的记录并加以分析,之后得出规律性结论和有针对性的措施。这才算是客户关系管理的基础。同时客户档案数据库是一个动态的概念,因为这个数据库不仅是需要不断地增加或者删除,同时还有大量的核实、细化、修改、完善等工作。

## ◉ 知识储备

客户关系管理(Customer Relationship Management,CRM),是指通过培养企业的最终客户、分销商和合作伙伴对本企业及其产品更积极的偏爱或偏好,留住他们并以此提升企业业绩的一种营销策略。CRM 的营销目的已经从以一定的成本取得新顾客转向想方设法地留住现有顾客,从取得市场份额转向取得顾客份额,从发展一种短期的交易转向开发顾客的终生价值。总之,CRM 的目标是从顾客利益和企业利润两方面实现顾客关系价值的最大化。

### 8.1.1　界定客户

企业对客户进行分析之前,首先应该确定谁是自己的客户。一般来说,客户是对企业外部群体的总称,企业外部所有相关的群体都可以看做企业的客户。根据这些外部群体与企业之间关系的不同可以按照以下几种方式进行分类。

（1）按客户性质不同分为政府机构、与本公司有特殊业务的公司、普通公司、顾客个人等。

（2）按交易过程不同分为曾经有过交易的顾客、正在进行交易的客户和即将进行交易的客户。

（3）按时间序列不同分为老客户、新客户和未来客户。

（4）按交易数量和市场地位不同分为主力客户（交易时间长、交易量大等）和零散客户。

按照不同的方法划分出的不同类型的客户，因其需求特点、需求量等不同，所以对其管理也要采取不同的方法。

## 8.1.2　建立客户档案

客户档案是企业内部最容易收集到的营销信息，是企业决策的重要信息。信息技术的广泛使用为企业建立客户档案打下了良好的基础。客户档案可以容纳很多详尽的信息，通过有效使用该类档案，公司可以更好地了解客户的需求，然后再按客户需求设计产品、提供服务，从而加强与客户的关系。

### 1. 个人消费者档案

（1）个人消费者的基础资料

个人消费者的基础资料包含客户和潜在客户的资料，比如个人消费者应包括姓名、身份证号码、出生年月、性别、婚姻状况、家庭结构、教育程度、收入水平、就业状况、工作性质、生活方式、心理特征，以及其他相关描述等。

（2）行为数据

行为数据主要包括：购买习惯、品牌偏好、购买地点、购买数量、购买频率、购买时间；回应类型代码（包括订购，询问，对调查活动、广告活动、促销活动等的反应）、回应的日期、回应的频率、回应价值、回应方式（电话、传真、邮政、电子邮件等）；每次与客户进行接触的时间和方式（信件、电话、人员往来、参加展览会等）；每次客户的抱怨及其解决的记录、售后服务的记录等方面的详细资料。表 8-1 为简要的个人消费者资料卡的范例。

表 8-1　个人消费者资料卡

| | | 个人简历： | |
|---|---|---|---|
| 顾客编号 | | | |
| 姓名 | | | |
| 出生日期 | | | |
| 籍贯 | | | |
| 学历 | | | |
| 毕业院校 | | | |
| 住址 | | | |
| 家庭成员 | | | |
| 家庭状况 | | | |
| 职务 | | 购买商品： | |
| 薪金 | | 付款方式： | |
| 兴趣 | | 客户主管： | |
| 专长 | | 建档日期： | |

## 2. 企业客户档案

企业客户档案除了要包括必要的个人消费者档案之外，还要包括以下几个方面的资料。

（1）企业客户基本资料

企业客户主要包括名称、地址、电话、所有者、经营管理者、法人代表及他们个人的性格、兴趣、爱好、家庭、学历、年龄、能力、创业时间、与本公司交易时间、企业组织形式、业务、资产等。这些资料是客户管理的起点和基础，它们主要是通过销售人员进行客户访问时搜集来的，也可以通过报纸、杂志、公报等公开信息查问得到。

表 8-2 为简要的企业客户资料卡的范例。

表 8-2 企业客户资料卡

| 客户名称 | | | 金融情况 | 往来银行 | | 账号 | |
|---|---|---|---|---|---|---|---|
| 公司所在地 | | | | 现金情况 | | | |
| 子公司 | | | | 资金周转 | | | |
| 负责人 | 法人 | | 付款情况 | 承办付款人 | | 住址 | |
| | 经理 | | | 付款态度 | | | |
| | 经办人 | | | 付款日期 | | | 经营者性格及嗜好 |
| 公司电话 | | | 变更及其他登记 | 日期 | 变更资料 | 登记事项 | |
| 业别 | | 组别 | | | | | |
| 等级 | | | | | | | |
| 开始交易日期 | | | | | | | |
| 主要使用产品 | | | | | | | 经办付款人性格及嗜好 |
| 营业概况 | 营业项目 | | | | | | |
| | 营业范围 | | | | | | |
| | 营业性质 | | | | | | |
| | 营业状况 | | | | | | |
| | 销售能力 | | | | | | 备注 |
| | 员工人数 | | | | | | |
| | 最高购买额 | | | | | | |
| | 月均购买额 | | | | | | |

（2）企业客户特征

对于企业客户来说，企业客户特征主要包括企业简介、经营领域、经营观念、经营政策、经营特点、企业规模、经营状况、主要产品或服务、信用状况等级、法人代表或采购负责人（也就是采购的最终决策者）、服务区域、销售能力、发展潜力、销售实绩、经营管理者和业务人员的素质、与其他竞争者的关系、与本公司的业务关系及合作态度等。

表 8-3 为简要的企业经营者概况登记卡的范例。

**表 8-3　企业经营者概况登记卡**

| 姓名 | | 性别 | | 年龄 | | 籍贯 | | 住址 | |
|------|--|------|--|------|--|------|--|------|--|
| 学历 | | 语言 | | 性情 | | 社会关系 | | | |
| 配偶影响程度 | | 其他职位 | | | | 曾倒闭否 | | | |
| 以往信誉 | | | | | | | | | |
| 法人代表： | | | | 实权者： | | | | 与经营者关系 | |

（3）财务数据

财务数据主要包括账户类别、开户银行、账号、第一次订货（购买）日期、最近一次订货（购买）日期、平均订购价值、供货余额、平均付款期限、信用状况等级等。

（4）交易现状

交易现状主要包括客户的销售活动现状、存在的问题、保持的优势、未来的对策、企业形象、声誉、信用状况、交易条件，以及出现的信用问题等。

## 8.1.3　筛选客户

### 1. 对客户进行分析

（1）分析客户与本企业的交易业绩

通过掌握各客户的交易信息，统计出各客户与本企业的月交易额或年交易额，在此基础上，计算出各客户占本企业总销售额的比重，同时检查该比重是否达到本企业所期望的水平，再将客户分为 A、B、C 三类：A 类客户交易额占公司累计销售额的 80% 左右；为公司的重点客户；B 类占 15% 左右；C 类占 5% 左右，B 类与 C 类都可以视为公司未来潜力客户。

（2）分析不同商品的销售构成

将公司对客户销售的各种商品，按照销售额由高到低排列，并计算出所有商品的累计销售额。在此基础上计算出各种商品销售额占累计销售额的比重。最后分析不同客户商品销售的倾向及存在的问题，检查公司的销售重点是否正确，将畅销商品努力销售给大有潜力的客户，并确定以后商品销售的重点。

（3）分析商品的毛利率、周转率、交叉比率和贡献比率

将公司所负责的对客户销售的商品按毛利润额大小排序，计算出各种商品的毛利率。毛利率越大，越需要日后积极地向重点客户推销。

通过对客户的调查，将月初客户拥有的本公司商品库存量和月末客户拥有的本公司商品库存量进行平均，求出平均库存量。再将销售额除以平均库存量，即得商品周转率。周转率越高，同样越需要积极地促销。

毛利率乘以商品周转率，便得出交叉比率。交叉比率乘以销售额构成，便得出商品的贡

献比率。其计算公式为

$$交叉比率＝毛利率×商品周转率$$
$$贡献比率＝交叉比率×销售额构成$$

对不同客户商品销售情况进行比较分析，看是否完成了公司期望的商品销售任务，某客户商品畅销或滞销的原因何在，应重点推销的商品（贡献比率高的商品）是什么。

**2. 对客户进行筛选**

对客户进行分析之后，企业应该在众多的客户之间做出对自己有利的选择。这是因为，企业所面对的客户是不断发展变化的，一个赢利的客户可以在很短的时间内变得没有价值，而一个非赢利的客户也可以转变为企业利润的主要来源，因此企业应该不断地对其客户进行选择，实现动态管理。

企业销售人员应该每年都对手中掌握的客户进行筛选。筛选是将重点客户（大客户）保留，而淘汰无利润、无发展潜力的客户。在筛选时销售人员应将客户数据调出，进行增补删改，将客户每月的交易量及交易价格详细填写，并转移到该客户下一年的数据库里。

在筛选客户时，可以从以下 5 个方面衡量客户，作为筛选依据。

（1）客户全年购买额。将 1～12 月份的交易额加以统计。

（2）收益性，即该客户毛利率的大小。

（3）安全性。销售人员要了解货款能否足额回收。如果客户当年的货款没有结清，无论如何都应坚持要他先结清货款。

（4）未来性。销售人员要了解客户在同行中的地位及其经营方法，分析其发展前途。

（5）合作性。销售人员要了解客户对产品的购买率、付款情况等。

针对以上标准对客户打分，并赋予每个标准以不同的权重。对客户进行如此筛选之后，就会发现一些客户总体价值不高，要给予特别处理，甚至丢弃；而另一些客户将成为企业利润的主要来源。

例如：某企业在评价其客户时确立的评价标准有 5 项指标（见表 8-4）。

表 8-4　客户评价标准

| 指标 | 重要程度 |
| --- | --- |
| 客户全年购买额 | 5 |
| 收益性 | 4 |
| 安全性 | 3 |
| 未来性 | 2 |
| 合作性 | 1 |

这些标准的重要程度按 5 分制进行评分，5 分表示企业认为该项指标最重要，1 分表示企业认为该项指标最不重要。根据这些指标企业可以对客户同样按 5 分制进行评价。然后，以指标重要程度为权数累计求和，取得对每个客户的评价总分。例如，该企业有 A、B、C、D 四个客户，他们在这 5 项标准方面的得分见表 8-5。

表 8-5　客户五项标准得分表

| 指标 | A | B | C | D |
|---|---|---|---|---|
| 客户全年购买额 | 5 | 4 | 3 | 5 |
| 收益性 | 5 | 3 | 2 | 5 |
| 安全性 | 4 | 5 | 2 | 4 |
| 未来性 | 3 | 4 | 2 | 4 |
| 合作性 | 4 | 2 | 2 | 5 |

那么这些客户的加权平均分为

A：$5 \times 5 + 4 \times 5 + 3 \times 4 + 2 \times 3 + 1 \times 4 = 67$

B：$5 \times 4 + 4 \times 3 + 3 \times 5 + 2 \times 4 + 1 \times 2 = 57$

C：$5 \times 3 + 4 \times 2 + 3 \times 2 + 2 \times 2 + 1 \times 2 = 35$

D：$5 \times 5 + 4 \times 5 + 3 \times 4 + 2 \times 4 + 1 \times 5 = 70$

通过以上分析，客户的最佳顺序为：D、A、B、C。

由此可知，D、A 两客户可作为企业的目标顾客，企业可针对这两个客户采取营销措施，充分满足他们的需求。最后，以顾客为中心的公司寻求顾客满意度，但未必追求顾客满意最大化。

## ● 任务演练

### 建立客户档案实训

**实训目的**：以某类产品为基点，尽可能多地搜集购买该类产品的个人消费者的档案资料，锻炼学生的沟通能力、档案管理能力。

**实训方法**：问卷调查、个人消费者走访。

**实训组织**：组成学习小组，每组 5～6 人，推选一名组长。

**实训结果**：各小组根据调查资料撰写调查报告并派代表进行课堂发言。

## 学习任务 8.2　客户开发与培育

## ● 成果展示与分析

### 将梳子卖给和尚

N 个人去参加一招聘，主考官出了一道实践题目：把梳子卖给和尚。众多应聘者认为这是开玩笑，最后只剩下甲、乙、丙三个人。主持人交代：以 10 日为限，向我报告销售情况。

十天一到。主试者问甲："卖出多少把？"答："1 把。""怎么卖的？"

甲讲述了历尽辛苦，游说和尚应当买把梳子，无甚效果，还惨遭和尚的责骂，好在下山途中遇到一个小和尚一边晒太阳，一边使劲挠着头皮。甲灵机一动，递上木梳，小和尚用后满心欢喜，于是买下一把。

主试者问乙："卖出多少把？"答："10 把。""怎么卖的？"

乙说他去了一座名山古寺,由于山高风大,进香者的头发都被吹乱了,他找到寺院的住持说:"蓬头垢面是对佛的不敬。应在每座庙的香案前放把木梳,供善男信女梳理鬓发。"住持采纳了他的建议。那山有十座庙,于是买下了 10 把木梳。

主试者问丙:"卖出多少把?"答:"1 000 把。"

主试者惊问:"怎么卖的?"

丙说他到一个颇具盛名、香火极旺的深山宝刹,朝圣者、施主络绎不绝。丙对住持说:"凡来进香参观者,多有一颗虔诚之心,宝刹应有所回赠,以做纪念,保佑其平安吉祥,鼓励其多做善事。我有一批木梳,您的书法超群,可刻上'积善梳'三个字,便可做赠品。"住持大喜,立即买下 1 000 把木梳。得到"积善梳"的施主与香客也很是高兴,一传十、十传百,朝圣者更多,香火更旺。

然而故事并没有结束。一挑战者——丁,找到主持人说,卖给和尚 1 000 把梳子算什么?我可以让和尚源源不断地买我的梳子,至少也得上千万把。以一年为限。许多人都认为他在开玩笑。

**1. 成本分析**

他还是找到了那个住持,问他:您这边每天大概能赠出多少把梳子呢?

住持回答:差不多 50 把。

他继续问:您觉得这与您所获得的香火钱相比是不是也是成本呢?

住持回答:是的,虽然是赠,但是也是钱啊。佛门本来就没有什么钱。

他又问:您有没有想过收费呢?

住持回答:怎么收费?

他说:到您这来的人有达官贵人,也有平民百姓,总之是什么样的人都有吧。您可以在梳子上下点工夫,让您的梳子在价格上有了价值的区别,卖给不同的人。您再准备几把梳子,取名为"开光梳",千金不卖,只赠送有缘人。然后把您的梳子命名为"智慧梳"、"姻缘梳"、"流年梳"、"功名梳"。一方面您的收入增加了,另一方面您的寺庙的档次也就体现出来了。

这个住持一听,觉得有点道理,于是就说好,这事就交给你来办吧。

**2. 市场活动**

丁很快就请了几个记者来宣传这家寺院。然后造了一批梳子。举行了一个盛大的"开光梳"仪式。当地的政府要人、各界明星都来了。当天就卖出了 10 000 把梳子。寺院的名气一下子上去了。

丁又请人给这个寺院杜撰了一些历史故事。很快这个寺院成了当地的历史文物。来的香客越来越多。梳子的销量越来越好。人们也不在乎掏钱买把梳子。丁又想出一个策略:有的梳子掏钱也不卖;有的梳子必须掏钱才卖。

这样过了一段时间,寺院挣了不少钱。住持很佩服丁。这时,丁找到住持说:您有没有发现前来的香客您都没有记录。据我观察,有的香客都来了好几次了。您是不是应该对经常来的香客提供一些纪念性的梳子呢?

住持一听,觉得也是,于是很快就让小和尚开始记录前来拜佛的香客。很快,小和尚发现,前来的人太多了,毛笔根本记不住。住持又找到丁,问他有什么办法?

丁说,我可以给您解决这个问题,但是从今以后您必须听我的。我保证您这个住持能够当的比现在还风光,寺院的香客更多。住持想了一想相信了他。

### 3. 引入CRM

丁购买了一些计算机,在寺院内很隐蔽地架构了一个局域网,连接到外部的 Internet。并安装了一套 CRM 系统。又设置了硬件设备。在梳子里面植入了 FIRD 芯片。只要香客一进入寺院,关于这个香客的详细记录就全部在 CRM 系统里面展现出来。

### 4. 挖掘客户价值,数据库营销

住持看到这个东西大吃一惊。丁开始用 CRM 分析来寺院香客的详细资料。经常有香客刚来到寺院,就被突然告之今天是他生日。香客们非常感动,于是香火钱更多了。

从那以后,香客们逢年过节的时候总能收到寺院寄的小礼品。梳子已经成为人们心中的神圣的物品。只要去那家寺院的人至少要为自己和家人带几把梳子,给远方的亲人、朋友带几把梳子。一旦梳子用坏了,就自然想到了那家寺院。

### 5. 分析发现竞争对手——反击

过了一段时间,丁通过 CRM 发现,有些香客来得少了。一打听,原来不远处也有一家寺院采取了同样的赠送梳子的方式。相当一部分香客去了那家寺院。住持开始着急。恰逢国外一重要人物来到本地,于是丁通过各种渠道请这个重要人物来到了这家寺院并把一把制作精美的开光梳送给了这位国外友人。国内外多位记者记录了这一时刻,寺院的知名度再次提升。丁制作了 N 把类似送国外友人的开光梳,不过是微型的,出售给前来的香客,让这些人挂在脖子上、钥匙扣上做纪念。这个寺院随着国外的重要人物一下子名声大振。旁边的那家小寺院一下子就没有了香客。

### 6. 销售过程远程控制

寺院扩建了,香客太多了。住持又招了一些小和尚。住持告诉了这些和尚怎么样接待香客,什么样的人香客该出售或赠送什么样的梳子。刚好这个时候,国外请这个住持去讲学,住持不放心寺院里新来的小和尚。想让丁来帮他教小和尚。丁给了住持一台笔记本电脑说:每天抽时间上网就可以指点你的小和尚了。

于是,住持虽然在国外,但是通过 CRM 系统依然能知道寺院的运营情况,及时地指点小和尚。

### 7. 客户分类专人管理

当地的香客80%都到这家寺院来了。住持发现,虽然对香客进行信息分类管理,但是由于接待香客的和尚素质不一样,经常出现出售错了梳子。住持找到了丁。

丁根据 CRM 里的跟进记录以及每个和尚接待香客的数量、次数、被香客投诉的次数将现在的和尚进行了分类,不同的和尚接待不同的香客。香客发现这些和尚们更能了解他们的心思,满意度大大提高了。

### 8. 绩效考核

住持一直就有个心病,那就是寺院中有很多的和尚偷懒,但又赶不走。又向丁求救。

丁对所有的和尚说:每个人必须要把自己所做的事情记录在 CRM 里,否则就请离开寺院。和尚们很听话地照做了。丁通过统计分析很快就发现了偷懒的和尚。住持把那些和尚赶下山去了,寺院运营更紧凑了。

### 9. 销售预测

寺院运营真的很不错。丁每个月都能通过 CRM 的漏斗来预测下一阶段能卖出多少梳子。寺院蒸蒸日上。

一年过去了,丁不知道卖出了多少把梳子。他已经成了寺院的股东之一。他所挣的钱已经很多很多了。

资料来源:佚名. 第四个把梳子卖给和尚的人. http://portal. vsharing. com/ShowArticle. aspx? id=593388

俗话说:预则立,不预则废。当销售人员选择好欲开发的客户后,需要认真做好开发前的各项准备。如详细了解客户的需求、竞争者状况、企业自身资源状况等。同时还要制订有针对性的客户开发计划。

## ◉ 知识储备

### 8.2.1 客户开发方式

企业仅靠现有客户是无法获得持续发展的,任何企业都离不开对新客户的开发,同时应适时淘汰信用较差的客户。企业的成长与客户开发的数量相关,若仅维持与老客户的关系,业绩的成长将非常缓慢。即使优秀的销售人员也不能说他已经百分之百地控制了所辖区域的客户群,因此必须用更多的时间去开发新的客户,无论是制造业、贸易业、还是服务业都一样,必须积极开展新客户的开发工作。

客户开发的方法主要包括以下几种。

**1. 地毯式寻找客户法**

地毯式寻找客户法也叫"撞见访问法"。这种寻找顾客方法的理论根据是"平均法则"。其作业原理是,如果访问是彻底的,那么总会找出一些准顾客,其中有某一比例会达成交易。换句话说,推销员所要寻找的顾客是平均地分布在某一地区或所有的人当中。因此,推销员在不太熟悉或完全不熟悉推销对象的情况下,可以直接访问某一特定地区或某一特定职业的所有个人或组织,从中寻找自己的顾客。其实,这种方法是最古老的推销方法之一。自从商品生产和商品交换出现以后,挨门挨户的推销方式就出现了。而且今天无论在东方,还是在西方;无论在中国,还是在外国;无论在城镇,还是在乡村,几乎到处都可见到这种地毯式推销员的身影。

采用地毯式访问法寻找顾客、首先要挑选好一条比例合适的"地毯",也就是说推销员应该根据自己所推销商品的各种特性和用途,进行必要的推销工程可行性研究、确定一个比较可行的推销地区或推销对象范围。如果推销员毫无目标,胡冲乱撞,则犹如大海捞针,难得找到几位顾客。如果推销员有所选择,例如到大学校园推销大学生用的教材或其他文化用具,或者到医院推销医药品,或者向家庭主妇推销肥皂,则可能找到更多的新顾客。因此,在开始地毯式访问之前,推销员应该先确定理想的推销范围,制订必要的访问计划。

**2. 广告搜寻法**

广告搜寻法是指利用各种广告媒体来寻找客户的销售方法,又称"广告开拓法"。具体地说,它是利用广告媒体来发布产品信息,并对产品进行宣传,由销售人员对被广告吸引来的客户进行销售活动。广告搜寻法具有传播速度快、传播范围广的优点,比较节约人力、物力和财力。但是,广告费用比较昂贵,且企业难以掌握客户的反应。该种方法的关键在于选择针对目标客户的适当的媒介,广告的制作效果也非常重要。

### 3. 连锁介绍法

连锁介绍法也叫"无限连锁介绍法",就是销售人员请求现有顾客介绍未来可能的准顾客的方法。该种方法要求销售人员设法从每一次推销谈话中得到其他更多顾客的名单,为下一次销售访问做好准备。在西方,绝大多数销售人员都善于使用这种方法,能够从与自己交谈的每个人那里得到两三名可能的准顾客名单。在中国,这种方法也正被人们所采用,但是中国的推销员对于这种方法的作用认识还不够。许多推销员只知道抓住眼前的顾客,却不知道让现有顾客推荐几个未来的顾客,这不能不说是一种损失。

连锁介绍的具体办法很多,推销员可以请现有顾客代为推销商品、代转送资料,也可以请现有顾客以书信、名片、信笺、电话等手段进行连锁介绍。

### 4. 中心开花法

中心开花法也叫"有利人士利用法",就是推销员在某一特定的推销范围内发展一些具有影响力的中心人物,并在他们的协助下把该范围内的个人或组织都变成推销员的准顾客。一般来说,这些中心人物可能是推销员的顾客,也可能是推销员的朋友,前提是这些中心人物愿意合作,实际上,中心开花法也是连锁介绍法的一种推广运用。

利用中心开花法寻找顾客,关键在于取得中心人物的信任和合作。这些中心人物了解其周围环境并能对其他消费者产生一定的影响。例如,医生就是自己周围病人范围内的有影响力的中心人物,教师是自己周围学生中有影响力的中心人物等,推销员要想取得这些中心人物的信任和合作,就必须使对方了解自己的工作,使对方相信推销员的推销人格和商品,同时要与对方合作,换句话说,推销员只有先说服中心人物,才能利用中心开花法进一步寻找更多的顾客。

### 5. 电话寻找法和信函寻找法

电话寻找法,指以打电话的形式来寻找客户并邀约客户的方法。采用该方法一定要注意谈话技巧。要能抓住对方的注意力并引发其兴趣、否则极易遭到拒绝。注意通话的时机和时间长短也非常重要。

信函寻找法,指以邮寄信函的方式来寻找目标客户的方法。这种方法覆盖的范围比较广,涉及的客户数量较多。但成本较高,时间较长,而且除非商品有特殊的吸引力,否则一般回复率较低。

### 6. 市场咨询法

市场咨询法,指销售人员利用市场信息服务机构所提供的有偿咨询服务来寻找客户的方法。现在社会出现了许多专门搜集市场信息的咨询机构,通过这些机构往往能获得许多有价值的信息。利用市场咨询法寻找客户,方便快捷,可以节省销售人员的时间,但要注意咨询机构的可靠性。

## 8.2.2 客户培育

顾客是企业生存和发展的基础,市场竞争的实质是一场争取顾客资源的竞争;因此,顾客是企业最基本的资产,它不是商品、服务或固定资产,没有顾客,我们的商品、服务以至于固定资产都将一文不值。而忠诚顾客则是企业的生命源泉,市场营销学中有一条著名的"20:80"定律,即80%的销售业绩来自20%经常惠顾企业的顾客,这20%的顾客即企业的忠诚顾客。

客户培育就是指培育顾客对企业产品或服务的信赖和认可,以达到使其坚持长期购买和使用该企业产品或服务的目的。培育忠诚的顾客可以通过以下几种方式来进行。

### 1. 建立顾客保持制度,增强顾客的信任

首先,企业必须有专门的部门负责顾客关系管理,与顾客保持关系要有计划地持续进行,不能让企业与顾客关系漫不经心地发展,需要建立顾客保持制度。规定由业务部开发新市场、新客户,争取新顾客后,及时将资料转到顾客管理部门,由专人建立、健全这个顾客的档案,规定在新交易之后,寄出联系信件,表示对顾客购买的感谢和赞赏,听取顾客买后感受,征求意见、建议,并请协助填写顾客登记表。同时,收集顾客反馈、随时解答顾客的问题。当顾客认识到企业所做的这些都值得信赖并可接受时,企业和顾客之间的信任机制会逐步产生并得到强化,进而才能使顾客产生安全感,达到培育顾客忠诚的目的。

### 2. 对顾客进行情感投资

忠诚度由互动、对话来建立,传统营销不分顾客价值大小,一视同仁,广告面前,人人平等,好处、折扣也是见者有份,这样老顾客则觉得不公平。企业要与老顾客建立一种牢固的关系,就必须消除这种不公平,并对这种关系的维持进行情感投资,使顾客对企业产生感情。企业筛选出忠诚顾客后,建立顾客资料库(包括顾客的性格、购物习惯、个性爱好和重要日期记录等),顾客关系管理部门在节假日送贺卡,如顾客生日和新年时向顾客传递新的信息包括产品更新换代、价格变化、企业新的服务项目等,或提醒顾客注意在保修到期前全面检查产品运行情况。企业可以根据情况将顾客组织起来,举办一些参观名胜古迹、搭车游览、看戏或听演讲等活动,借此机会,公司里的高级干部将出面和客户联络感情。企业可以提供具有针对性的服务,进行有的放矢的促销,并给予长期顾客优惠和奖励。使顾客感到企业对他们的关心和重视,加深顾客的情感信任,密切双方关系。

### 3. 提高产品和服务的质量,提升顾客满意度

提高产品和服务的质量,有效满足顾客需求,提升顾客满意度是成功培育顾客忠诚的关键策略。优质的产品和服务永远是顾客重复购买的第一理由,顾客忠诚最重要的表现即为重复购买,而重复购买意向的产生与顾客在使用产品及服务过程中得到的满意程度密切相关。如果顾客对企业的产品及服务不满意,顾客的基本期望值得不到满足,建立顾客忠诚就缺少了最重要的基础。

企业只有做到使顾客能在激烈的竞争市场中,从可供选择的产品和服务中,获得比竞争对手所提供的更大和更真实的价值,才会使顾客保持忠诚。产品和服务的质量不仅包括一般意义上的产品质量无缺陷和产品功能的增加,还要求是个性化的。美国一家咨询公司的调查数据表明,顾客从一家企业转向另一家企业的原因,有70%认为是服务的问题。企业一定要妥善解决顾客投诉,这不仅可以为企业赢得顾客,而且可以留下好的企业形象。价格是影响顾客购买的一个重要因素,企业要想办法不断降低成本,在低成本的基础上,给予顾客优惠的价格。此外,企业要尽量提供多种产品或服务。研究表明,如果只有一项产品或服务,顾客与你维持

关系的几率为 15%；当产品与服务增加到两项时，顾客留下来的几率上升至 45%～60%；有三项产品或服务作为与顾客维系关系的桥梁时，他们的忠诚度将高达 90%。

### 4. 提高转移成本，留住有价值的顾客

国外的实践经验表明，通过提高顾客转移成本的方式是留住顾客，提升顾客忠诚度的有效途径。一般来讲，企业构建转移壁垒，使顾客在更换品牌和供应商时感到转移成本太高，或顾客原来所获得的利益会因为转换品牌而损失，这样可以增强顾客的忠诚。建立企业与顾客之间的结构性纽带和对顾客做出某些积累承诺，也可以提高顾客转向竞争者的转移成本，进而增强顾客忠诚。

### 5. 提高内部员工的满意度，提升顾客忠诚度

要吸引忠诚顾客，必须要有忠诚的员工。员工的态度对顾客的满意度有重要的影响，如果服务态度冷漠或粗鲁，就破坏了为吸引顾客所做的一切努力；如果他们热情友好，就可以增强顾客的满意度和对产品的忠诚度。市场研究发现，内部员工的满意度与外部顾客的满意度之间具备正相关关系，资料显示，当内部员工的满意度每提高 5%，外部顾客的满意度将提高 10%。只有满意的内部员工才能提供顾客满意的产品和服务，在顾客对企业的产品和服务满意的基础上，才能产生和保持顾客忠诚。因此，接触管理的重要性在此处尤为明显，使每一个接触点具有传达信息一致性、利益一致性及服务的统一性。

## ◉ 任务演练

### 某产品的客户开发实训

**实训目的：**以某类产品为基点，开发全新的个人客户，以此锻炼学生的沟通能力、组织管理能力。

**实训方法：**个人消费者走访、问卷调查。

**实训组织：**组成学习小组，每组 5～6 人，推选一名组长。

**实训结果：**各小组根据调查资料撰写调查报告并派代表进行课堂发言。

## 学习任务 8.3　客户投诉管理

## ◉ 成果展示与分析

### 巧对客户投诉

陈经理在管理建材专卖店时就碰到过这样一件事情：那天早上，陈经理接到一个投诉电话，投诉的内容是说他们的专卖店里出售过期商品，要求专卖店给予赔偿，赔偿数额是出售商品价格的两倍。并且表示，如果不给予妥善处理，他将利用自己是媒体工作者的身份把事情曝光。在陈经理接到投诉电话的同时，专卖店的导购员小李也接到顾客打来的同样电话。小李已经被吓得没了主意，已经在那里只顾流眼泪。因为公司在另一个城市的专卖店曾经发生过类似的投诉事件，由于没有处理好，被有关部门勒令停止营业，整顿 3 天。幸好当时

没有被媒体曝光,否则后果还会更加严重。

经过了解,陈经理发现该顾客是在 11 月 5 日购买的产品,而产品上打印的保质期是 11 月 15 日,从这个意义上说,商品是在保质期内销售的。但在出售单上写着使用日期是 11 月 18 日,从这个意义上理解,顾客坚持认为专卖店在明知道产品的使用日期是过期的情况下还出售商品给他,这是很不负责任的行为,因此要求给予赔偿。对于建材涂料,过保质期 3 天使用和在保质期内使用应该是没有什么区别的,这个问题导购员小李在出售商品时已经向客户说明过,但现在客户反过来咬一口,说明这位顾客是有意来为难的。

如何处理这个问题呢?按顾客的要求赔偿,陈经理心里不舒服,有一种被敲诈勒索的感觉;如果不给予赔偿,万一事情真的被媒体披露,损失肯定会更大,而且会陷入被动局面,后果可是异常严重。经过再三思量,陈经理想起曾有一位老者对他说过这样的话:如果碰到客户投诉这类事情,以公关的手段来处理,你总是能让自己处于主动状态。

当时陈经理的解决方法是:既然顾客已经表明态度,叫专卖店非得给予赔偿不可,只好同意赔偿了,但赔也要赔得值得,要赔出效果来,不能让这个钱白白地送了出去。于是陈经理在半小时之内就向顾客表态:过期的产品已经被使用,没有办法让时间倒流,专卖店一定会赔偿顾客的损失,但具体怎么赔,希望顾客能等待几天,他马上向公司总部请示。顾客听到陈经理同意赔偿,也就不再骚扰了,同意等待赔偿结果出来再商议。接着,陈经理马上撰写了一份文件,以公司总部的口吻说:"该专卖店由于管理不严,把欲过期的产品销售给用户,这对公司品牌形象造成极不良的影响,勒令该专卖店向用户所销售产品价格二倍赔偿,并接受总部 3 万元的处罚,处罚连带责任人××经理 2000 元。"然后进行了自我传真。过了 3 天之后,陈经理把传真文件出示给投诉的顾客,真诚而又带一点惋惜地说:公司总部要求我们按您的要求全额给予赔偿,但您这个数小,我们被总部罚款数大,早知道如此,当初就……。当顾客看到陈经理出示的"总部传真"时,也感到很难过。他说:"真是不好意思,都是我把事情闹大了。我没想到你们总部把这件事情看得这么严重。害得你也被处罚了。"陈经理说:"没事。这是公司规定,谁叫我做事太粗心。"为了向陈经理表示感谢,同时也为给自己一个心理平衡,客户表示意愿为该专卖店撰写一篇文章发表到他们的报纸上去,表扬一下该专卖店的行为。后来,这篇文章在报纸上发表以后,被众多网络媒体转载,此事成了公司公关处理投诉事件的一段佳话,也成为以此专卖店向顾客购买商品时的销售工具。

资料来源:黄继毅.巧妙处理顾客投诉.http://www.themanage.cn/200806/108224.html

客户投诉是客户服务与管理中的一个老生常谈的话题,但对提升客户服务质量却又是不能不重视的问题。我们可以努力做好各项工作来提升客户的满意度,但在现实中客户投诉还是存在的,当客户因企业产品、服务等因素产生不满而进行投诉时我们应该学会自我反思,树立正确的理念并通过适当的技巧来有效地处理客户的投诉,消除因不适当的处理方式而带给企业的更严重的不良影响。

## ● 知识储备

处理客户投诉是客户管理的一项重要内容。出现客户投诉并不可怕,问题是如何正确看待和处理客户投诉。一个企业要面对各式各样的客户,每天进行大量复杂、烦琐的销售业务,要使每一项业务都让每一位顾客感到满意是很难的。因此,销售人员要加强与客户的联系,倾听他们的不满,不断改正推销业务中的错误与不足,弥补和挽回给客户带来的损失,维护企业的声誉,提高产品品牌的知名度,为不断巩固老客户、吸引新客户而努力。

### 8.3.1　客户投诉的内容

客户投诉不仅会涉及销售各个环节中可能出现的问题,而且还会涉及产品及服务等环节可能出现的问题,主要表现在以下几个方面。

(1) 商品质量投诉。主要包括产品在质量上有缺陷、产品规格不符、产品技术规格超出允许误差、产品故障等。

(2) 购销合同投诉。主要包括产品数量、等级、规格、交货时间、交货地点、结算方式、交易条件等与原购销合同规定不符。

(3) 货物运输投诉。主要包括货物在运输途中发生损坏、丢失和变质,因包装或装卸不当造成的损失等。

(4) 服务投诉。主要包括对企业各类人员的服务质量、服务态度、服务方式、服务技巧等提出的批评与抱怨。

### 8.3.2　客户投诉处理的流程

客户投诉处理流程见图 8-1。

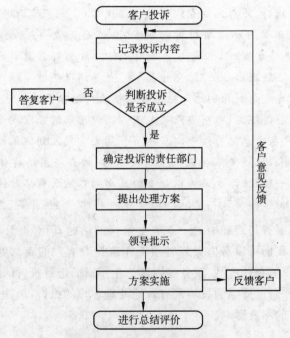

**图 8-1　客户投诉处理流程**

客户投诉处理流程主要包括以下几个步骤。

(1) 记录投诉内容。利用客户投诉记录表详细地记录客户投诉的全部内容,如投诉人、投诉时间、投诉对象和投诉要求等。客户投诉登记见表 8-6。

(2) 判断投诉是否成立,了解客户投诉是否合理。如果投诉显而易见地不能成立,应当立即以婉转的方式答复客户,取得客户的谅解,从而消除误会。

（3）如果投诉成立,立即确定投诉处理的责任部门。根据客户投诉的内容,确定相关的具体受理单位和受理负责人。如属于运输问题,交给物流部门处理;属于质量问题,则由质量管理部门处理。

（4）责任部门分析投诉原因,提出处理方案。要查明客户投诉具体原因及具体造成客户投诉的责任人,并根据实际情况,参照客户的投诉要求,提出解决投诉的具体方案,如退货、换货、维修、折价、赔偿等。

（5）将处理方案提交领导批示。对于客户投诉问题,领导应予以高度重视,主管领导应对投诉的处理方案一一过目,及时做出批示。根据实际情况,在最小成本的情况下,采取一切可能的措施,挽回已经出现的损失。客户投诉处理见表8-7。

（6）实施处理方案,处罚直接责任者,并将处理方案通知客户,同时尽快地收集客户的反馈意见。对直接责任者和部门主管要按照有关规定处罚,依照投诉所造成的损失大小,扣罚责任人的一定比例的绩效工资或奖金。同时对不及时处理问题造成延误的责任人也要进行追究。当然,如果客户对处理结果不满意,将会进行下一轮的投诉工作。

（7）对整个投诉事件进行总结评价。对投诉处理过程进行总结与综合评价,吸取经验教训,提出改进对策,不断完善企业的经营管理和业务运作,以提高客户服务质量和服务水平,降低投诉率。

表 8-6　客户投诉登记表

| 投诉客户姓名 | | 地址 | |
|---|---|---|---|
| 受理日期 | | 受理编号 | |
| 客户要求: | | | |
| 受理部门意见 | 质量管理部门 | 受理部门 | 营业部门 |
| | | | |
| 主管签字: | | | |

表 8-7　客户投诉处理表

| 客户 | | 受理编号 | | 受理日期 | | |
|---|---|---|---|---|---|---|
| 品名及规格 | | 单位 | 交货数量 | | 金额 | |
| | | | | | | |
| 制造部门 | | | | | | |
| 客户要求 | 赔款 | | 折价 | | 退货 | 其他 |
| | 金额: | | ％　　元 | | 数量:　金额: | |
| 经办人意见 | | | | | | |
| 销售部意见 | | | 采购部意见 | | | |
| 制造部门意见 | | | 财务部意见 | | | |
| 主管领导批示 | | | 总经理批示 | | | |

### 8.3.3　客户投诉处理的方法

在处理投诉时,销售人员应记住,优异的销售业绩和利润来自于满意顾客的重复购买,这多于新顾客的购买。进行第一次交易的成本几乎总是高于重复销售的成本。正确地处理投诉是提供给销售人员一个向顾客重复推销产品和宣传公司的机会。因为非常难缠的投诉者毕竟是少数,当一位客户确实有抱怨,销售人员和公司应该努力处理,直到客户满意为止。当发生客户投诉时,销售人员都应该从客户的角度考虑问题,不能推诿搪塞,更不能责怪客户,要本着有效化解纠纷和抱怨的原则来处理问题。

### 1. 鼓励顾客倾诉

在有机会倾诉他们的委屈和愤怒之后,顾客往往会感觉好多了。重要的是销售人员要让顾客充分地解释问题而不要打断他。打断只会增加已有的愤怒和敌意,并且使问题更难处理。一旦愤怒和敌意产生了,说服劝导更难,几乎不可能找到双方皆满意的解决办法。此外,销售人员还必须同样宽容、开诚布公地对待那些很少表明他们的愤怒、较少冲动但也许有同样深的敌意的顾客。

### 2. 认真倾听顾客的抱怨

当顾客对企业产生抱怨或投诉时,其情绪一般都比较激动,不管客户如何,接待人员都要集中精神,聆听客户的问题,冷静认真地倾听顾客的不满,不要作任何解释,要做客户的“出气筒”,要让顾客将抱怨完全发泄出来,使顾客心情平静下来,然后再询问一些细节问题,确认问题的所在。这样,聆听的时间越长,客户反映的问题越充分,解决问题的方法就会越恰当。

### 3. 对顾客的遭遇表示同情和理解

在倾听了顾客的抱怨以后,要站在顾客的立场来看待、处理问题,即支持顾客的观点,使顾客意识到销售人员或企业非常重视自己,他的问题对企业来说很重要,企业管理层将全力以赴来解决问题。对有关问题的问讯,语言要尽显婉转,不要使顾客产生被审问、被怀疑的感觉。例如:“非常抱歉,我们公司给您造成这么大的麻烦,但刚才这个问题我没有听清楚,您能再说一下吗?”

### 4. 企业进行真诚的道歉

不论责任是否在企业,管理人员都应该以“顾客永远是对的”为原则,真诚地向顾客道歉,并感谢他们发现了企业经营中存在的问题,必要时还可以聘请他们做企业的顾问,请他们参与企业的经营活动。只有这样,顾客才有可能在自己的满腔怒火发泄完之后,冷静下来,并且觉得企业的服务态度不错,反问自己的脾气是否有点过火,从而有利于将问题合理地解决。此外,对企业而言,如果没有顾客的投诉或抱怨,常常认识不到自身的不足与问题,也难以有效完善其经营管理活动。因此,正确地处理顾客的投诉与抱怨,也是企业的一种公关途径。以顾客为鉴,可以了解目标市场的需求趋势,洞察自身的不足与缺点,调整自己的经营策略,为企业在激烈的市场竞争中赢得优势。

### 5. 认真地提出合理的解决方案

首先,通过倾听顾客对抱怨的阐述,来判断问题的严重性,了解顾客对企业的期望。再根据客户投诉的重要程度,采取不同的处理方法。但有时为了避免同样的错误再次发生,应当立刻采取应急措施。其次,企业要根据顾客投诉或抱怨的影响程度(或危害程度)来划分处理的权限,如简单的小件产品的退换,销售人员就可以办理;而对顾客的赔偿问题则必须由销售管理人员或其他管理人员来处理。顾客投诉和抱怨一旦发生,根据其影响程度大小来确定处理人员,可以使顾客的问题迅速得到解决,为企业赢得主动地位。最后,经过仔细调查和了解客户投诉的原因和理由,对顾客做耐心的说服工作,并在与顾客协商处理方案的基础上,制定出较为合理的、大家都满意的解决方案。

### 6. 尽快执行处理结果

要注意的是,顾客非常看重公司对投诉的及时反应。销售人员应该避免去指责运输部门、安装人员或公司中的其他一些人,不满意的顾客不会欣赏公司内部人员互相推卸责任。销售人员有责任解决问题而不做任何对公司形象有消极影响的评论,因为拖延和推卸使顾客感到困惑、为难,销售人员应该尽一切可能快速反应或从公司得到行动方案。处理投诉的时间如果拖延得太长,公司将失去留住顾客的机会。

所以处理方案一经协商同意,就要尽快执行。首先要拟订有关协议,协议的顾客方面的签字者必须是当事人,或者是当事人委托的代表;企业方面签字人必须是法人代表,或者是法人代表委托的有关人员。如果顾客的投诉已被新闻媒体报导过,要将处理结果及时通报给有关媒体,这不仅能够澄清视听,而且可以从正面树立企业的形象,扩大企业的知名度。

## ● 任务演练

### 处理客户投诉技巧训练

**训练目的**:通过角色扮演,了解在处理客户投诉过程中会遇到哪些问题,并如何解决这些问题。

**训练方法**:角色扮演、课堂讨论。

**训练组织**:组成学习小组,每组5~6人,推选一名组长。

**训练结果**:对所扮演的角色,各个小组讨论、分享。

角色扮演资料:

(1) 有一个客户购买了一部手机。大概过了7个月,客户找来,说坏了,没有显示。拿到维修部,维修部发现是电池漏液导致电路板腐蚀,只能更换电路板。但是更换电路板需要返回厂家,可是恰恰这款产品厂家已经停产了。于是客户要求索赔,要求退货。

如果你是维修部的服务人员,你此时需要如何处理?

(2) 该企业说:"我们给你调换一个,你可以选另外一款同等价格的手机。"客户说:"不行,一定要退钱。"

如果你是维修部的服务人员,你此时需要如何处理?

(3) 后来发现,电池漏液造成电路板腐蚀不完全是该客户的原因,和产品有一定的关系。

如果你是维修部的经理,你此时需要如何处理?

(4) 经理没有答应,没想到该客户特别难缠,天天闲着没事,就每天跑到企业闹,影响企业的正常工作。

如果你是维修部的经理,你此时需要如何处理?

(5) 企业没办法了,就跟客户签了一个保密协议。你可以退货,但你不能把处理结果告诉其他客户。

如果你是维修部的经理,你这样做的原因是什么? 还有哪些后续事宜需要处理?

 **重点概括**

客户关系管理是指通过培养企业的最终客户、分销商和合作伙伴对本企业及其产品更积极的偏爱或偏好,留住他们并以此提升企业业绩的一种营销策略。企业进行客户关系管理,首先应该确定谁是自己的客户;接下来要搜集客户的信息,建立客户档案,包括个人消费者档案和企业消费者档案;最后通过分析客户与本企业的销售业绩、不同商品的销售构成、商品的毛利率、周转率、交叉比率、贡献比率,对客户进行筛选管理。

客户开发的方法主要有以下几种:地毯式寻找客户法、广告搜寻法、连锁介绍法、中心开花法、电话和信函寻找法、市场咨询法。培育忠诚的顾客可以通过以下几种方式来进行:建立顾客保持制度,增强顾客的信任;对顾客进行情感投资;提高产品和服务的质量,提升顾客满意度;提高转移成本,留住有价值的顾客;提高内部员工的满意度,提升顾客忠诚度。

处理客户投诉是客户管理的一项重要内容。主要包括:商品质量投诉、购销合同投诉、货物运输投诉、服务投诉。客户投诉的处理流程一般包括:记录投诉内容、判断投诉是否成立,了解客户投诉是否合理、确定投诉处理责任部门、责任部门提出处理方案、将处理方案提交领导批示、实施处理方案、对整个投诉事件进行总结评价。此外,在处理客户投诉时,销售人员应当以一些合适的方法来处理好与顾客之间的关系。

**综合实训**

实训项目:客户开发与客户关系管理情景模拟。

实训准备:知识准备,对客户管理知识的系统掌握;组织准备,任课教师提前布置实训任务,并进行分组,推选或指定组长,组长负责本小组成员的实训活动。

实训内容:根据班级情况将学生分为 A、B、C、D 等若干组,每个小组为一个"企业";课前由各个小组通过搜集资料,设定好企业的基本信息,主要产品等情况;要求以各个小组为单位,运用所学知识,向其他企业或个人推销本企业的产品,开发新客户;并且对所开发客户建立客户档案,进行客户分析。表 8-8 为实训课业成绩考核表。

实训成绩:任课教师(领导)依据评分表对每位同学的演说进行评分(具体分值可由任课教师结合实际确定)。

表 8-8　实训课业成绩考核表　　课业名称:《客户开发与管理情景模拟》

| 课业评估指标(分) | 课业评估标准 | 分项成绩 |
|---|---|---|
| 1. 角色的把握∑20 | 能否迅速地进入角色情境 | |
| 2. 角色的行为表现∑50 | (1) 行为风格<br>(2) 语言表达<br>(3) 专业知识<br>(4) 思维与应变 | |
| 3. 角色礼仪∑10 | (1) 衣着<br>(2) 礼貌语言<br>(3) 精神状态 | |

续表

| 课业评估指标(分) | 课业评估标准 | 分项成绩 |
|---|---|---|
| 4. 其他∑20 | 客户资料的收集与整理 | |
| 总成绩∑100(分) | | |
| 教师评语 | | 签名:<br>年　月　日 |
| 学生意见 | | 签名:<br>年　月　日 |

 **思 考 练 习**

　　苏珊是某个城市的一家麦当劳餐厅经理。这里经常有一些"老年人"光顾。

　　起初为了促销,餐馆采取了每月一次对55岁以上老人以优惠价格供应早餐的策略,早餐定价1.99美元,再加免费咖啡。每月的第四个星期一定会有100～150位老年人挤在苏珊的餐馆,希望享受这种优惠。她注意到,现在越来越多的老年顾客几乎天天来这里,这些老年人开始成为餐馆的定期客户。他们经常在这里吃早饭,并且会一直待到下午3点。快餐店似乎成了大家的聚会场所。他们可以坐几个小时,和朋友闲谈。

　　苏珊的员工会很好地招待他们,用他们的名字称呼他们。实际上当她的员工和这些老人建立起良好的关系后,这里便成了一个非常快乐的地方。她的员工从心里关心他们,所有的人都是朋友。与顾客友好相处。这就是麦当劳的合作理念之一。

　　这些老年顾客非常有规律,并且会友好地与每位顾客相处。但渐渐地,苏珊意识到经营存在潜在问题。苏珊担心她为之所奋斗的目标形象会发生变化。麦当劳是一家快餐店。顾客的印象是快餐服务,需要迅速离开。接受顾客长时间的停留及相互交往会不会彻底改变餐馆的形象?并且苏珊担心她的餐厅可能被认为是"老年人"餐厅,这样就会失掉许多年轻顾客。苏珊知道这些老年顾客的消费水平与平均消费水平相差不多。但是,这些老年人使用各种设施的时间确实相对要长一些。

　　如果决定要加强老年顾客的服务,苏珊还考虑为这些老年人提供纸牌游戏。至少可以安排在上午不太忙的时间。从早上9点到11点。除了食品饮料之外,这也许可以成为一个新的收入点。她会对每个人玩两小时的纸牌收费5美元。

　　**小思考:**

　　1. 评价苏珊为老年人服务的决策会不会提高麦当劳的形象?

　　2. 在如何对待老年顾客的问题上请给予苏珊适当的建议,她应该鼓励还是拒绝这些老年顾客?

　　3. 评价苏珊关于纸牌游戏的主意。

# 参考文献

[1] 李先国. 销售管理教程. 北京:中国人民大学出版社,2005

[2] 欧阳小珍. 销售管理. 武汉:武汉大学出版社,2003

[3] 熊银解. 销售管理(第二版). 北京:高等教育出版社,2001

[4] 张启杰. 销售管理(第二版). 北京:电子工业出版社,2008

[5] 张启杰,田玉来. 销售管理实务. 北京:中国电力出版社,2008

[6] [美]John Klymsbyn. 销售经理终极指南. 朱迎紫,译. 北京:企业管理出版社,2007

[7] 秦毅. 金牌销售经理. 北京:北京大学出版社,2008

[8] [美]Jake D Wilner. 成功销售管理的七大秘诀. 刘新宇,译. 北京:中国财政经济出版社,2008

[9] 锐宏,赵志江. 分销渠道管理. 大连:大连理工大学出版社,2007

[10] 胡德华. 销售管理. 北京:人民出版社,2005

[11] 胡旺盛. 销售管理. 合肥:合肥工业大学出版社,2007